图书市场｜老二

DUKU

读库

2005

主编　张立宪

新 星 出 版 社　NEW STAR PRESS

DUKU
读库

责任编辑 杨 雪
霍秀仪
装帧设计 艾 莉
图片编辑 黎 亮
美术编辑 耿 冰
责任印制 包伸明

特约审校：李英子｜马国兴｜黄英｜吴晨光｜刘亚｜潘艳

目录

互联网是人类历史的一段弯路吗？

王健飞

我们当下面临的一切问题，都会成为不久之后的需求。

至暗时刻

互联网是一种集权的技术吗？

2019年4月，《纽约时报》发布一篇名为“减少互联网是唯一的答案”（*The Only Answer Is Less Internet*）的文章，将西方主流媒体对互联网行业的批判推到了一个新的高峰。

在此之前，仅2019年4月一个月的时间里，西方主流媒体就出现了二十篇左右泛互联网行业的负面评论（非新闻）。撰文媒体覆盖《纽约时报》、《华盛顿邮报》、VICE、BuzzFeed News、NBC、《哈佛商业评论》、《财富》、The Verge等不同类型媒体。

而事实上，这种舆论批判的议程设置（agenda setting），自Facebook剑桥咨询事件[①]后已经持续一年左右。

与大多数并不直接阅读外文媒体者的认知相反，互联网行业本身，早已不再是早年西方话语体系下自由与民主的象征，而成了某种抽象的万恶之源。

《纽约时报》的文章谈到，互联网的发展模式往往被认为有两种，一种是完全由无形之手亦即自由市场主导的西方模式；另一种则是由强监管、强准入、强管理主导的东方模式。文章认为，从现在来看，这种对立分野似乎是错误的，因为无论是西方互联网还是东方互联网，最终殊途同归地走到了集权、矮化公民为消费者、侵犯隐私与操控舆论的这一终点。

在原文作者看来，西式的互联网在没有一个单一政权、单一企业或单一个人的情况下，自主地演进到这一步，是一件比东方互联网更可怕的事情。因为这意味着，这些“恶行”是互联网的“必然”，是选择了互联网科技树的人类社会所经历的必然。

① 2018 年，多家媒体曝光一家名为“剑桥分析”的公司，在 2016 年美国总统大选期间盗用五千万 Facebook 用户数据，为特朗普竞选团队提供民意分析及竞选广告投放等服务。其大致的模式为，该公司通过制造一些“小测试”“小游戏”的形式，骗取用户授权其读取 Facebook 账户上的公开信息，然后从中分析出那些在政治立场中属于中间地带的人群，精准投放特朗普竞选广告。该模式没有明显地违反法律，只违反了 Facebook 的平台规则。而 Facebook 被证明实质上无力维护其平台规则在相关领域的落实，这使得其隐私策略成为争议中心。

这似乎与大家过去对互联网这一技术形态赋予的平等、自由与民主大相径庭。退一步说，在中文语境下，一般更认同的口径是“技术中立”，即技术本身不应携带任何价值观或意识形态。

我并不完全认可《减少互联网是唯一的答案》一文中阐述的全部逻辑，但不妨从这种惊世骇俗观点的解释来引入本文的叙事。

首先，从一个直观的例子说起——互联网与隐私。

2018年百度CEO李彦宏在中国发展高层论坛上无意说出的“隐私换便利”，时至今日，几乎成为一个无法解决的问题。与之相反，技术乐观主义者描述的“技术是好技术，被商业公司用坏了”的说法反而愈发站不住脚。当下，互联网产品及企业对用户隐私的侵犯，深入到商业模式和产品体验两部分，使得民众对隐私的诉求在两条路径上成为不合理与不可能。

首先，商业上的不合理（不可能）。

自诞生以来，互联网在大多数情况下就以免费的姿态示人，互联网用户在使用大多数互联网产品时，并不需要向服务提供方缴纳任何费用，但免费并不是一种商业模式，广告才是。

近年来，无论中外，都有一些欠缺商业逻辑的普通用户认为：我使用了某个公司的产品，为其带来热度，这本身就是我给予商业公司的价值，因此不应该再拿我的数据去做广告。

但“热度”的主要商业价值就是广告，而互联网广告的竞争优势就是利用用户的隐私。

尽管互联网广告在大数据技术成熟之前就存在，却直到互联网广告开始“侵犯”用户的隐私时，主流互联网公司才开始盈利。在此之前，没有用户画像、没有个性化推荐、没有精准投放的互联网广告，对于广告主来说就像投石入海，价值极低。

因此在这里只有一个清晰的选择：用户付出隐私成本获得服务；用户不付出隐私成本，公司倒闭，服务关闭。

其中理想化的第三条路是，将那些依赖于用户数据投放广告的产品，转换为直接付费的产品。简单来说，根据企业运营网站和App的成本，以及发展需求，拟定一个价格直接向用户收费，比如现在的网盘就是这个模式。但这种模式并不适用于所有业务，比如搜索引擎。而且在部分业务上，这会使用户付出高昂的直接成本。

有一个简单的算法来计算这一方案的不可执行性。以百度为例，其2018年第四财季“网络营销营收”，即广告收入为二百一十二亿元。另据第三方统计，同期的百度App月活用户大约为三亿。这意味着，如果百度向用户提供一个完全无广告、不搜集用户数据的App版本，它需要向用户每季度至少收费七十元才能与现在的营收水平打平。

这还仅仅是“BAT”一家公司中的一款产品所需支付

的费用，如果你真的是一个隐私洁癖者，希望使用一个完全“干净”的互联网，那么大概率是你根本付不起维持产品所需的费用。

更有可能的就是，用户根本不会用这些需要付费的产品。因为互联网永远有竞争者，只要市场上还有一家产品在用投资人的钱补贴用户，同时还不加入广告，那么其他已经开始收费的产品就不可能留住用户。

其次，产品上的不合理（不可能）。

商业上的不合理，暂且有看似可行的解决方案，而技术上更难实现不侵犯隐私这一目标。

自2015年，Google DeepMind旗下的人工智能AlphaGo击败人类围棋手以来，第三次人工智能浪潮正式浮上水面。但事实上，此次人工智能浪潮的起点应为2006年深度学习网络的概念被提出。AlphaGo的出现，其实已是第三次人工智能浪潮的尾声。自AlphaGo之后，我们开始看到，基于深度学习网络的大量人工智能被投入到各类产品中应用。

到2019年末，我们已经摸清了这一次人工智能浪潮的两个关键点：其一，是天花板，不可能指望这一次人工智能浪潮能涌现出科幻作品里那种强AI了；其二，则是代价，想要便利，交出数据。

自2015年以后，尽管由于移动互联网的充分普及，互联网上承载的信息进一步爆炸，但我们却很少再听到那个在互联网早期经常听到的词“信息大爆炸”。

人工智能算法深入到我们使用的几乎每一款产品中，替我们筛选和过滤海量的内容、服务、商品，甚至是好友，为我们节省了大量时间和金钱，明显提升了互联网的使用效率。可以说，在今天，想要从互联网产品中彻底根除人工智能算法，已经是一件不可能的事情，它会导致我们的许多产品功能从基础层面瓦解：

想象一个人工排版、搜索按上架先后顺序排列的淘宝；

想象一个以你所在位置半径一公里，只按距离顺序展示的美团外卖；

想象一个完全由人工编辑排版，一天只定时更新几次的新闻App；

想象一个不管你喜不喜欢，只是从内容池里随机丢给你一条视频的抖音；

想象一个只能靠搜索检索内容的知乎……

即便是这些互联网公司愿意做出这样的选择，市场或用户的集体选择也会告诉他们此路不通。

至此，监管机构和民众对互联网行业“既要隐私，又要安全，还要高效”的需求是可以理解，但并不合理的。这一问题就像移动运营商经常面对的“我不要建基站，但一定要有信号”的诉求一样，在技术和商业上不可实现，至少现阶段看不到实现路径。

隐私与算法的对立，只是互联网面临的宏观命题中的一例。我们将维度上升一层：“技术中立”是个伪命题吗?

是的，以现在的互联网技术来说，确实是不存在的。

首先需要说明的一点是，中文语境下的“技术中立”与英文语境下的“网络中立”，以及1984年“环球电影制片公司诉索尼公司案”[①]确定的“技术中立原则”都不太一样，更多近似于美国1998年制定的《数字千年版权法案》中“避风港原则”描述的内容，其大致为：互联网服务的提供者如不知晓用户的行为侵权，则在侵权案件中可以免责。这一描述在后续扩展到不止于版权领域，网络爬虫、大数据、金融等行业先后使用“技术中立”甩锅，成为“无知者无罪”的代名词。

但与大众熟知的“避风港原则”不同的是，在现实执行中同样来自《数字千年版权法案》的“红旗原则”才更有实际意义。

“红旗原则”是指：只有在互联网服务提供者不明知或者不应知晓自己所传播的信息属于侵权信息，或者链接的作品、表演、录音录像制品是侵权作品的情况下，才能适用“避风港原则”免于处罚。

举一个现实的例子，对BitTorrent这项技术来说，只有发明BitTorrent协议的公司是真正属于“技术中立”的范畴。因为它真的仅仅发明了一项技术，无法知晓其他第三

① 1984 年，美国最高法院以五比四的多数对“环球电影制片公司诉索尼公司案”做出判决。判决认定，家庭使用录像机录制电视节目自己观看，构成对版权作品的“合理使用”，索尼出售“实质性非侵权用途”的录像机，不构成“协助侵权”。

方公司或用户使用这项协议传递了什么东西。

而与之对应的是，BitTorrent协议中，需要搭建Tracker服务器，Tracker本身并不承载任何内容，但它是用户与用户之间建立传输通道的必要环节，这使得它有获得用户之间传输内容的能力。尽管Tracker服务器上没有盗版内容，用户之间传递的盗版内容也不由Tracker服务器持有者提供，但由于服务器持有者“可以知晓”用户之间传输所存在的盗版行为，在这种条件下持有者不主动对其上传播的内容进行规制，就不受“避风港原则”保护，好莱坞可以起诉Tracker服务器的持有者并得到支持。

这就是说，BitTorrent这项技术的技术中立性仅存在于真空之中，一旦使用便不再具有中立性。这事实上符合“环球电影制片公司诉索尼公司案”确立的“技术中立原则”，因为“盗版录像带”之所以与索尼无关，是因为“索尼没有控制盗版录像带的能力”。

一项技术，如果可以带来某种社会影响（无论是好还是不好），而技术的发明方、使用方没有能力控制这种社会影响，它才享有“技术中立”的豁免权。

接下来，我们将讨论再上升一层：如果技术不是中立的，那么技术带有意识形态吗?

是的，照此推论，技术应当是具有意识形态的。即一项技术无论其可以用来做好事，还是做坏事，且无论该技术的发明者是怎么想的，它总会适合做某种事和不适合做某种事。延续上面的案例来说，就是在客观实践中，BitTorrent协议用于传播盗版，远比其在企业服务中的实用度高，应用范围广。

技术本身带有意识形态，并非一种全新的分析框架，早在1964年麦克卢汉就已经在其最重要的著作《理解媒介》中描述过“媒介即信息”——媒体天然具有意识形态。

而对于当下的互联网产品来说，一切产品皆为媒介。

用最简单的话来概括，媒介即信息，指的是媒介本身并非一种纯粹中立的介质。一种思想或一种表述，以什么样的媒介传递，决定了其与最终受众的互动方式。而这种互动方式本身，便是一种内容。

用更偏向媒介的媒体行业来举例，“互联网媒体”与“传统媒体”，便是两种带有截然不同意识形态的技术形式。后者受技术所限只能单向传递，而前者由于实现了信息的双向传递，则必然鼓励原本信息接收者向信息主体生产者的转变。在具体执行层面，两者的最大区别在于，互联网新闻的正文并不总是代表着一次传播的全部思想表达，其评论区走向甚至是否允许评论，都会被理解为所传递思想的一部分。

如果承认“互联网存在意识形态”，我们就会意识到，互联网的精神标签可能并不像人们最初想象的那么美好。

李彦宏提到的效率与隐私矛盾，只是互联网诸多不可调和矛盾的体现之一。

如果将目光主要集中在互联网所带来的弊病上，我们会发现，不把互联网的一切问题都归咎于互联网公司的主观邪恶的话，情况反而更糟，因为这意味着互联网的恶行，某种程度上就是互联网技术发展的客观必然。

这也是马克思的生产力与生产关系相互掣肘在微观上的体现，即青铜器和铁器的使用促使奴隶制让位于封建制，印刷业的诞生必然引发启蒙运动，并构成了资产阶级革命的基础。

一项技术无论其被发明的初心如何，以及使用者想要其如何运作，运作方式自身便带有某种对社会的影响，而非仅仅是推动生产效率的提升。

理解这一点，是理解当前互联网所面临处境，以及本文剩余内容的一个大前提。

为什么当下开始批判互联网的“原罪”？

显然，互联网绝非一种带有集权主义意识形态的技术，互联网企业也绝非一群驱使着技术的邪恶魔王，但这并不意味着万事OK，天下太平。

《减少互联网是唯一的答案》一文的价值，并不在于真的呼吁从现在起整个人类社会应当减少互联网的使用，而在于启发我们，当下应该开始思考这一问题。

“这一问题”是哪个问题？我们要把时间稍微往回调一点，从iPhone的发布说起。

2007年1月，乔布斯在旧金山马士孔尼会展中心的舞台上发布苹果公司第一代智能手机iPhone时，虽然行业、媒体与消费者的“沸腾”程度远超于之后任何一次消费电子领域的发布会，但没有人意识到，苹果公司开启的是自苏联解体至今，人类消费科技的最后一个技术奇点。在iPhone面世的十年里，再没有一款产品，像智能手机那样彻底改变我们的生活、工作，甚至是社会运作方式。

移动互联网是互联网的二次爆发，也是互联网这一次技术革命的尾声，它将互联网给人类社会带来的变革推向了最大化。随着移动互联网的全面普及，这之后的每一天，互联网能给整个社会带来的收益，都是更少而不是更多。

因此，需要思考的“这一问题”，亦即当下互联网唯一的问题是：这一轮技术革命结束了，怎么办?

以移动互联网为范例，每一次技术变革，为经济增长或社会变革带来的影响基本来自两个维度：

其一，技术裂变的能力，就是有多少后续技术会被该技术引爆。比如移动互联网带来了通信、显示、云计算、大数据、区块链、人工智能等相关技术的发展。每新引爆一个次生技术点，就会让技术革命的火焰变得更强一些。

其二，技术普及的能力，就是有多少人可以被卷入技术革命。技术的应用门槛越低，可能被卷入的人就会越多，技术革命的延续时间就会更长。比如移动互联网诞生前的2008年，网民数不到八亿。移动互联网诞生十年后的

2019年，网民数是四十三亿八千八百万。而回归到“互联网-移动互联网”这一技术变革，这两条链式反应已在2018年至2019年到达顶点——所有能用互联网的人都用上了互联网，所有能接入互联网的业务都接入了互联网。

在整个技术变革燃烧的过程中，技术所做的一切都是正确的，因为它能肉眼可见地提升整个社会的福祉。

尽管今日头条创立早期一直被诟病为“由算法驱动的垃圾堆”，但不容忽视的是，在今日头条之前，从未有一个新闻App能获得上亿的日活，它所带来的信息平民化是不可忽视的。

尽管抖音和手游被认为“祸害了下一代”，但事实是，在此之前人类从未创造出如此唾手可得且成本低廉的娱乐方式，它们所带来的娱乐（快乐）平民化也是不可忽视的。

这就好像在转基因问题上，一些反转基因的观点认为，经过长达数十年的超长周期研究验证转基因是绝对安全之前，绝对不允许给人类食用。而现实是，转基因食品为全球许多贫困地区的人口提供了在当下活下去的可能性，停止投产转基因食品无异于大规模屠杀。

在进步的绝对性上，总归需要先解决“有没有”的基础性问题，才能有讨论“怎样让它变好”的正当性。

正如当人类能够生产出498大卡/17元的食物（一个标准巨无霸），才会开始关注糖油盐的负面效应，对互联网带来的数字“糖油盐”也是同样。随着技术裂变程度和技术普及程度双双到达天花板，“有没有”这一基础性问题已经得到解决。于是，我们开始潜移默化地关注它的正当性问题。

2018年开始，全球互联网行业出现非常明显的道德危机，从Facebook到Google，从滴滴到百度，从今日头条到携程出行，以至于2018年被戏称为“互联网公司道歉年”。这种道德危机遍布于不同国家与地区，互联网的不同细分领域，不同年龄层面的公司，它们唯一的共同点就是：都是互联网公司。

这种危机爆发的深层原因，来自上述两个链条的熄火，整个互联网行业能给社会带来的刚性福祉增长放缓。用更简单的话来说，如果所有人都习惯性地享受到互联网带来的便利时，就到了该关注其负面影响的时候。

从宏观层面上、传统意义上，政府和学术机构比公众更早意识到了互联网福祉见顶后的系统性风险。

各国政府（无论原本处于哪个阵营）均开始加紧研究和制定对互联网及数据隐私的监管政策，如欧盟的《通用数据保护条例》（2018年生效）和《数字化单一市场版权指令》（2019年通过）、美国的《澄清域外合法使用数据法》（2018年生效）、中国的《网络安全法》（2017年生效）、英国的《在线危害》白皮书（将推进立法议程）、俄罗斯的《主权互联网法》（2019年通过）等。

民主国家觉得互联网破坏了民主，独裁国家觉得互联网破坏了独裁，那么唯一的可能，就是互联网在更务实、更微观的层面开始展现其负面作用，以至于任何形态的上层建筑都对其产生敌意。

以上所列文件的立法动机虽各不相同，但在实操层面，都是通过“使互联网不再像过去那么互联”来减少互联网的负面影响。而更可怕的是，这类法律无论在传统意义的民主国家还是威权国家，都得到了从统治机构到民众的主流赞成，并且即便是在最自由的国家也没有受到太大的阻碍。

值得一提的是，以《通用数据保护条例》为代表的监管政策，显然并不能达成良好的效果。

根据美国经济研究局（NBER）在2019年3月发布的报告《〈通用数据保护条例〉对科技创业投资的短期影响》，该条例使新兴、年轻和成长阶段的欧盟企业，每笔交易融资额分别缩水27.1%、31.4%和77.3%，新企业每周减损90万美元投资，成熟企业每周减损710万美元投资。

类似这样的法规，对于Facebook、Google等跨国巨头来说，只是一个可被量化的合规成本，而对于尚弱不禁风的欧盟本土互联网企业来说，这些合规政策就被视为不可逾越的高门槛。

本文无意为上述任何一种管理方法摇旗呐喊，也不去探讨如何建立有效的互联网管理制度，只解释为什么互联网会从几年前万众仰慕的行业变成“过街老鼠”。

因为只有清晰地定位互联网自身的问题是什么，才有可能找到真正的解决办法。而显然，媒体、公众、学术圈和各国政府，都尚未给互联网发展带来的问题一个合理的解释。

未被兑现的承诺

社会决定论与技术决定论之争

1996年2月8日，作为对美国1996年电信法案的回应，数字前哨基金的创始人约翰·佩里·巴洛发布了《赛博空间独立宣言》。这篇在早期互联网上获得四万次转载的文章，在开头如此写道：

> 工业世界的政府们，你们这些令人生厌的铁血巨人们，我来自网络世界——一个崭新的心灵家园。作为未来的代言人，我代表未来，要求过去的你们别管我们。在我们这里，你们并不受欢迎。在我们聚集的地方，你们没有主权。

这是一个典型的技术决定论宣言，代表了早期互联网从业者对整个互联网技术乌托邦式的美好幻想。它将赛博空间与现实空间分割开来，看成两个不应互相干涉的主体。

这违背了任何新技术必将作用于社会并被社会反作用的客观规律，站在当下来看，只要接入赛博空间的电脑、手机，以及支撑起赛博空间的服务器、路由器和实体光缆，仍然是由工业大机器生产的，那么任何一个赛博空间都不可能逃脱“工业政府”的管理。这个逻辑在中文语境下有个更简短但被滥用的表述“网络并非法外之地”。

虽然赛博空间的独立没有成为真正的现实，但不可否认的是，这种技术决定论带来的乐观主义一直主导着互联网的发展。在过去的二十年里，互联网行业领袖和从业者都沉浸在自身事业为社会带来福祉的荣誉感中无法自拔。在两条链式反应纷纷断裂之前，技术乐观主义某种程度是正确的——福祉只要跑得比问题快，问题就不是问题，但当客观上的两个增长引擎熄火，技术乐观主义和技术决定论就会成为阻碍互联网行业自我修复与疗愈的力量。

就像只有承认贫困，才有机会解决贫困一样，互联网当下面临的问题是，它自诞生以来便由一群技术决定论+技术乐观主义者主导，而这部分领导者并不愿意承认互联网存在的技术灰暗面。

用更简单的话来说就是，如果你甚至不承认互联网的负面问题与影响，就更无从去解决它。

以科技向善为例，大部分人对科技向善的理解是“科技本来向善”，即科技的发展天然具有推动人类社会走向更美好未来的趋势。但如果只理解到这个层面，那么你可能就是一个典型的技术乐观主义者，同时还带有技术决定论倾向。

因为只理解到这里，则暗含着科技天然不会作恶，且科技向善必然导致社会向善这两个潜台词。而现实是，科技是可以作恶的，而且即便对于那些本意不想作恶的技术，也有可能客观上推动恶劣的社会影响，比如核能。因此，不只是科技发展具有天然推动社会福祉的作用，还应防止科技被应用到削减社会福祉的领域，即减少科技发展可能带来的负面影响。

技术乐观主义者会认为，即便技术带来了问题，其自身的发展也会进一步解决这些问题。

从某种意义上，这是对的。技术确实总是会推动人类社会的进步，但那往往指的是突破性的技术革命。而突破性的科技革命并不总是覆盖社会发展的全过程，在一个现实世界里，我们要习惯于两次突破性技术革命之间漫长的滞涨。

在过去几年，太多文章将人类三次技术革命的时间点画在一条轴线上，并依据第三次与第二次技术革命之间的间隔远小于第二次与第一次之间，推断出“这是个越来越快的等比数列”或“指数曲线”。

这似乎明显乐观过头了。

在复杂经济学创始人布莱恩·阿瑟所著《技术的本质》一书中，将技术定义为“有目的捕获并利用现象的方法”，因此，组合也被视为技术进步的重要来源之一，它就像是用乐高搭建一个物品——需要有轮子、传动装置，才能构建车。

技术乐观主义者认为，手中拥有的积木越多，就越有可能组合出新的物品，而这些物品则能成为更新物品的组成部分。

但我们可以很轻易提出一个与该理论二律背反的解释方向：手头的积木半成品越多，将它们组装成一个有意义物体的概率就越小，因此，为组成一个新的有意义物体所要付出的成本就越高。

这个与技术乐观主义相悖的推理，反而更符合日常生活中的直观认知——一个差生想从一分涨到六十分很容易，但想从零分涨到一分或从九十九分涨到一百分，都难之又难。

如果采信后面这种对下一个技术革命相对悲观的预测方式，就使我们不得不采用技术乐观主义者所不齿的传统手段——诸如法律、文化、道德、经济等——来解决技术带来的问题。

但首先，解决问题的前提是定义问题。

在对互联网技术进行盖棺定论式的分析之前，我们必须理解互联网在哪些领域的尝试是失败的，或者说互联网没有完成它的哪些承诺。

互联网早期承诺为整个社会带来的福祉，它确实做到了不少，但也有一些是无法实现甚至起到反作用的。这很大程度上是由于技术乐观主义者错误估计了技术在社会变革中的主导地位，低估了社会因素对技术的影响力。

我们要从互联网没有实现的承诺入手，梳理互联网与社会互动的过程中，哪部分是由技术决定的，哪部分是由社会决定的，由此才能摸清两者在最终对社会造成影响中的平衡点。

未能缩小社会格差

2005年4月5日，*The World is Flat*一书在美国出版，两年之后，它的中文版《世界是平的》铺满了中国的每一家书店和天桥上的盗版书摊。

一个由贸易网、金融网和信息网紧密交织的平坦世界徐徐展开，互联网被认为是令这一平坦世界成为现实的最后一块拼图，再也没有什么因素可以阻止人类在广阔的地表上连为一体。

互联网会让世界变平，这一承诺也深深地印刻在许多人的脑海之中。

这种承诺基于一种很天然的假设：如果你可以通过金融网获得美元，可以通过贸易网购买美国的商品、为美国公司工作，可以通过互联网浏览美国的信息、获得美国的教育，在某种程度上你就是美国人，反之亦然。

然而这种天然的假设并不正确，它完全忽视了区域间成百上千年的文化差异与经济基础差异。

作为信息连接器的互联网与全球金融和贸易网一样，它仅仅意味着将网络的两端连接在一起，并不意味着会使两端得到平衡。正如全球贸易网打通，在历史上造成了欧美对印度、中国等亚洲国家的殖民；金融网打通，构成了全球经济危机的前提条件。互联网连接一切之后，信息差并不会自动抹平，但确实会创造更多利用信息差的商业机会，而其中的一部分甚至会演变为基于信息的新型剥削。

我们从三个不同层面解释上述内容。

第一个层次十分浅显：在微观层面面临的“奶头乐”问题。

关于“奶头乐”理论本身，这里不再赘述，我并不同意该理论的全部观点，这里只是借用“奶头乐”指代“免费、易得、娱乐性高的娱乐方式”。

“奶头乐”引发全民沦丧是一个伪命题，但“奶头乐”确实会引发信息格差问题。

在移动互联网时代，唾手可得的娱乐产品平等降临到每个人的指尖，但只有那些数字素养较差的群体才会深陷其中。互联网在这些沉迷“奶头乐”的人中，起到的是增大信息格差的作用。免费易得的娱乐产品，会占用更多他们原本用来学习和获得晋升机会的时间。而相比之下，对于数字素养较高的人来说，这些娱乐产品仅仅是其网络生活的一部分，他们更加懂得如何管理自己的时间、管理自己的互联网行为，利用互联网获取更多的信息、知识与机会，实现个人生涯的进步。

用更简单的话说，就是大多数城市里的年轻人可以利用网络学编程、求职、拍Vlog、学外语、结交贵人，而对大多数乡镇青年、厂哥厂妹、进城务工人员来说，网络只是洗脑神曲、擦边球直播、劣质游戏、境外非法赌博网站与现金贷。

“奶头乐”并非全民问题，它只是网络带来的信息格差问题的子问题，最大的问题在于，此前从来没有人意识到，互联网有可能增大而不是缩小信息格差。

无论在西方还是东方，“网络普及使信息格差增大”都是一件不曾预料到的事情，到今天为止，许多观点依然认为“是否能连接互联网本身”是影响信息格差与数字鸿沟的最重要因素。为此，世界各国政府、慈善机构、商业组织扶持了海量的互联网基础设施建设以及终端福利发放（免费的手机与电脑）。在2018年皮尤研究中心针对美国人的一项调研中显示，白人、黑人和西班牙裔美国青少年中，智能手机的普及率接近100%，但这并没有对他们的学业或就业产生促进作用。不仅仅是智能手机，即便拓展到当今已彻底“沦为”生产力工具的PC，使用率对就业与学业也无直观影响。

除皮尤的这份调研外，杨百翰大学选举和民主研究中心2019年的报告显示，离异或单亲家庭中，31.9%的青少年每天在屏幕上花费的时间超过三个小时，而这一数据在双亲和睦的家庭中为15.1%。在已婚的白人家庭中，54.7%的青少年每天花在屏幕上的时间不到一小时，而在同一类别的黑人家庭中，这个数字是28.4%。白人双亲家庭中，每日使用社交媒体一个半小时以上的青少年占17.2%，而黑人双亲家庭中，这一数字上升到32.1%。

这些结果与常识传媒（Common Sense Media）在2019年、美国西北大学在2011年的近似研究相互验证：互联网对于原本就处于经济弱势的人群来说，正面作用远没有负面作用来得显著。

另一个更直观的感受是，在中国，对于一个身边没有父辈直接管教的留守儿童来说，再严格的防沉迷系统也是失效的。因为这本质上陷入了一种对抗思维，而一家企业、一个平台乃至一个管理机构，是不可能在与千千万万个儿童的“战斗”中取得胜利的，只有他们的家长可以。

这种媒介相同使用方式不同的鸿沟，被称为“三级数字鸿沟”，这一概念最早由荷兰特温特大学著名社会学教授扬·范戴克于2002年提出。该概念关注的是，在同样可以流畅熟练使用互联网的情况下（已越过前两道数字鸿沟），不同社会群体的不同网络习惯导致的自我构建。在这一方向上，有许多论文证明，在相对富裕的人群中互联网的作用更正面，而在相对贫穷（但可使用互联网）的人群中互联网的作用更负面。

第二个层次，从中观层面上看，互联网对全球的链接，构成了利用信息格差进行剥削的基础条件，这一现象在美国与欧洲之间十分明显。

互联网服务与商品具有地域上的无边界性，在过去三十年中，世界上的大多数国家并不存在“互联网海关”，而这导致了一种现象，即一个地区的互联网公司，可以绕过税收、法律、经济政策等一切构建现代社会的元素，在另一个地区经营。用一个不严谨的例子来说，在过去，任何企业如想面向欧洲用户做广告，其广告交易行为必定发生在欧盟境内，因为广告公司必须在欧洲诸国境内持有广告媒介资产（如报社、电视台、广告牌等），随着广告交易的发生，广告公司必定按各国法规规定缴纳对应数额的税金。而在互联网时代，任何企业可以在任何地点通过Facebook和Google向欧洲用户投放广告，广告的实际交易地可能是广告主自身所在地（通过所在地的Google代理），也有可能是Google或Facebook的默认属地美国。

也就是说，一家中国公司向欧洲投放广告，广告交易产生的GDP及相关税利，归属于中国或美国。

这比实体贸易中的任何一种避税模式都要精妙，因为它实质上让一次欧洲民众的销售行为，在物理空间上与欧洲完全不发生关系。

虽然税收就大众语境来说并不是一个十分讨喜的词语，但不得不重申的一点是：目前这个地球上的大多数国家，依然需要依靠税收来维持其对国民的安全保障、福利供给和基础设施供给。

Facebook和Google可以轻易收割欧洲用户的注意力，并产生经济价值，这些价值最终却主要流向其他地区而不是欧洲本土。无论这是不是互联网公司的原意，客观上确实构成了数字时代的新型经济殖民，削减了欧盟诸国社会福利的资金来源，而欧盟境内的国民却很难注意到这一点。

这一现象的本质，是由于互联网服务与互联网商品背后，大多依然由一个实体企业来运作。

而诞生于资本主义革命早期的“现代企业制度”局限于看得见摸得着的原子经济，具有很强的贸易网属性，其实已不再现代。基于对现代企业制定的现代经济与税收制度同样过时，使得互联网的经济效益并不会随其商品和服务的穿透而穿透。

这与几个世纪以前全球贸易网初现端倪时发生的现象有极高的相似性，第一次及第二次工业革命后，资本主义国家对世界上其他国家做的每一件事情，在微观层面上都是有益的。站在“政治不正确”的立场上，殖民主义打开了落后国家的市场，让这些国家的消费者得以购买到更为优质、廉价的商品，贸易网也使得先进思想流入这些国家，继而在全球引发资本主义革命，推翻了大多数的封建王朝。但这并不能抵消在该历史进程中，无数的“落后国家”及其民众在鸦片贸易、奴隶买卖、侵略战争、内乱中受到的巨大苦难。

尽管从整体人类历史的视角，资本的原始积累被视为必要的，在其特定的历史阶段有时代的“正当性”，但这并不意味着我们为了发展，就得在二十一世纪重来一次。

欧盟近年来一直致力于解决这一问题，并推出《通用数据保护条例》《数字化单一市场版权指令》等法规，但截至目前这些尝试都没有很好的效果。尤以前者为甚，其生效后对欧盟本土互联网企业的打击比跨国巨头更加显著，相当于搬起石头砸自己的脚。如何在贸易保护主义和被经济殖民之间寻找到合适的平衡点，暂时还没有答案。

第三个层次，宏观层面的风险随互联网蔓延的速度远超于经济利益和福祉，这会长久影响人类的社会治理形态，乃至最终可能使我们的历史走向发生变化。这一问题会在后文详细论述。

未能打破一切藩篱

1992年，美国政治学者弗朗西斯·福山发布著作《历史的终结及最后之人》。

在这本书中，福山提出的历史终结论，是指当苏联解体、中国开始实行改革开放后，人类社会之间的本质冲突已经消失——人类文明在经历了漫长且痛苦的演进之后，终于迎来一个终局模式（书中认为是美国模式）。亦即因为找到了这一最优模式，人类社会会停止演化，各个国家、地区、种族之间，基于社会范式之争而引发的冲突与战争也将全面消失。

之后的近三十年中，历史终结论一直在西方主流话语体系中占据很重要的位置，同时也被以中国为代表的东亚国家所批判，因此反复被人提及。但其作为学术作品的预测性与归纳性，却不及其论敌塞缪尔·P. 亨廷顿在之后一年发表的“文明的冲突”一文，此文1996年扩充为专著《文明的冲突与世界秩序的重建》。在该书中，亨廷顿否定了冲突的消失与历史的终结，并预测随着政治性斗争结束，文明、文化层面的斗争将会开始，文明的冲突比过去的任何竞争都更为复杂与隐性，但其最终依然会以我们熟悉的经济、金融、实体战争等方式表现出来。

文明是一种难以被精确定义的东西，但它又客观地影响着每一个人对自己的定义和行为。“人们用祖先、宗教、语言、历史、价值观、习俗和体制来界定自己”，使得我们无法像经济学中假定的理性经济人那样，在每个决定上做出帕累托最优解。这种影响深入人心，从微观到宏观，从而导致不同的国家即便在拥有相同的政治经济体制、共同的利益下，依然会做出截然相反的顶级决策。

文明的冲突在于，自反性的存在使得其竞争最后不像社会形态竞争那样产生出“最优解”。

这里需要特别解释一下，多元文化与文化多元的区别。以美国为例，美国被公认为世界上最大的多文化融合国家，其多元文化的包容性远超其他国家，使得来自任何文明、持有任何文化的成员、商品或文化符号，都能在美国社会存活并得到一定程度的成长。但其结果是，美国只有一种文化即

"多元的美国文化"，其他文化在美国文化之下只是多声部叙事中的一个片段，并不影响美国文化的主旋律叙事。也就是说，多元文化是指一种文化可以包容许多来自不同文化的成员与要素，本质上多元文化是一种文化。而文化多元则正相反，它就是指多种文化，它不要求每一种文化都包容其他文化，并最终趋同成为一种文化。

回到刚才提到的自反性：如果你倡导文化多元，就要容忍一些不与你兼容的极端文化；如果你倡导多元文化，那么实质上是在消解其他文化的完整性与独立性。

那么，这个自反性对互联网产生了什么影响呢？

从直观上看，互联网似乎是支撑福山"历史终结论"的论据，当政治与经济制度逐渐趋同的时候，互联网交流可以促进全球文化的融合，并形成统一的多元文化叙事。而事实却正相反，由于个体交流的本质是低效且无序的，反而加剧了各文明圈之间对彼此的刻板印象与歧视——不同群体之间将彼此的文化符号作为文化本身，这使得讨论更容易非此即彼。

用一个去政治化的例子来解释这一问题，为什么群聊和BBS会比微博、Twitter等广场式社交更有趣、更和善，产生的内容价值也更高？

原因是群聊和BBS往往拥有特定的主题与话语体系，可以针对某一议题展开更顺畅和更有深度的对话。每一个话题中素质或层次较低的发言，在圈子内部就会首先被干掉，无法继续进行下去。而在微博等广场式社交媒体上，话语体系的交叉使得可以进行共性对话的内容其实很少，尤其一旦开始论战，粗口往往比摆事实讲道理有用得多。

这是一种逆向筛选，即在相对狭小的舆论环境中，更有理的人更容易“声量大”，而在绝对开放环境中，则是谁的声量大谁“更有理”。这最终会导致，任何一种文化都由最不能代表其优越性的那一拨人来代表形成他人对这一圈层的印象。

同时，互联网在交流的呈现形式上也存在一定问题，碎片化、图形化和随机化的信息传播，无助于我们对彼此构建理性的认知。

无论是支持福山的历史终结还是亨廷顿的文明冲突，我们显然不想看到的是这种层级的吵架。文明与文明之间的竞争，最终的结果是融合趋同还是花开各表，都应该更优雅，而非相互倒垃圾。

此刻，我们几乎应该庆幸，AI翻译尚未发展到让地球上每个人无论说什么语言都可以顺畅对话的阶段。否则，任何人一上线都将面临七十亿杠精。

这一现象会深远地影响社会的方方面面，尤其是互联网产品实质上将公民注意力证券化并实现交易之后，理性讨论的商业价值远低于流量骂战。

互联网的商业属性加剧了这一趋势，互联网虽不能很好地传递文化本身，却是传递商品化文化符号的极好通道。任何一个人都可以在网上购买到和服、黑人音乐和中国结，于是这些抽象化的文化符号商品将越来越代表孕育这些商品的文化本身。

但文化符号是具象的、局限的、静态的，它容易被滥用、误解和攻击。

这种以符号指代群体的现象，甚至可能会将言论自由逼上死角。

2019年，NBA火箭队总经理莫雷辱华事件，是这一问题的集中体现。在此之前，NBA曾经有过至少四次辱华事件，造成两次官方停播，但从没有任何一次像莫雷那样在中美两国同时引发如此大范围的影响。

一方面，是因为中国人的集体荣誉感上升，但另一方面，也是因为大多数中国人对于前四次事件根本不知情。

“侮辱”这一动词，是需要有一个承接动作的客体的，在互联网之前，侮辱一个国家往往是较为模糊的行为。一次“私密”的侮辱，只要足够私密，可能根本不构成侮辱。这并非鸵鸟政策，因为即便在日常生活中，也存在不同圈子内部对另一个圈子的鄙夷或嘲讽。它近似于“有人背后在小圈子里骂人”，虽然不道德，但不造成重大影响，被“侮辱”的人实际上因为根本没有感受到侮辱，而导致侮辱并不成立。

但在互联网之后，广场式社交媒体第一次赋予了个体侮辱一整个群体中每个个体的能力。

这便是莫雷事件的标志性意义，他的言论使得几乎每一个看到的中国人个体感受到了侮辱，进而使得后续的和解也变得极为困难。

互联网的群体符号抽象化，为个人攻击群体提供了靶子；互联网的信息传播速度和方式，为个人攻击群体提供了工具。去政治化的日常讨论中，饭圈之间的相互攻击与拉踩也是通过这一过程实现的。

回归源头，言论自由是否代表可以发表不专业、不理性，甚至不准确的内容呢？在“言论自由”一词诞生的年代，是这样的，因为在复杂的现代社会下，如果要求每个人都充分了解信息、拥有专业知识和绝对理性才能发言，无异于让所有人都闭嘴。但在言论自由这一概念被提出的时代，人类个体并没有被赋予简单无门槛地向七十亿人发声的能力。

或者退一步说，“保证任何言论不入罪”和“向七十亿人发声的能力”是不是一个互斥要件？

未能呈现真实的世界

无论从任何角度来看，2006年上线的Twitter都是一个值得被载入传媒史的产品。

与Facebook不同，它开创的“广场式社交媒体”品类，在之后的十年中，革命性地影响着全球每一个国家和地区的传媒生态。无论是Twitter还是微博，广场式社交媒体首次赋予人类个体不通过任何中介机构向大众发声的权利，由此诞生的“自媒体”这一概念，一度成为全球传统媒体的威胁。

Twitter在其发布框中嵌入的文案“What's happening? ”有着极强的隐喻，而最初的大多数推文也确实都包含5W1H的新闻六要素。由此带来的一个朴素幻象是：任何记者都不可能比事件当事人更快、更准确、更真实地描述事件的发生。

它在后续演变成了一种新媒体与自媒体对大众的承诺，并以此作为武器，与全球不同地区的传统媒体展开竞争。在一段时间里（约2015年之前），大众眼中“自媒体”成为比“传统机构媒体”更具权威性的信源。

这种朴素的幻象来自对一手信源的把控，即广场式社交对传统媒体的冲击。

传统媒体在过去的几百年间，为能在第一时间拿到事发当地最准确的报道，在全球建立了上万家记者站，并为此支付了巨大的人力成本。而对于Twitter来说，每一个用户就是它的记者站，并且它无需向用户支付任何费用。

尽管，目前传统媒体依然没有从信任危机中走出来，但不得不说的是，即便那些经常被网友斥责为“假新闻”的媒体，也有着比社交媒体好得多的事实核查机制。

而更关键的问题在于，对于广场式社交的每一个用户来说，没有责任保证自己说的话是正确或准确的，因为这对于一个自然人来说是不可能的事情。尤其对于一些重大事件来说，广场式社交推崇的事件当事人自我发声，可能会陷入一种更不理性的状态——这在心理学上很容易找到支撑，比如一些人在目睹枪击案后会将凶手与一个完全无关的人联系起来，或对凶手在现场所说的话产生臆想。

而另外一些遭遇天灾（比如地震）的人，可能由于多年非理性的不满，将天灾造成的损失投射到某种人祸之上。

如果我们把社交媒体看作一个整体，再把中国网民仅一成拥有本科以上学历和中国全民精神障碍疾病患病率可能超过17%这两个数据作为背景参考，那么全球的社交媒体，有可能是人类历史可信度最低的媒体形态，没有之一。

另一方面，由于每个事件的当事人几乎都是不同的人，个体用户无需为自己的长期新闻信誉负责，这让故意造谣者也变得有机可乘。在当下的实践中，我们已经陷入了无法分辨一个新闻当事人爆红的背后，究竟是当事人个体还是议程设置团队的局面。

从微观层面来看，具体的某一个传统媒体不一定要报道真相，对于媒体来说，真实感往往比真实性更为重要。但与传统媒体相比，广场式社交上的个人媒体往往带来的是十倍的真实感和十分之一的真实性，这对社会来说无疑是有害无益的。

本质上说，广场式社交媒体赋予了每个人媒体属性，这种属性既伤害了媒体又伤害了社交。它让我们原本无需为公众负责的正常社交行为不得不变得小心翼翼，同时又让严肃新闻传播的公信力变得千疮百孔。

换句话说，严肃媒体无法与个体发声者比拼“真实感”和“速度”，而个体却因为带有了媒体属性，被要求任何发言都要有“真实度”和“专业性”。

广场式社交并非唯一一个对媒体行业带来伤害的产品形态，另一个是推荐算法。

在传统媒体或者是1.0时代的网媒，编辑的作用不只是审核稿件，更重要的是将恰当的内容放在恰当的位置以引起读者的注意。在某种程度上，这也是编辑对稿件拥有增删改权力的基础。

因为整体版面有限，编辑才得以拥有权力砍掉质量不够的稿件；因为版面尺寸有限，编辑才得以拥有权力砍掉稿件中的冗余信息；因为版面的位置有优劣之分，编辑才得以有权力将稿件及新闻事件本身分出三六九等。

但在千人千面的算法时代，版面不再掌握在编辑手中。这使得无论是传统媒体还是新媒体，编辑只在行使其审阅稿件的底线权力，机械地以一些编辑规范来保障出稿的安全性。这使得编辑在媒体行业中的地位处于长期稳定的下行周期，某种程度上也是目前媒体行业文章质量长期稳定下滑的一个重要原因。

“人民群众喜欢的，你算老几”，是反驳编辑理应拥有议程设置权限的主流观点之一。但事实正如前文数字鸿沟那部分所谈及的，当数字素养低于某个临界点的时候，人们会主动筛选出更为低质量的内容，以满足短期的多巴胺刺激。这是非人类的AI编辑无法抗衡的。

从另一个角度说，千人千面的算法，使得针锋相对的观点统一在一个虚无缥缈的舆论场之下，长期来看，会加剧人们的偏见与固有印象。

用美国的媒体生态来举例，过去传统媒体呈现出典型的左右分野，以《华尔街日报》、CBS、《纽约时报》为代表的左派媒体与《华盛顿邮报》、FOX为代表的右派媒体，会基于各自的立场，对同一事件给出不同的解读，这使得两种立场长期处于慢性交锋的状态。

而在新媒体环境下，你很难说清楚Google News、Apple News或者YouTube的政治立场是怎样的。事实上，他们会完全依照读者的喜好，呈现出最符合读者调性的报道。

在2019年的香港风波中，有香港家长发现使用自己的账号登录YouTube，和用孩子的账号登录YouTube，看到的内容是完全不同的。我们善意地猜测Google对此完全没有干预，因为这正是一个“中立”的推荐算法所追求的——为读者呈现他想看到的东西，并告诉他这就是全世界。

在过去，即便是一个常年订阅《纽约时报》的人，也有可能在一些重大事件上去主动打开FOX新闻听听“对面”的说法。但在算法驱动的舆论场下，虽然立场两端的观点依然存在，但实际上失去了交战的场所，不同的新闻被分发给完全不同的人，形成相互隔离且愈发极端的舆论场。

这种隔阂几乎出现在每一个由算法驱动的互联网产品，而非仅仅局限于媒体类App中。在抖音、快手、微视中，我们看到大量彼此完全没有交集的群体，并且每一个群体都能找到极为广大的受众。比如大多数人提起直播带货，想到的是李佳琦，但与李佳琦主打一线城市市场不同，快手的带货网红辛有志凭借亲民调性，将一个又一个城里人完全没听说过的品牌与产品，卖出远超李佳琦的成绩。

这种人以群分的现象并非互联网诞生之后才产生，但互联网，尤其是推荐算法，确实促进了这种现象的变本加厉。

在前互联网时代，媒体的议程设置已经是一个公开的秘密。我们几乎都知道，每个媒体会根据自己所处的立场，进行带有倾向性的素材剪辑。但这同样意味着，我们可以轻易找到反向议程设置的媒体去了解"另一面"的声音。

互联网剥夺了媒体议程设置的能力，但并没有消解议程设置，它通过信息茧房，将议程设置固化在每个人自己的世界中。

与传统的"人以群分"不同的是，算法驱动的人以群分，很容易让人忽视"群"以外的世界，在信息和社交层面上的茧房，会让身处其中的人更容易误解：自己所看到的就是整个世界。

搜索引擎是我们突破信息茧房的最后出口，但随着搜索引擎这一产品类目在世界范围内使用率的下滑，谁知道距离推荐算法入住搜索引擎排序还有多少天呢?

当人们获取资讯的方式从主动订阅、搜索，变为被动的“下拉刷新”时，互联网便不再是一扇通向世界的窗口，而只是一面善于美颜的镜子。

用最直观的说法来讲，如果一个人每天阅读的文章都是10万+，那他一定会认为自己阅读的内容就代表主流舆论的声音，但事实上机器只是将符合其胃口的文章推送给了他。而对于超过八亿的中国网民来说，即便是一个篇篇10万+的公众号，可能也只是找到了整个舆论场中很小的一个缺口，并不代表主流观点。

对于每个舆论场中的发声者和受众来说，都更加认为“自己所写的/看的，代表了大多数人的想法”，最终导致我们距离真实的世界渐行渐远。

如果我们甚至无法认识到真实的彼此，就更不要说能够相互理解了。

“元叙事”的倒掉

过去一个世纪最重要的元叙事：全球化

无论“历史的终结”还是“文明的冲突”，都是一种元叙事。那么元叙事是什么?

元叙事是一套叙事结构（抑或话语体系），试图对人类过去、现在及未来的全部社会活动给出正确答案。其显著特征是，一个元叙事能够回答远超于其诞生时代的社会问题，并给出一个看似合理的解释。举三个更直观的例子来说：基督教、民主制度和共产主义，分别为三个诞生于人类不同历史时期的元叙事。

元叙事是坏的、是虚假的、是不必要的么？并非如此。

尤瓦尔·赫拉利在其畅销书《今日简史》中，将人类最伟大的能力归结为“创造和相信虚构故事”的能力，它甚至比人类运用工具的能力更为重要。

一个可信的、美好的元叙事，在某种程度上会成为自实现的预言，尽管其背后的实现方式可能是虚假的，最初目的也与其表面所述大相径庭。

直接切入全球化的实例可能更有助于理解元叙事的作用。大规模的全球化行为起源于十九世纪末二十世纪初，而“全球化”概念（叙事）在二十世纪六十年代才在学术圈被制造出来。

“全球化”元叙事的最初主导者毫无疑问是美国，支撑是美国在“一战”和“二战”期间积累的财富及其军事力量，叙事的最初目的，除了团结非共产主义阵营所有国家，也是为了构建一种“后殖民时代的全球霸权”。

这一叙事最终达到了它的讲述者最初想要实现的效果：“二战”后的美国实现了一种不生产一针一线也能控制全球经济的能力，新型的以美元为工具的剪刀差，使得跨区域的剥削与经济殖民变得不再血腥，并在很长一段时间内让美国处于无人能够挑战的位置。

但值得注意的是，全球化不只实现了其讲述者自身的隐秘诉求，也确确实实带来了它在字面上承诺的好处：我们开始互通有无、相互理解、互利互惠、减少战争。

你可以说在全球化自我实现的过程中，利益分配并不均匀，部分经济劣势地区与优势地区的差异变得更大，但不能否认的是，哪怕是在全球化中担任"被剥削者"角色的地区和国家，对比自身也有了大幅发展。

从某种程度上说，核武器带来的核威慑是全球化的根基，但如果没有全球化这个"故事"，核弹实现不了全球化为所有人带来的福祉——"真理只存在于大炮的射程范围内"，但不能用枪代替支付宝来促成世界上的每一笔交易。

这便是元叙事存在的意义，一个虚构的美好故事，让我们能够跨越时间和空间为之努力，并使得彼此陌生甚至有一定利益冲突的群体之间形成合作。尽管我们可能永远达不到童话故事中描述的"从此幸福地生活在一起"，但这并不妨碍所有人都在这一过程中收获一些好处。

互联网毫无疑问是全球化元叙事中的一部分，它起源于冷战时代人们渴望将世界联合起来的冲动（苏联也有一个针对共产主义阵营的计算机网络计划）。

互联网实现了全球化，但最终却成为全球化的自反性。互联网在几个关键领域出现了与最初承诺相反的效果，让我们意识到“全球化”故事背后的真实。

在物流网络、金融网络之后，信息网络的补全让我们已经达成了此前全球化描述的“连接一切”的场景，但我们并没有获得全球化故事中许诺的完美世界。也由于已经连接了一切，“连接一切”的故事便不再具有感召力。

在更务实的角度上，如果前文所描述的互联网技术革命的结束是正确的，那么它还将直接作用于宏观经济周期，而经济下行周期总是在历史尺度上为人类带来灰暗的色彩。

而当下这个时代的灰暗色彩，就是民族主义、民粹主义、保守主义和数字集权主义等一系列势力的抬头。

互联网技术自身是全球化的一环，全球化的瓦解亦会对互联网自身的发展造成阻碍（如各国阻断连接、征收税费、限制内容传播的法律尝试）。互联网陷入的困境，像是一条衔尾蛇，它咬住了自己的尾巴，绝无可能依靠自身解决。

但互联网不只破坏了“全球化”这一元叙事，它对元叙事这种社会构建工具的破坏才是最难以修复的。

值得注意的是，尽管元叙事是一种可以对人类全部社会活动给出答案的结构，但它绝不是用来指导一切社会活动的准则。如果你不能理解这一点，就想一下当人类历史中教条地执行基督教、民主制度和共产主义叙事文本的时期都发生了些什么。

本文亦是一种元叙事，由于初衷是为了给互联网行业一个盖棺定论式的分析，用以解释一些在传统科技媒体、商业评论的微观分析中不能给到的答案。因此，本文并不具备任何微观层面的指导意义，只是描述了互联网行业及其影响的当下社会的一种可能趋势。任何一家互联网公司，无论是大是小，都应该更关注其自身业务面临的微观问题，任何微观层面的决策工具，都比本文带给读者的叙事结构更有实践上的意义。

当爱，不再是爱

2016年，麻省理工学院开发出一款名为“道德机器”（Moral Machine）的调研产品，通过向全球网民展示一系列图片，来进行一场社会实验。

项目组通过现代化产品将“电车试验”做成了调研，网页程序会不断向受试者展示一个紧急判断情景，要求受试者假定自己是“一台自动驾驶汽车”，并在A、B两种行车路线中做出选择。

在问卷中，有许多控制变量，比如你需要在必须二选一的情况下，判断撞男性还是女性、人类还是宠物、白人还是有色人种、年长者还是年轻者、有钱人还是穷人……最终搜集到了来自二百三十三个国家和地区接近四千万份选择样本。

这一研究的完整成果发表在2018年10月的《自然》（*Nature*）杂志上，感兴趣的人可以自己去检索，在此只选取与本文相关的一些结论。

在这一实验中，与我们认知比较符合的结论是，人们明显会选择拯救更多的行人。

但如果排除两种选择造成伤亡人数上的差异，受试者的选择便会呈现“明显偏见”，并与我们倡导且试图想强加于AI的道德背道而驰。比如人们更倾向于避让有钱人（相比穷人），避让瘦子（相比胖子），以及避让女性（相比男性），避让年轻人（相比老人）。但在老年领域，又倾向于避让老年男性而不是老年女性。

这从某种形式上证明了大众在道德问题上的“口是心非”，而这种口是心非会瓦解公众要求算法拥有道德的合理性——如果人类自身都无法定义何为紧急情况下的“正确判断”，又如何要求机器按确定的道德标准行事呢？

这一实验展现的，仅仅是算法对人类道德瓦解的很小侧面，整个互联网文化对精确的追求，在更大的层面瓦解着更多的叙事元素，而这使得我们谈论的元叙事危机与过去的每一次元叙事替代都有所不同。

一个大的元叙事，往往由许多碎片化的叙事元素构成。当一个大的元叙事倒塌的时候，我们会看到一个新的元叙事崛起，而新的元叙事往往由旧元叙事中脱颖而出的某些元素再加上新的排布逻辑构成。

而互联网为元叙事带来的危机，远非终结了某一种特定的元叙事，数字化技术带来的模糊界限的消失，会让所有碎片化的元叙事要素也溃不成军，它从根本上破坏了我们对任何一种叙事元素的信赖。

以爱为例。爱作为最重要的叙事元素，几乎参与了人类历史上每一段元叙事的构建。自盘古开天，上帝“要有光”开始，人类的元叙事就开始讲述关于爱的故事，神对人之慈爱，君对臣之严爱，民对君之敬爱，家长对子女之爱，男女之爱……连《人权宣言》的开篇名义，都是从统治阶层手中重新夺回天对大众的普爱。

因为爱是一种最广泛的共感，它能唤醒人类作为动物最原始的情绪，形成最大的共识。

以一个极端的情景来描述，一个战胜国的士兵在扫荡战场时，对伤病或非军事人员抬高一寸枪口，往往是基于当时情景下，对方伤员凄惨的呻吟、痛楚的表情、空气中血腥与硝烟的味道、残破的战场与灰暗的天空引发的脑内化学反应。

任何抽象化、文字化、信息化后的人道主义，都不足以决定性地驱动这样的感性决策。

反过来说，如果所有的士兵都采用远程武器操控机器人在战场上厮杀，或者甚至他只需要在几千里之外的指挥室里按下一个“清缴残余”的按钮，那么人道之爱在这里就不会起任何作用。

抽象化后用文字表达的爱，都不是那个能引起我们最广大共识的爱。而遗憾的是，互联网本质上是一种信息网，我们在互联网上以任何形式讨论的爱，都是爱的其中一种抽象形式。

过去两个不同文明之间的个体往往没有大规模的对话渠道，因此两个持有不同文化的个体，客观上无法对彼此爱的定义展开论战。在大多数情况下，那时的人们比现在的人容易达成这样的共识：对方是有爱之人，尽管我们有一些利益与观念上的冲突，但仍认同彼此心中爱的那一部分。

但到了互联网时代，我们会看到越来越多对爱持有不同定义的人，在网上吵来吵去、互相攻击，最终甚至演变成极端主义。在互联网里，爱神从英灵座跌回凡间，被解构成每一种世俗利益冲突中的牺牲者，失去了其本身的号召力与同一性，最典型的，比如宗教之爱与同性之爱的冲突。

这种解构一方面是由前面描述的过度且简单的"连接一切"造成，另一方面由互联网的精确定义与精确记忆构成。用更简单的话说，有了互联网，我们不只对公众人物"挖坟"和"污名化"，还会对每一个叙事元素如此操作。

《大西洋》杂志的一项调研显示，2019年，35%的共和党人和45%的民主党人反对自己的孩子嫁给或者迎娶持有不同政治、宗教或种族立场的人，而这一比例在1960年时只有5%。

互联网并非造成这种分裂的根本原因，却是这种分裂的加速器与固化剂。时至今日，我们依然能够看到2016年美国大选前，美国网民围绕特朗普的相互骂战中，最恶毒的推文被转发并用于相互攻击。

我们会记得自己最初是如何支持慈善组织，但后来发现它们只是一场骗局；我们也会记得自己最初如何支持环保，但后来环保机构把它做成了一门生意；我们还会记得，动物保护是如何从正确走向激进的。

人类个体会遗忘，群体也会遗忘，但到目前为止，互联网却几乎从不遗忘。

多年以后，当你决定重新开始慈善事业的时候，搜索引擎、社交媒体依然会孜孜不倦地提醒你，十年前的郭美美是如何让你做出“不再参与慈善”这个决定。

你会反刍自己当时做出决策的过程，并惊讶于互联网不只精确保留了你决策的结果，还保留了你那次决策的所有素材，以“确保”你不会给对方提供第二次机会。

每一个旧的叙事元素，皆因历史上的污点而无法翻身。每一个新的叙事元素，在其受到公众认可的上升期，都会引发大规模无建设性的讨论。

最终，我们会迎来一个没有叙事的时代。

国家、企业和组织为何失去信用?

从此不再相信任何一种元叙事，似乎看起来会让我们进入一个纯粹理性时代。这会是一件好事么?

首先，这会是一个非常非常长期的问题，因为人类文明自诞生以来，就在不停地相信不同的元叙事，任何短时间内给出的结论都是不可靠的。

但缺乏元叙事对现有社会形态的短期影响必然是负面的，因为现有的人类社会，很大一部分是一直依靠元叙事来运转的。

早在1970年，法国学者让-弗朗索瓦·利奥塔尔在《后现代状态：关于知识的报告》中，就将元叙事定义为“现代性的标志”，而元叙事的瓦解则意味着后现代的开始。这一波后现代主义思潮对应的是美国“垮掉的一代”与“嬉皮士文化”，而中国预计要到零零后或一零后，才可能会面临这样“富足的烦恼”。

元叙事的存在对人类社会的客观好处，并非是给我们一本说明书，使之可以用于指导生活中的每一个细节，而是为了让我们相信未来、相信彼此、相信共性，以实现更大规模的社会协作。举一个更简单的例子，对于大多数哪怕受过高等教育的现代公民来说，往往也不能理解诸如现代交通系统、现代金融系统、现代医疗系统是如何运转的，对这些系统抱持打破砂锅问到底的科学态度，会显著降低现代性带来的便利。

一名患者敢于让一个陌生的医生向他的静脉中注射药物，并不源于这名患者充分理解药物的分子式以及药代动力学原理，而是基于他相信这些静脉注射剂在上市之前有一整套科学的安全与效用检验机制，同时眼前的医生之所以开出这样的药方，也是因为经过了专业教育的系统训练与考核。

更多情况下，我们的无知是二阶导数：大多数患者也并不了解或详尽了解“科学的药品审核”和“科学的医师训练”指的是什么，只是迷信这一治疗的科学性（尽管这些治疗可能确实是科学的）。

这种“迷信”是有益的，因为现代社会的复杂性，导致它的运作方式远远超出个体乃至小型、中型组织的理解能力。而一旦参与到现代社会的运转当中，又不可避免地牵扯到那些我们不知道的领域（即便你不是医生，也要接受治疗）。因此，我们必须在自己熟识的领域之外，信任那些在其他领域专精的人、机构或系统，整个现代社会才得以运转。

这就产生了一个非常可怕的现象，即由科技生产力驱动的现代社会，本身是基于大多数人足够“迷信”才得以运转的。

而显然，狭义信用制度（包括政府公信力、企业信用、社会组织信用、人际信用）这一古早概念已无法跟上互联网时代的节奏。同时，互联网又赋予了我们无与伦比的质疑能力。一个现代阴谋论者通过互联网广搜资料生产的文章，可能比一个世纪前的正经科学论文更具“可信度”。

这一模型最好的试验是2019年获得普利策奖的纪实文学《坏血：一家硅谷初创公司的惊天谎言》中描述的故事。故事描述了一个几乎毫无医学背景的创业者，在被誉为全球医疗监管最为严格的国家，展开的一场长达十二年的大型医疗设备骗局。从主人公自斯坦福辍学开始创业的2003年，到《华尔街日报》首次系统性报道的2015年，这场骗局维持超过十年，涉及数十万人，且没有受到美国任何监管机构的阻挠——尽管有至少五个部门应该将此事叫停。

网络的精确记忆和广泛传播，使得信用受损的影响与速度远远超过以往时代。而在政府公信领域，这一问题表现得尤为突出。

举一个抽象化的政治例子：

假设A国拥有三千万人口，B国拥有十五亿人口，即五十倍于A国的人口。

假设B国的国土面积也是A国的五十倍。

假设两国犯罪率相等。

在非互联网时代，我们会得出这样的结论：

由于犯罪率相等，因此B国的净犯罪数量应当是A国的五十倍。

由于B国的国土面积是A国的五十倍，消息传播速度与地缘相关，那么B国每一个个体每日在本地媒体上目睹凶杀案的可能性与A国相等。A国和B国的国民会认为两国拥有相同水平的治安。

在互联网时代，则会变成这样：

由于犯罪率相等，因此B国的净犯罪数量应当是A国的五十倍。

由于网络媒体往往以语言为边界，且媒体每日可推送的消息大幅上升，B国任意地区凶杀案均会在全国性网络媒体上传播。

B国每一个个体会看到A国五十倍的犯罪报道。

B国人觉得自己的国家治安烂透了。

在过去，治安事件按照概率均等分布于B国的国土上，并以地方报纸、广播、电视等渠道传播，依照治安事件的等级，只影响那些与事件相关或地理位置相近的公民。只有一个治安事件演变为地区无法解决的问题（极恶性治安事件）时，才被其他区域的公民注意。

在网络环境下，由于传播速度的提升与门槛的降低，B国内任何一地发生治安事件，均会被视为全国新闻，受到全体B国公民注意。由于人们往往在治安问题上带有强烈的共情能力，大众会将每一个发生在其他地区的治安问题当成是与自己相关的问题，从而忽略了B国的犯罪率可能一直很低且与A国水平相当，这会使得B国在治安领域的公信力以五十倍于A国的速度流失。

如果你觉得这个例子并不存在于现实，那么不巧，这里刚好有一个现实中的例子：

2018年是滴滴的“灾年”，连续几起涉及滴滴网约车的恶性治安事件，将这个每年承运二百亿人次的出行公司推到风口浪尖。

二百亿这个承运数字，刚好与上文的“人口五十倍”

概念相符，滴滴在2018年的全国承运量，数十倍于全国所有传统出租车公司的总和。

如果从冷冰冰的数字角度来讲，在滴滴深陷舆论风波的那段日子里，最高人民法院就曾计算过，网约车司机每万人案发率为0.048，传统出租车司机每万人案发率为0.627，因此，从科学的角度来说，乘坐网约车的人身安全性比出租车高出一个数量级。

要知道，对于任何可能的风险来说，只要拥有无限次重试的机会，风险就一定会暴雷。

比起传统出租车，滴滴更接近“无限次重试的机会”。传统出租车不仅总运量在2015年后远小于网约车总运量，“传统出租车”这五个字也并不是一个能够被公众聚焦关注的统一品牌。用更白话的方式来说，每个城市都有几家相互独立的出租车公司，甲城市出租车公司发生了恶性事件，根本不会在舆论上引发乙城市民众的共情，但全国无论哪个城市的滴滴出现一起恶性事件，都会引起全国滴滴潜在用户的关注。

可以预见的是，如果我们无法让大众意识到绝对安全是绝对不可能的事情，滴滴就永远无法从这种指责中获释。这种指责在很多时候会凝结成一种力量（往往以过度监管的形式出现），形成阻碍技术进一步发展的枷锁，也让技术本身失去自我修复的能力。

至此，我们便不再相信网约车是一个“好故事”了。

而这正回到了本节的开头——元叙事的倒掉是现代性自反性的开始。尽管元叙事的目的并非是让我们依照元叙事所讲的一五一十走下去，但元叙事是我们凝聚共识并形成迈向美好未来行动力的重要线索。

因为相信所以看见，因为不相信所以无法实现。

走上歧路

互联网对元叙事的解构，除了上述可能带来的危机，也有另外一种趋势抬头，即道德的代码化。

由于我们不安于越来越无法令人信服的元叙事，技术乐观主义者与保守主义者妥协出的一个结果，就是用技术本身来固化与强调我们已有的某些叙事——比如道德。

但这没有解决任何问题，并且会让我们陷入更被动的境地。

一个清晰定义且具有强大控制力的道德标准（或其他元叙事）是可怕的，因为它往往会在各种维度上阻碍人类社会的进步。

用更通俗的话来说，2019年可以说是人工智能的凶年。AI这一词语在大众心目中的形象，与一年前相比急转直下。人们开始讨论推荐算法带来的信息茧房、无处不在的摄像头、换脸App的滥用、智能推荐广告对隐私的剥削、智能课堂对小学生的控制、脑波监测让心理罪成为潜在的可能。

如果用AI反过来规制人类的道德，你应该能够想到会发生什么。

我们已经在过去几年里享受了第三次人工智能浪潮带来的便利，虽然不乏少部分现代卢德分子[①]在看到科技企业推出的一个又一个默认勾选的“霸王条款”时，干脆放弃了这种便利。但这毕竟是少数人的选择。

为应对公众舆论与政策监管，大多数科技公司都在寻找“既能维持好处又能减少害处”的AI之道。能找到隐私与效率之外的中间道路自然是好的，但如果这条路在技术上真的不存在，是否能退还AI在过去五年中给社会带来的效率提升？从结论来说，这几乎不可能。

此时就会发生一件奇怪的事情：我们会逐渐习惯科技带来的“负面”影响，尤其是那些仅与道德冲突的“负面”。我们的孩子可能不再认为信息茧房有什么问题，可能觉得摄像头是安全的象征，可能会觉得智能广告是天经地义。

马克思称这一现象为“人的异化”，孔子则称之为“礼崩乐坏”。

但孔子谈的“礼”为周礼，是指西周时期等级森严的封邦建国制度以及其附属的一系列繁文缛节，当下看来是

① 指在工业革命时期积极参与卢德运动的人群。由于未能正确认识阶级矛盾，卢德分子认为工人阶层的收入下跌、失业和破产是由生产工具（即机器）的生产效率提高所导致。在前两次工业革命时期，卢德运动以暴力砸毁机器为主。现代卢德运动则倡导人们拒绝应用新技术，提倡简朴生活。

十足的“糟粕”。正因为两千七百年前礼崩的发生，中华文明才得以有发展至今的机会。马克思在“人的异化”中也提到，这一现象随阶级诞生而诞生，直到私有制、阶级与国家的完全消失才会消失，这意味着在历史的漫长时期中，除了习惯异化，我们别无他法。

拜道德的模糊性所赐，我们可以将一些美德传颂千年而不去理会其背后蕴含的实际标准完全不同。尽管从每个前朝人来看，下一个朝代都发生了“礼崩乐坏”，但中国从未丢掉“礼仪之邦”的帽子。

某些模糊的、深刻的、民族性的道德被深深地刻在文化传承中，而绝非那些落在白纸黑字上的繁文缛节。比如，元代的“孝”与当今的“孝”就有着完全不同的意义，即便在元代，也并不是每个人都会去精确执行《二十四孝》，但如果你将《二十四孝》写进AI的代码里，它就会被精确执行。而且当今AI所能影响与控制的人类数量，比地球诞生以来读过《二十四孝》的总人口数都要多。

这意味着，一个被精确写入某种价值观或道德的AI，会成为一个自实现的“道德机器”，像一颗大头钉，将社会的道德进化树永恒地钉在当下。

这或许是可能的，但却是可怕的，比向技术归还它们赠予我们的便利更为可怕。

随着城市摄像头的增多，个人征信系统被滥用，我们似乎正在走向一个道德固化的时代。但如前所述，人类的道德本身也是一种叙事，它的作用在于驱使我们自发地向好的方向发展。

也正是因为我们永远无法做到道德上的完人，道德才得以成为我们不断改善自身的动力。而外化的、强制的、精准的道德，会使人失去自发向善的能力，消解道德作为法律补充的社会力量，使更多人在潜意识中加入“钻道德空子”的阵营。

如库克所说，“我并不担心机器像人类一样思考，我担心的是人像机器一样思考”。利用技术手段精确执行某种当下的道德，就是让人像机器一样思考。

《技术的本质》中曾描述“时代创造技术，技术也创造着时代”，当你走进一个技术博物馆，不可避免看到的是技术对于当时人类社会、文化和道德的改造（或演化）。比如“化学用的曲颈瓶、计算尺、曼哈顿计划的身份证、身着宪兵警察制服的假人、汽油配给的卡片、旧汽车和吉普车”等等，所有塑造过去社会形态的元素，都与当时完成任务的典型手段，也就是技术有关。

在学术场中，社会学家往往更反对人的异化，而人类学家对人的异化并不恐惧，因为前者以人类的集体行为为主要研究目标，人类个体行为的异化是社会变化的结果，个体无从选择，因此，人的异化是一种不好的结果。而后者以人类个体为研究目标，异化是其动因，社会整体发生的转变才是结果。

追求被精确执行的道德，在某种程度上是“代码即法律”这一理念带来的妄念。在理论上，“代码即法律”是可行且诱人的，它向我们描绘了一个所有的正义既不缺席也不迟到的美好场景。

不谈道德，仅从法律角度讲，“代码即法律”也不一定是正确趋势。立法本身是一种大型社会契约的运作，这导致各国即便是在互联网的加持下，想要建立或修改一部法律，可能也要五到十年的周期。

在直觉上，法律不应该有模糊地带，但实际上法律的模糊地带总是存在于两次修法之间或新法诞生之前。比如，假设各国的交通运输业法律从三十年前就开始被机器一般精确执行，那么Uber和滴滴就不会诞生，取而代之的将是长达数十年的传统出租车公司向互联网行业的转型。

技术需要有价值观，指的应当是编写技术的人、运用技术的人、使用技术的人，而绝非技术本身拥有价值观。

迈入风险社会的最后一步

风险的分散化大生产

比起任何已知或已经实现的负面影响，互联网的紧密结构导致的潜在未知负面影响亦或称“风险”，才是互联网自身发展以及当下社会进步的最大障碍。

稍不注意，我们就有可能被带入风险社会的历史困境之中。

风险社会与阶级社会一样，是一种描述社会形态的工具，它由德国社会学家乌尔里希·贝克提出。他预言，风险社会将取代阶级社会，成为接下来的社会主流形态，我们的主要矛盾将从阶级矛盾转向风险矛盾，即风险成为全球人类之公敌，而国家与国家之间的竞争，也将以转嫁风险和防御风险为主要模式。

在该理论中，风险是不分国家与阶级的，它会随着全球自然环境、贸易网、金融网和信息网流窜，最终在防御洼地爆发，并引起全球性危机。

用书中更通俗的例子来讲，环境污染和核能的安全问题，是两个典型的可流动风险。

欧洲工厂向空气中排放的废气，有可能漂洋过海在美国形成酸雨，或向东毒害中亚的儿童。欧洲企业事实上既无力，也无意愿承担自己在非本地区引发的环境危机。而对于受害地区来说，由于不直接参与欧洲的工业规划，它们也无从预防甚至治理这一问题。

如果环境污染问题还是一个长期且不够显性的问题，那么核危机则更加急迫和致命。尽管在将核应用于武器层面，人类文明之间已经达成了一个看起来运作良好的相互威慑体系，但在核能的正面利用方面，反而更加危险。世界各个拥有核电的国家经济发展水平不同，技术实力相差也较远，同时可能有着完全不同的政治经济体制，这导致各个核电站应用的安保标准与措施不尽相同。

而核泄漏的全球风险却并不取决于安保最好的核电站，而是安保最差的那个。亦即全球任何一个核电站发生泄漏事故，都有可能通过空气和水引发全球的灭绝事件。

就在《风险社会》一书写就发表的年代，由于1986年切尔诺贝利核电站核泄漏为全球带来的恐慌，使该理论得到广泛讨论。

切尔诺贝利核电站事故可能是人类文明史上第一个由极小群体引发的全球性危机。而在之后的日子里，由单一或极小群体引发全球性危机的可能性越来越高，频度也越来越高，同时也不再局限于环境领域。

这是由于随着“全球化”这一概念逐渐成为现实，在海洋、土地、天空三个自然相连的媒介之上，人类又搭建了贸易、金融与信息三个互联互通的网络。

与三网在经济领域协同带来的正面效应相同，全球贸易网、全球金融网和全球信息网在风险领域也存在协同与放大性。正如仅仅联通贸易网也有可能为美洲土著带来种族灭绝一样，信息网的诞生本身就意味着一些风险的从无到有。

其中互联网使得风险生产的分散化和个体化达到一个新的高峰，这是贸易网和金融网都不曾做到的。

在贸易网被打通的时候，为一个国家带来风险的往往是另一个国家，比如典型的鸦片贸易；在金融网被打通的时候，企业可以对一个行业或一个国家造成风险，比如广场协议和1997年IMF协定后华尔街投资银行对日本和韩国进行的操作；而到了互联网时代，个人仅仅通过发言或黑客行为即可影响企业、行业甚至一个国家。

风险生产者的门槛在降低，而风险受害者的规模和频次在上升。

仍以核泄漏为例，互联网时代一次核泄漏危机，很可能是由某一个体引发的，需要的只是开发一款足够感染核设施的病毒，而事实上已经有人这么干过了。

当然，除了这种"高级威胁"之外，信息网的打通也让我们无时无刻不面临那些有关信息本身的风险。比如一个内心扭曲的人发明的蓝鲸游戏（未成年人自杀游戏）在全球造成近千名儿童死亡；中国某大型旅游网站被拖库后引发大规模不相关行业的隐私泄露；漫画村一个盗版网站对整个日本漫画行业收入造成重创等等。

信息的风险除了会对个体和产业产生作用，也会对国家这个层级的事务引发意想不到的影响。谣言、假新闻也无时无刻不作用于各国的政治生态，并引发一系列无法控制的后果，连最初将社交网络视为民主之光并鼓励其在社会变革中发挥关键作用的美国，也在2016年大选期间被互联网上的一系列假新闻事件反噬。

互联网在客观上像一个分散化的风险制造机，让每一个风险都成为全世界的风险。

2012年起，FBI开始通过“钓鱼执法”的形式，调查互联网儿童色情问题。在2012年至2016年期间，FBI通过控辩交易和黑客入侵等方式，控制了至少二十一个儿童色情领域的知名网站，并摸清了这些色情网站的整个链条。令人惊讶的是，这些网站不只拥有来自世界各地的浏览者，同时拥有来自世界各地的贡献者。FBI自2012年起，不得不向全球各国公安机关（包括中国）共享其获得的犯罪线索，因为这一问题已经远超其可以处理的范围。

在儿童色情的黑色市场中，犯罪分子通过赠送零食、玩具的手段，在经济落后地区引诱或强迫儿童做出不恰当的行为，并将这些行为拍摄或录制成素材，再在全球性的儿童色情网站上售卖，通过数字加密货币等手段逃避管制。

正如互联网可以撮合正当的交易一样，它在这里也充当了非法交易的中介。甚至可以说，在没有互联网的情况下，这类系统化、专业化的犯罪产业链是不可能存在的，互联网使得这一风险从无到有。它将散落在全球不同地区的比例极低的性变态者的需求聚集起来，传导至经济落后地区的留守儿童身上。

除了这些直接由互联网带来的各类风险之外，信息网与贸易网、金融网的结合，还能引发影响更大、更为深远的危机。不难发现，在信息网加入进来之后，风险的传导速度以几何倍数增长，远远超过了经济利益的传导，使得传统的风险防范与救济措施显得十分无助。

习惯性的风险错配

由于互联网赋予每个人远超过去的能力，因此在很多时候也让我们误以为自己能够承担远超自身所能承担的责任，于是，习惯性的风险错配已经成为互联网时代放大风险的一种主要模式。

以最近几年较为流行的“电商扶贫”来解释，信息网络与金融和贸易网络如何协同工作并放大风险。

一般意义上，偏远山区的农户资金流动性较差、资产水平较低，其日常的经济状况几乎与经济大盘不怎么挂钩。尽管山区农户与城市居民使用同一种货币，但实际上农户的吃穿用度大多在村内或县城解决，他们与整个宏观经济的最主要连接点，在于定期向前来收购的经销商出售农产品。而由于传统农产品售卖链条较长，农产品在农户端的收购价格有可能是其最终在城市销售的五分之一、十分之一。

长期看来，这对农户是一件不公平的事情，但这个链条创造了将近五到十倍的弹性，用于吸收风险。具体来说，意味着无论是2008年的金融危机，还是2019年的中美贸易摩擦，都几乎不会影响到一个靠售卖农产品为生的典型农民的收入。

但当电商出现，这一状况就发生了改变。电商扶贫本质上与一切网购一样，是通过削减中间环节实现的，它通过让农户在农产品原产地以电商形式向城市消费者直接售卖自己的产品，来增加农户的收入。短期来看可以成倍增加农户收入，这也是其“扶贫”属性的体现之一。

但潜在的危机是，“没有中间商赚差价”意味着“没有中间商分风险”。仍未摆脱“小农经济”生产方式的许多农户，会直接与宏观经济周期相连。当宏观经济周期上行时，带来的经济好处是巨大的，但当宏观经济周期下行时，“小农经济体”是否能够安全落地却是个问号。

为更好地理解，再详细假设一个情景来描述其中可能存在的问题：

假设有这样一个果农，全家的收入来源是种好果树并收获水果，卖给前来收购的经销商（传统模式）。果农一旦将货物交给前来收购的经销商，所有的劳动收入便“落袋为安”。现在，电商扶贫出现了，果农决定加入某个电商平台的扶贫计划，获得更好的收益。

在电商平台的扶持下，经销商这一角色被削减了，但经销商承担的功能并不会消失：水果要被运输，稍微好一点的水果要被包装或半加工，电商平台上要制作水果的宣传页等等，在这一过程中，原本由经销商承担的运输、包装、加工、营销等步骤，一部分被电商平台承担，更多的则落在果农自身。

比如在运输的环节，过去由经销商定期上门收购，现在变成了农户聘请物流公司来自己的果园拉货，后续的几个环节也是如此。这意味着，这部分成本就从中间商转移给了农户，果农可能要为此对物流、包装厂、加工厂支付费用，租用一线城市的物流仓等等。

既然谈的是扶贫，我们自然可以假定这个农户在水果真正被消费者购买之前，并没有足够的现金支付这些中间成本。

此时，各大电商平台的“商户贷”可能是他们最好的选择。农户可以在水果收获期向各类普惠金融机构借款（利息很低），支撑整个销售季的成本，待销售额回流后还掉贷款，剩下的钱归自己。

在宏观经济上行周期，水果顺利销售，这一切看起来都没有问题。但如果经济周期进入下行，这个果农会遇到什么呢？我们继续推演一下：

由于没有中间商，除非果农已经在电商平台上开卖，否则不会意识到“今年经济形势不好，会影响到城里人买我的水果”。

果农意识到“今年销售不好”的唯一可能，是已经支付了一部分中间成本，农产品已经完成了商品化转化，这部分成本来自“商户贷”杠杆。

水果最终没有销售出去，果农没有收到应有的收益，但前期的借款却依然要实打实地偿还。

更进一步，果农无法偿还贷款，无数的小缺口在金融机构处汇集，与“经济下行周期”形成恶性反馈。

除此之外，果农“把货卖给收购商”和“直接在电商平台卖货”之间还有一个隐秘的差别，就是前者是现金现付，而后者有账期存在。

宏观经济周期的下行，还可能影响到这一果农所入驻电商平台的账期，电商平台可能由于自身运转的原因，拖延货款支付或干脆倒闭不再偿还货款。无论是哪一种，对于果农这样一个原本就脆弱的经济体来说都是致命打击。

这种致命打击中的“致命”是字面上的致命，因为在经济学的观点来看，小农经济其实并没有大众想象中那么不堪，和现代经济相比，小农经济的系统性风险几乎只来自天灾。

换句话说，只要农民依然拥有农耕地和最简单的农业生产工具，无论其遭受什么样的打击，都可以从零开始重新生活。而现代金融工具的引入，尤其是不同层级的借贷，有可能使农民失去耕地、宅基地和生产工具，没有任何翻身机会。

这种错配不同风险承担能力主体的操作，其实有一个我们很熟悉的名字叫生态化反。就是乐视提到的那个词。

乐视系最早开始投入汽车和手机产业是在2015年，对于积淀全无的乐视超级汽车和乐视手机来说，几乎就是两个需要“电商扶贫”的果农，而乐视网则是“电商扶贫”中的电商。

2015年，移动互联网行业仍在上升周期的尾端，用互联网业务带来的巨大现金牛扶持跨界业务，是当时的主流做法。但乐视系的问题在于，它错判了互联网行业上升周期的剩余时间，与扶持一个新业务完成“原始积累”需要的时间，并且通过过于紧密的构架，使得风险可以在乐视系各公司之间无缝传导（没有中间商）。2014年至2016年成立的那一波“互联网”汽车公司中，只有法拉第未来的现状是最糟糕的。同时，那些互联网汽车公司虽然同样处于较为尴尬的境地，但并没有因为自身的危机为其关联的互联网公司带来危机，法拉第未来却几乎拖垮了乐视网。

原因就在于，其他的互联网汽车公司与其搭配的互联网公司之间采用了更为传统的隔离手段，不追求在业务与财务上的“没有中间商”。这种隔离确保了其中任意业务中产生的风险不至于向其他相关业务无限传导（并层层放大）。

新冷战

尽管看起来毫无成效甚至饮鸩止渴，但当下世界主要国家，都在过去的几年建立起更为保守的市场监管和对外政策，以至于在一些人的口中我们已经迎来了冷战2.0的时代。

但新冷战其实是一场关于个人的战争，战争的一端是生活在现代社会中的每一个人，另一端是这个社会中的所有人。

正如滴滴面临的那样，一旦陷入对风险的绝对防范，就会导致无限的焦虑。一方面，我们活在一个充满意外的现实世界，人类与生命的诞生本身就是宇宙间一系列精妙的意外，这意味着我们永远无法在这样一个世界里找到一种方法防范所有的风险；另一方面，互联网又激活了我们的风险意识，时刻提醒我们，网络另一端的每一个个体、组织和国家，都可能是风险的制造者或是转嫁者。

这使得社会从个体到政权都进入了一种紧张且敏感的状态，对一些正常的负面影响传导过度反应、提前反应，乃至过度解读。

由于我们实际上完全无法预测下一次风险从何而来，所以只能将一切潜在的“敌人”当成真正的敌人来对待。

我们会因为彼此的国家立场而对立，会因为竞争对手的公司而对立，甚至会因为偶像不同而对立。虽然这些对立在过去都存在，但不同的是如今彼此都被科技赋予了打击对方的致命武器。这在某种程度上与《三体》中描述的“黑暗森林”相似。

在个体层面上，传统意义上的邻里、社区信任瓦解，“扶老年人”成为炫富的标志，我们担心与朋友的谈话因为被截图传播而受到起诉，担心被供职的公司送进监狱或被自己雇用的保姆烧死，担心几年前在网络上的幼稚发言会成为今天社会性死亡的判决书。

在行业层面，龙头企业和创业公司均因为担心所谓的“降维打击”和“跨界碾压”而采取更为暴戾的竞争手段，频繁的举报、构陷与黑公关，以及因为生存焦虑而推迟企业社会责任的履行。

在国家层面，由于国际贸易从大航海时代以来就从未达成过平衡，因此当各国均开始对这一问题锱铢必较时，也就意味着国际贸易崩溃的开始，而这也将成为现代国际社会之间基础信任瓦解的开始。

因此，互联网的敌人是其自身，是强调平等导致了鸿沟，是信任泛滥导致了猜忌，是过度连接导致了隔阂。互联网成为我们这个时代的吞身之蛇与巴别塔，是现代社会的自反性。

时至今日，我们对风险的焦虑和采取的反制措施还远没有到达高峰，因为大多数人甚至还没有理解风险分散化和个体化生产的实质。

2003年，人类基因组完成图首次发布，这项计划集合了美国、英国、法国、德国、日本和中国六个国家中的顶尖科学家，历时十三年，耗资超过三十亿美元。2019年，中国学者贺建奎发表的人体基因编辑论文，由于其医学伦理道德存在问题而引发世界范围内的恐慌，贺建奎自身也受到了应有的惩罚。但大多数人没有意识到的是，早在2015年，你就能在众筹网站Kickstarter上购买仅售一百六十美元的CRISPR基因编辑工具套装。进行哺乳动物胚胎基因编辑的其他所需工具，你也几乎能在毫无管制的情况下买到。

根据俄罗斯一个从事人体基因编辑研究的机构介绍，目前“正经”地进行一次人类基因编辑，仅需一万五千五百美元，而其中的大部分成本耗费在必要的监测和观察上。

对于一个想要制造弗兰肯斯坦的疯子来说，抛去安全与合规后，成本更会大幅下降。

类似的案例还出现在换脸应用ZAO上，在几天的火爆之后，用户“迅速”质疑该应用是否会导致自己的面部被滥用，如将面部内容替换到某些非法视频上。

大众对ZAO的焦虑与担心，不仅是迟到的，而且是无效的。

ZAO使用的Deepfakes早在2017年就已经相当平民化，任何一个想“作恶”的人，都可以在GitHub上找到一份简单可用的代码。相比之下，ZAO被滥用的可能性远没有已开源的Deepfakes原始技术作恶的可能性更大，毕竟这是一家由商业公司运作的商业化项目，它的驱动力是赚钱而不是犯罪。

事实上，Google等大公司早已开始针对伪造视频的对抗识别技术，并在ZAO引发公众恐慌之前（两个月）就已经有了初步可用的识别方案。

这个例子很好地说明了一点：风险带来的焦虑，除了阻碍技术的进步和自我修复之外，毫无益处。

技术普及看似正在以恐怖小说中的方式降临人间，但对此产生恐惧似乎并没有用处。除非我们每天走进邻居家，检查每个衣橱和角落，否则永远不能确信邻居是不是一个正在制造僵尸的怪医。

在《风险社会》中，乌尔里希·贝克曾提出一个比较浅显的方式，用于解决技术进步带来的风险社会。即我们应当将共识聚焦于进步性而非技术性，总要承认技术在人类历史中，一直推进社会肉眼可见的进步。

但这种共识过于模糊，在《风险社会》写作的年代尚且可行，但在当下，风险或风险性的传播速度远大于这一共识传播的速度。

领英创始人里德·霍夫曼在《闪电式扩张》中，试图为正在快速扩张中的企业寻找到一个应对风险的合理框架。

它并未超出我们之前谈到的“扩大风险防范”的范式，是为这一范式寻找一种合理的、有效的路径，而不是疯狂夸大风险及风险防范的意义，以至于扼杀企业的竞争力。

《闪电式扩张》中，将风险按照所需采取的行动分成四类：立即采取果断行动；现在采取短期行动，以后再采取永久行动；现在注意到问题，并承诺以后再采取行动；放任自流。其做出判断的主要依据，是问题当下所处的阶段，以及问题本身是否为系统性全局问题。问题的暴露阶段决定现在或以后处理行动，是否为全局问题则决定采取什么样的行动。而对于一些无法解决，且利大于弊的问题，任其燃烧使其逐渐自我解决（就像人的异化那样）。

抛开企业主体，这一框架对个人和国家也存在一定参考。但问题在于，我们是一种多愁善感的动物，总会被恐慌、焦虑、抑郁和愤怒等情感控制，无论是个人、企业和国家，都不一定能成为理性决策的主体。

本文不可能给你一个解决新冷战或风险社会的可行路径，但确实可以提供一个不那么焦虑的思考方式：

尽管我们可能最终不得不进入一段新冷战的时光，但从更长的角度（人的一生）来说，这可能并非一件坏事。

在上一次冷战中，人类的航空航天技术、农业技术、医疗技术和能源技术等都有了飞跃式的进步，就连本文为之苦恼的互联网技术也诞生于冷战时期。那些在冷战时期承受了不公的一代，都将在他们的晚年获得历史的补偿。

就像没有人能阻止历史的上升一样，也没有人能阻止历史的摇摆，因此，我们无需为自己不可能解决的问题烦恼。

相信希望，而不是幻想

至此，本文的基调过于悲观。

但希望读者不要误以为文章只是想传达这种悲观的情绪，并且我也并不想否定互联网及其技术革命在过去二十年中为全球带来的巨大福祉。

没有任何一项新技术会是弯路，阶段性的阵痛永远只是技术与社会自我修复，并孕育下一次革命的前提。

正是因为互联网技术的普及堪比第一次与第二次工业革命，我们才会经历此刻的痛苦。

1878年，三十一岁的爱迪生带着当时世界上仅有的几只白炽灯泡参加巴黎的第三届世界博览会。在之后的将近一百五十年里，电灯仿佛普罗米修斯之火，点亮了人类文明的每一个角落。事实上，电灯、电线、电力传输系统，在早期都曾遭受过大量的社会质疑——这很容易理解，毕竟时至今日，电依然是与火一样危险的事物，而早期的电力行业显然没有如今那么多安全措施对其应用进行保障。

与历史中的绝大多数趋势一样，科技的普及和利用也有其摇摆性，每一次伟大的技术变革之后，往往都紧随一轮关于技术的反思。而最终，新技术会在进步与反思的博弈中，达到对人类社会最有利的平衡。

这一过程对于技术先导者（比如这一轮技术革命中的互联网公司和从业者）的痛苦是不言而喻的，他们的“特权”会被收回。

这种特权的具体表现形式之一是，当一种技术创新应用于世的时候，监管与法律往往落后于其发展速度，使之能够有机会在超出自己能力范围外的地方引发一些变革（大部分为模式创新）。一些典型的案例，比如网约车之于出租车、短租民宿之于传统酒店、互联网金融之于传统金融业等。

技术的进步在这些领域只是变革的一个契机，网约车、民宿、互联网金融，早期能引发如此巨大变化的基础，是其可以不用遵守出租车行业、酒店业、金融行业的传统监管框架，制造一些更为激进的产品。

这种突破现有框架的特权在初期是利大于弊的，凭借新技术的引入和适当宽松的环境，行业可以摸清新技术究竟在哪些领域可以为整个行业带来新的增长或为用户带来新的福利。但随着技术红利见顶，这种突破监管框架的权利会逐渐弊大于利，并最终导致这一特权被收回。

最明显的是在金融领域，没有余额宝突破监管的惊艳面世，中国不会进入普惠金融的时代，不会有那么多的用户开始理财，不会有那么多的中小商贩得以借助金融工具让自己的生意变得更好。但到了后期，校园贷、消费贷、P2P的持续性负面影响，让互联网在这一领域的特权逐渐被收回。

无论是早期的突破，还是后期的奉还，均是对整体用户有益处的。

当然，对于互联网从业者来说，这种“特权”的回收会以KPI下滑、业务关停、收入下降等更直观的痛苦体现。

在特权回收期内，这种痛苦针对每个个体，而不只局限于行业从业者。

因为从最基本的经济学逻辑来讲，当企业开始受到监管与法律约束，并履行其应承担的责任时，其营业成本必将上升并转嫁至消费者承担，毕竟我们谈论的是现代企业而非慈善机构。以网约车为例，我们可以看到当公众对其安全要求提升时，它的价格也发生了明显的提升。这种提价是不应该被诟病的，为达到更安全的运营标准，网约车公司不得不增加对司机和汽车的筛选、对司机的定期培训、为营运车辆缴纳高额的强制保险、升级App的安全功能、为车辆配置监控等等措施，所有这些措施都需要公司支出真金白银。

到最后，我们会发现进入良性经营的网约车行业，其单价并没有比出租车便宜多少，而这也是网约车本应有的姿态，或者说我们更应该反思的是——在同样使用一辆车、一个司机的情况下，凭什么之前我们会认为通过手机呼叫出租车，就应该比扬手招出租车更便宜？

然而，网约车并不是人类出行史上的一条弯路，它显著降低了出租车的空驶现象，同时让我们可以在几乎任何时段和任何地点叫到出租车，而不用担心无法出行。它提升了运力的大盘，让更多人加入运输行业，并创造了一些非职业化的运力（拼车、顺风车）以实现同等运力下更加顺畅的城市交通，只是这些好处并不总是以个体消费者可见的形式呈现。

其他领域也是如此，几乎所有此前享受过技术特权服务的消费者，都会经历特权回收带来的痛苦。我们不能再用支付宝或微信免费还信用卡、不能再从搜索引擎上免费下载歌曲、从电商和外卖平台薅到的优惠券越来越少……

于是，在技术特权的回收期（一个较短的时间段），我们会发现这样一种现象：从个体而言，每个人的个体福祉都在下降，而社会整体福祉却在上升，因为原本让利于个体福祉的成本，被转移用作整体福祉的保障。

综合上述两点，对于互联网公司和行业从业者来说，这无疑是极端痛苦的，一方面特权的收回会直接影响其业绩，另一方面由于用户直观个体福祉的下降，其短期口碑也会大幅下降，一时间“里外不是人”。

1878年的“电工”是爱迪生，是特斯拉，是贝尔，是当时世界上最酷的人，但现在你绝对不会对电工这一职业有什么幻想。数十年后，当互联网完全祛魅，如今的“极客”也不过是我们习以为常的数千种平凡职业之一。这是不可避免的。

因此，我们要相信希望，而不要相信幻想。

那么，希望是什么？幻想是什么？

基于本文对自身“元叙事”的定义，我不会给出任何明确的指导答案，以免误导读者去做一些可能徒劳的尝试，但在这里确实可以驳斥一些幻想。

在当今的互联网行业，区块链与去中心就是一次典型的幻想。

互联网行业一些前沿领袖，尤其是技术前沿者对区块链与去中心化的描绘，恰如“以阶级斗争为纲”时期我们对天下大同的憧憬与对资产阶级的痛恨。但事实上，我们从历史中得到的教训是，两百年前（乃至现在）资本主义都导致了许多社会问题，但这并不意味着我们要把与资本主义有关的一切从地球表面铲除。而且，试图将资本主义有关的一切从地表铲除的运动，为整体人类社会带来了巨大的灾难。

在过去的半个世纪中，随着现代文明走向理智与成熟，无论是信仰社会主义还是信仰资本主义，我们都意识到，没必要按照这些主义最初诞生时写下的文本，去精确指导社会活动的每个步骤。因此，社会主义国家逐渐承认市场在生产资料分配中有其独特且不可替代的作用，私有制作为激励分配机制也能够在当前环境下高质量地完成任务，而资本主义国家也不再将劳动力视为纯粹的商品，通过全员持股、高社会福利等方式，一定程度上实现了劳动者对生产资料的掌握。

除极少数地区之外，全球人类普遍放弃了在实操层面二元对立的叙事结构。

元叙事作为信仰继续发挥其凝聚群体的作用，比如说我们仍然信奉勤劳致富，要在舆论和道德上谴责不劳而获者，要在社会福利上向劳动者倾斜，并在大方向上施行以按劳分配为主体的资源配置制度，但不应该在具体的微观层面实行全民计件工资制度和工分制度。

在互联网行业遵循同样的道理，对Google、Facebook、阿里、腾讯、今日头条等中心化互联网成功者进行批判，并不意味着我们要在微观层面上进行彻底的变革，并由此构建一个全新的去中心化的网络，因为这彻底否定了中心化互联网已经为我们带来的福祉。

更进一步说，去中心化不是解决当下互联网问题的良药，“赛博空间宣言”永远不可能实现，除非你能凭空变出互联网基础设施。

用例子来说，“拆分Facebook”及类似平台，就是个既坏且蠢的议题。任何大脑清醒的人都会意识到，只要我们的需求是“在一个地点找到所有的好友”，那么最高效同时也最安全的方式一定是中心化处理。分布式系统不仅会使得用户体验下滑，而且会导致隐私问题进一步严重化。

因为中心化的安全就像一个城堡（Facebook），我们只需要盯住城墙、城堡和看门的士兵（马克·扎克伯格）即可。而分散化管理却要求我们盯紧整个分散化机构中的每个节点，因为任何一个节点都有可能成为隐私泄露的源头。

在已知去中心互联网在技术层面上达不到对现有中心化互联网应用替代的情况下，如果通过舆论压力迫使转变发生，只会重蹈人类在历史上反复犯下的错误。

一个合理的路径，是在现有的互联网发展模式下，通过技术与模式的不断微调，解决其带来的实际问题，而不是盲目热衷于构建一个新的互联网来推翻旧的。

一个合适的例子是Facebook的Libra——这并不是说Libra本身是个好项目。

Libra的真正意义不在于它是否采用了去中心化技术，而在于Facebook正在尝试一种新的去中心化的企业治理结构，这可以有效解决Facebook自身集权带来的很多问题。

在经典模式下，Facebook以其在社交领域堪比微信+微博+抖音的地位，可以推出完全由Facebook一方建设的金融支付系统，其他参与方在这种模式下仅为使用者角色。在这种模式中，支付系统中的一切责任均由Facebook承担，尽管有时问题不由Facebook而是由参与者引发。

在Libra模式下，Libra会员单位对整个支付系统实现共同治理，利益共享风险共担。成员单位共同决定什么样的数据可以被应用于金融领域，什么样的不可以。每一个成员单位都有一套独立的风险评估体系，并在Libra体系内实现交叉检查。

在这种模式下，显然不会发生一个产品经理拍脑袋决定的功能导致几百万用户数据授权给一个大洋彼岸根本未曾谋面的实体，以至于在两年后公司CEO不得不去为自己根本没有做出过的决定在国会道歉。

Libra是不是去中心化的?

在原教旨去中心化支持者眼中显然不是，甚至在技术形态上Libra可能更像是一个中心化的产品。但它显然利用了去中心化理论中的一些要素，并以更高效的方式解决此前中心化带来的问题，甚至比重构一个去中心化的支付系统更为有效。

我们应该庆幸，没有一个真正符合原教旨去中心化支持者的数字货币取得了真正的成功，否则我们将迎来的是经济危机不断，且各国全部货币手段失效的动荡时代。

Facebook三十亿用户数据的使用权与处理权，最终可能会从马克·扎克伯格一人或Facebook一家公司的手中被释放，但它绝非以马克·扎克伯格辞职或Facebook被反垄断拆分来实现。无论是逼迫扎克伯格辞职，还是拆分Facebook，都只可能引发更严重的数据泄露和隐私侵犯，这刚好违背大众呼声背后的真实诉求。

尽管Libra在当下看来大概率失败，但它确实是一种有益的尝试，这种尝试应该更多且被鼓励。

回归到引发这一系列思考的两个熄火：技术裂变熄火与技术普及熄火。

这里有两个方向，是各国互联网巨头在前两年已经意识到的：面对技术裂变熄火，巨头拿出的思路是“产业互联网”（微软、亚马逊、Google、BAT），向着互联网过去没有触及的领域，去尝试与一些过去未曾组合过的技术，看看能不能把这个引擎重新点燃。

面对技术普及熄火，巨头拿出的思路是“科技向善”（微软、Google、IBM、BAT）。科技向善并不是一种社会责任，而是下一轮消费互联网中的竞争方法，因为当所有人都能做出差不多的搜索引擎、即时通信、社交网站、视频工具的时候，谁能解决这些便利带来的“负面问题”，谁就可以在下一轮商业竞争中掌握优势。

这并不是简单地让科技公司或它的领导人“做个好人”，而是需要在实践中精准地平衡社会利益与商业利益，这一难度不亚于某些精妙的产品创新。

以数据过度搜集为例，目前公共舆论场上的讨论其实存在明显失焦。

许多大公司App在获取用户数据和权限上倾向于超量获取，一个非常直接的动力其实来自反黑产，即在推出促销、拉新类活动时，避免被黑色产业链采用批量注册的方式薅羊毛。瑞幸咖啡在回应工信部对它的点名批评时，解释就是为防止黑色产业链刷咖啡券。

在技术层面，反黑产的策略其实很简单，就是向用户搜集足够多的数据，通过社会工程学和机器学习寻找两个用户有可能是同一人的可能，并提高黑产创造一个虚拟用户的成本，而这正是被普通用户厌弃的。

用户有可能会说“我不需要那些促销和羊毛，那能否不搜集我的数据”，这看似是一个很合理的诉求。但实际上，即便到了2020年，各类营销活动对互联网企业收入的促进作用依然是最大的，如果一个企业采用一刀切的方法“向善”，则可能导致其在商业竞争中输给那些继续“作恶”的公司。

想要得到一个正确的结果，首先需要一个清晰的问题。在此前关于数据隐私问题的讨论中，并未将企业面临的黑产问题摆到明面上，所以很难让我们得出真正的答案。

因此，当互联网这一技术革命的顶峰刚过，更有效的方式并非鲁莽地解决问题，而是更清晰地定义问题。对这些问题的清晰定位，有助于提升企业产品的竞争力——比如没有医疗广告的搜索引擎，没有信息噪音的社交网络，不会侵犯隐私的推荐算法。

但无论是产业互联网还是科技向善，都不一定能解决互联网行业面临的本质问题。

因为一场技术革命一旦进入到真正的下半场，我们能做的就不再是防止曲线向下，而是如何让曲线变平滑。这也是以计算机和互联网见长的硅谷，早在几年前便开始将重心移向新能源与生物基因等全新领域的原因。

如果说，幻想是指“一家公司、一个产品、一种全新的技术可以解决我们目前面临的全部问题”，那么，什么是希望?

希望是：我们当下面临的一切问题，都会成为不久之后的需求，然后在下一个时代成为产品、解决方案与推动社会发展的新增长点。

因为人类的进步，一直如此。

攀登者

张 梁 口述 ｜ 叶小果 整理

人们问我登上顶峰是什么感觉，其实当时只想活着下去。

一

1964年3月17日，我出生在河北石家庄，本来名叫张良，上户口时登记人员误写成了张梁，将错就错改了名。“梁”有山梁的意思，可能是冥冥之中注定我与山有缘。

我的小学和中学上的都是子弟学校，学习风气很散漫，没有很好的操场和球场。那时的我内向沉闷，不善于表达，并没有表现出什么运动爱好和天赋，但是学习很认真。1975年5月，我看到中国登山队队员潘多作为第一位中国女性登顶珠峰的新闻，这是第一次听说登山，当时根本没想到三十年以后自己也会完成这样的事。

1981年，我第一次出远门，跟高中历史老师，还有一个同学，一起去登泰山。那时泰山上没有缆车，我们步行上下山。一路上我感觉很艰辛、疲劳，下山以后，腿就跟弹簧一样，几乎站不稳。

我参加过两次高考，第一次被杭州丝绸学院（校）录取，但班主任建议别去。重读一年后，我考上了河北财经学院，想着离家近，那时财经学院比较热门，我学的专业是农村金融。从大学开始，我才真正热衷运动，性格还是以前那样，不善交流，不太参加社团活动。整整四年，我每天下午基本都是在球场上度过的，踢足球、打排球，我特别喜欢运动量大的项目，累到极致的状态就会忘却很多烦恼苦闷。

我从高中到大学一直留长发，说不清具体原因，反正就想和别人不一样，毕业证的照片里，头发已经剪过，但还是很长。我在大学四年没有谈过恋爱，就是想着毕业后走得远一些，无牵无挂。

毕业的时候，同学们都挤破头要留在石家庄，我选了深圳、新疆和武汉。当时农业银行同河北财经学院有个代培合作，就是每年给学院一笔钱，然后要一些毕业生，分配到各地的支行。后来回想自己那时的选择，就是骨子里的不安分。

1986年，我被分配到深圳，身上带了两百块钱，从石家庄坐火车，晄当晄当到了深圳火车站（现在已经没了）。那时改革开放刚起步，听说深圳在建设特区，我想象着会是一个非常漂亮和繁华的城市。走下火车，感觉有点破旧，居然跟内地有点雷同，不过陌生又新鲜。商业区就是东到罗湖区，西到上海宾馆。

我被分配到上步支行，1986年到1992年做信贷员，1992年到2000年是办事处主任。早期的工作条件比较艰苦，跑业务就靠两条腿，发辆单车都是很稀罕的，业务就是存款贷款，没什么压力。深圳最初就是靠银行贷款堆起来的，国家只给政策不给钱，都是企业求银行。我们面对的企业状况还是原始积累阶段，三来一补，后来完全是天翻地覆。

八十年代的深圳挺单调的，生活平淡，业余活动范围很小。上街跑步，别人会觉得你像神经病一样，登山、徒步、户外运动、体育产业、驴友，这些连概念都没有。九十年代末，网络刚刚兴起，深圳成为国内户外运动最早兴起的地方。有的户外品牌在深圳网上发帖子，召集周末去哪里玩。《万科周刊》搞了一个“游山玩水”的网络论坛，版主张罗户外运动，招募报名。我感到很新奇，觉得周末有点盼头，有事情做了。

从2000年开始，一群户外爱好者经常周末在一起，背着七八十斤的大包，里面装满帐篷、睡袋等各种户外用品，去深圳周边爬山，在山上过夜，烧水做饭，乐此不疲。我和王石是深圳玩户外的第一批人，梧桐山、笔架山、海岸线的那些线路，都是我们开拓出来的，经常到东西涌海滩去拉练穿越。

各行各业的陌生人，没有利益关系，容易交心，谈

深圳早期的户外活动：拉练东西涌。

得来，周末在一起玩得火热，互相了解，磨炼得大家比较信任彼此的性格品行。那样的圈子，对我来说是一个新世界，既健康又新颖，能够拓宽视野。

2000年5月，在青海格尔木海拔6178米的玉珠峰上，发生了一次轰动全国的山难，广州绿野户外探险队及北京K2登山队先后攀登玉珠峰南坡线路，因滑坠和撤营不当，导致五名登山者遇难、一名登山者严重冻伤。遇难者当中，来自深圳的王涛、周虹俊都是我在户外圈里认识的朋友。那时我才知道，原来不只是国家探险队，普通人也可以攀登雪山。尤其知道朋友为登雪山失去生命后，我就思考，雪山的魅力到底在哪儿？这个事件当时受到媒体的强烈关注，并引起讨论，我就有一种冲动，也想去尝试攀登雪山。

9月份，一支由深圳户外爱好者组成的队伍去攀登玉珠峰。那时我并不知道专业的登山知识，只是正年轻力壮，有一些低海拔户外运动经验。不过，我们跟着国家登山队和西藏登山队，心里还是有底的。

对于专业攀登者来说，6178米的玉珠峰只是一座初级水平的雪山，但那是我第一次登雪山，之前也没有去过高原。我们坐车到格尔木，走西大滩，沿着玉珠峰南坡向海拔5000米的大本营前进。我完全没有经验，途中帮着干活，搬运物资装备。干活半个多小时后，我有了高原反应，恶心呕吐，头痛欲裂，折腾得很痛苦。

在大本营，有专业的教练进行培训，冰爪、冰镐、安全带的用法，我都是那次开始学的，以前根本用不着嘛。王涛的坟墓就在大本营那里，我们专门带了香烛和鲜花，去拜祭了一下。

登顶的过程还比较顺利，我咬牙坚持着，克服高反的消耗，体力上倒没感觉有多大的考验。整个攀登过程，我们一共在山里待了半个多月。在山顶上，我没有特别兴奋，只是和他们一起撒了藏族的风马旗，大家拍照合影。四周白茫茫的，很空旷，没有想象的那么壮观，或者所谓的壮怀激烈，也没有感觉特别新奇的地方。在撤往大本营的过程中，路线很安全，我慢慢走着，脑袋里挺空白的，就这样完成了第一次攀登雪山。对我来说，高原反应可受罪了，有点痛不欲生，想着以后再也不登雪山了。

2000 年，玉珠峰，拜祭山难山友。

2001 年，与王石登顶慕士塔格峰。

可是，后来我食言了。2001年我和王石等一行十几个朋友去攀登了新疆的慕士塔格峰。国内的攀登者基本都是按照这样的节奏，先是玉珠峰，再是慕士塔格峰。

攀登慕士塔格，也是我第一次到新疆，从乌鲁木齐坐车很长时间，到喀什，进山徒步，跟着骆驼，运输物资到大本营。从大本营，到一号、二号营地，然后冲顶，过程还算顺利。

虽然慕士塔格峰海拔7546米，但是技术难度不高，攀登时连安全带和冰镐都用不着（据说现在线路变化很大，需要修路，配备安全带、冰镐等技术装备），只是冲顶的过程很漫长，整个线路总感觉走不到头，很疲劳，很绝望，是最大的感受。而且山顶是一个不规则的平台，看着左侧是顶峰，实际上右边才是。因为山体很大，线路比较简单，最大的挑战是体力上觉得很辛苦。那是我和王石第一次一起登雪山。

二

1786年8月8日下午，“水晶猎人”雅克·巴玛特和医生加百利·帕卡德成功登上勃朗峰，算是拉开了现代登山探险的大幕。随后一百多年里，欧洲人不断活跃在阿尔卑斯山上，这在人类登山史上被称为“阿尔卑斯时代”。直到二十世纪，才有人攀登喜马拉雅和喀喇昆仑山脉。

1953年，新西兰登山家埃德蒙·希拉里与尼泊尔向导丹增·诺尔盖搭档，从尼泊尔境内的珠穆朗玛峰南坡成功登顶。那是世界上第一支成功登顶珠峰的队伍。

1960年5月24日，中国珠穆朗玛峰登山队突击队成员王富洲、贡布、屈银华从海拔8500米的突击营地出发，克服各种艰难险阻，在25日凌晨4点20分成功登顶珠穆朗玛峰，首创人类史上从珠穆朗玛峰北坡登顶的纪录，但因为照片资料不足而在国际上存在争议。

2003年5月，为纪念人类登顶珠峰五十周年，央视和国家登山队策划了一次登山活动，也开启了中国业余运动员攀登珠峰的先河。我作为七个业余登山队员之一，参与了那次珠峰的攀登。国家登山队到深圳选拔人员时，主要挑选攀登过慕士塔格峰的人，跟我们做了简单交流，我觉得没问题，就去了。

在所有登山队员中，我的体能不是最好的。出发前，有人专门去了怀柔的国家登山队基地参加培训，我因为还在上班，不方便去，再就是需要自己花钱去北京，我就没有参与培训。

国家登山队历来的规矩，是把队员分成A组、B组，1960年也是那样分的。我和王石都被分在B组。我们从珠峰北坡攀登，加上其他队伍，一共有大约三百号人。新西兰著名登山家罗塞尔也在带队攀登，他是国际上8000米以上攀登最牛的组织者之一。

我们在山里的过程有将近两个月，能感受到媒体、赞助商的参与，很隆重，很热闹，也有点乱。不过就是登山嘛，我觉得和以前一样，没有特别伟大或者了不起，甚至没做其他充分的准备，比如带上电脑、好的相机，根本没想到那些。

那是我第一次登珠峰，一切都是陌生的。在攀登过程中，我基本上处于中后段，但和王石的节奏差不多，毕竟他的年龄比我大一轮多，和他在山里也交流了挺多。攀登过程中，我就是咬牙坚持，很简单地行进，心无旁骛。

5200米，6500米，7028米，7790米，8300米，虽然高度和数字在不断变化，但感觉线路很漫长，无暇欣赏雪山风景，因为每天看到的都差不多，慢慢变得有点麻木，只是按部就班，不停地迈步。不过越走越轻松，越适应，感觉越好，没有觉得高不可攀，不可逾越。另外跟我的性格有关，很难让我兴奋，看完觉得就那样了。

冲顶那天，正好到达8300米的突击营地那个时间点上，忽然接到大本营对讲机通知，英国队员哈罗德自主攀登，没有向导和后勤，出事了，从8500米滑坠，摔断了左小腿，如果没人救他，他就死定了。第二天一早，我和西藏登山学校校长尼玛次仁，还有登山学校的四个学生，六个人把哈罗德从8300米运送到6500米。B组其他人继续攀登。哈罗德不能走，但求生欲望很强，我们用冰镐和绳索

2003年，登顶珠峰未能成功，但参与8300米救援英国山友哈罗德。

固定住他的左腿，用绳索控制着他，从8300米到7790米，全是岩石路段，再到7028米的北坳。

那一次，对于国家登山队来说，A组在5月21日成功登顶，B组有人参与国际救援，算是非常完美的。A组登顶之后，时任国家主席胡锦涛专门发了贺电。5月22日，五十二岁的王石成功登顶珠穆朗玛峰，成为我国当时登顶珠峰年龄最大的业余登山队员。

那是我第一次挑战8000米级别的雪山，而且是象征性极强的世界第一高峰。熬了一个多月，到了那么高，然后不让上了，并且不是自己的原因，我也挺遗憾的，就差那么一点点，不得不下撤，我非常难受，甚至落泪。但我相信以后还有机会，计划着有朝一日自己要去再登一次，相信珠峰并非高不可攀，我应该是可以到达顶峰的。

当时，正是“非典”的特殊时期，全国风声鹤唳，攀登珠峰活动算是一条大新闻，社会意义大于攀登意义，央视连续报道了十多天。我们回到北京以后，在人民大会堂受到中央领导的接见，登顶的人站在第一排，我站在后面一排。虽然登山队员里只有我参与了救援，也只有我用很普通的相机拍摄了几张8300米救援的珍贵照片，但当时媒体并没有留意我。我所在的深圳农行后来收到贺电，但银行并没有想到利用这个事件做宣传。

三

2003年那次攀登改变了我的人生轨迹。如果没有那次攀登，可能我后来就只是一个普通的登山者。从那之后，无论工作还是生活都有了一些改变。

最初去攀登玉珠峰，是利用十天左右的假期，我那时已经工作十年以上，有探亲假，省出假期，才够时间去。攀登慕士塔格峰，也是借着长假，还请了事假。那两次都是自费去的。

2003年攀登珠峰时，我和王石在山上做过长时间交流，他对我比较认同，从私人感情上，挺愿意帮我的，比如他有人脉，跟农行领导打招呼。就这样，我很幸运，得到了农行在时间和资金上的支持。否则，后来我有时出去登山一去就是两三个月，没有费用，没有假期，将会非常难，我无法想象。

2004年，我和深圳的饶剑锋，还有广西一个女孩，三个人去西藏攀登海拔8201米的世界第六高峰卓奥友峰，在9月5日成功登顶。那是我第一次登顶8000米以上的山峰，也是为再次登珠峰做准备。

海拔8000米之上，是一个普通人类难以探索到的陌生世界，空气是安静的，除了寒风呼号，没有什么再能引起空气的震荡。那里有光秃的山石与皑皑白雪，有陡峭的悬崖绝壁，有冻得坚硬的冰层，有曝晒的日光，还有遇难者的尸骨。

登山的装备和物资，包括摄像机、相机、国旗，我从那次开始都是必带的。2003年攀登珠峰时，出发前给每个队员都发了一面国旗，还举行授旗仪式。从2004年开始，我登顶以后，国旗、行旗，都是必备的展示。规定动作就是展旗、照相，要抓紧时间。每次我展示国旗时，感觉很不一样，毕竟那是极少数人能够到达的地方，有一种绝无仅有的自豪感。

2005年，我参与到为期三个月的中国重测珠峰活动中。

从8300米往上攀登的时候，我看见了好几具已经风化的尸体。2003年那次，我到了8300米，并没有看到尸体。

到8700米第二台阶的时候，我看见早一天刚刚遇难的斯洛文尼亚登山者，就倒在第二台阶上面，挂在路绳上，距离我们脚下两三米，头朝下。他可能坐在石头上休息，就倒下了，鼻孔流血，手套没有戴，背包扔在一边，到了极限状态，估计已经神经错乱。途中还有四五具尸体，很不成样子。远处的尸体，很不好判断，是向导指给我看的。就在路线旁边，有的身体被埋了一半，还有的羽绒服已经被暴风雪吹烂了。

冲顶到8800米的岩壁那一段，我看到路绳上挂了一个韩国队员的尸体，头朝下。据向导说，他是2004年登珠峰的时候死掉的，当时死了三个人。那种状态下，一点儿辙都没有，挺残酷的。我看了并没有觉得恐惧，只是硬着头皮上。虽然珠峰地形复杂，岩石与雪地相连，狂风卷着飞雪，但我们在5月22日中午12时20分成功登顶。

2005年12月，我和王石、钟建民、曹峻、阿旺等七人组成“7＋2”南极探险队，主题“探险有极，公益无限”，呼吁社会关注生态环保。对于王石他们来说，是完成“7＋2”的探险梦想，我作为绿叶，跟他们一起从南纬八十九度向南极点进发，徒步滑雪走了一百二十公里。因为有探险公司提供服务和导航，在体力考验和真正的极地感受方面，我的感觉并不太强烈，没有达到极限，没有累到一塌糊涂。每天的行程安排是固定的，我只是跟着走，每天前进一二十公里，从爱国者营地出发，走了一周，到达南极点，并为北京大学广西崇左生物多样性研究基地募集到近百万元资金，为中国人挑战世界极限“7+2”的探险运动画上圆满句号，刷新了中国人在这项运动上的空白。毕竟我第一次去南极大陆，感觉是很神圣的。

四

2006年，我去西藏攀登海拔8027米的希夏邦马峰，结果没有登顶，那次是西藏探险公司组织的。2007年，我又去西藏攀登了一座技术型山峰——海拔7206米的宁金抗沙峰，成功登顶。

到2008年初，我去参加国际北极挑战赛。1月份，我们在挪威集训了一个月，包括基础的滑雪技能、烧水做饭、团队配合、搭帐篷等等细节，的确学到很多新知识。然后我回到国内，休息了两个月。4月飞到加拿大，正式开始比赛。

北极挑战赛是世界上最难的比赛之一，中国大陆只有我一个人参加，到目前还是。确实非常难，包括天气恶劣，线路强度大，无后援等。比赛规定三人一组，我和法国人托马斯、莱斯丽，两男一女一组。我在挪威集训时认识了他们，他们本来三个人，刚好有一个人退出，我就加入了，不然我没法参加。

比赛全程三百二十海里，大约六百公里，但实际比赛距离将近七百公里，关门时间是二十天。北极跟南极完全是两个概念，南极一马平川，都是冰原，没有什么参照物，线路很简单。北极不一样，因为北冰洋每年结冰融化，到处是乱七八糟的冰山，线路不得不绕着走，途中有很多裂缝。

4月份，还是北极的冬季，极夜刚刚结束，极昼刚刚开始，白茫茫一片。北冰洋上结着冰，还有很多岛屿，上面是两三百米高的土山，物种很丰富，可以见到北极狐、北极熊等等。

我们先到达加拿大最北的小镇雷索卢特湾，那里生活着因纽特人。虽然比赛是很有意思的感受和经历，但是艰辛不言而喻，我们喝着咸的、混沙子的雪水，为赶路，每天要走三四十公里，拖着一百多斤的雪橇，在−50℃的皑皑雪原中徒步，一天只能睡三四个小时。设想在城市里每天走那么久那么远，也不一定能走下来，何况是在破碎的冰面、极地、严寒的情况下，实在痛苦死了。

第十八天，我和两名队友拖着沉重的雪橇装备正在行进，一只刚刚冬眠醒来的成年北极熊突然出现，朝我们迎面走来。它的毛色暗黄，看起来有点脏，笨重的身躯大概比我们还要高出半个身子，径直向我们走过来，看样子是饿坏了。当时它正在觅食，而我们成了猎物。眼看着它步步逼近，有那么几秒，我脑子里一片空白，双腿发软，心想“完了”。

由于比赛的路线正好是北极熊的迁徙路线，所以组织者给每支队伍配备了一支猎枪，以备不时之需。在启程以前，对于北极熊，我内心很矛盾，既想遇到，又怕遇到。虽然看见北极熊的机会实在难得，但同时遭遇的却是生命威胁。

我很快反应过来，对队友莱斯丽喊“开枪，快开枪”。她很慌乱，先是朝天上开了两枪，试图吓走它，但完全不起作用。它继续朝我们走，我们三人一起用滑雪板、雪杖、大声喊叫制造巨大的声音，有多大声喊多大声，想吓走它，可是没用。

它已经快到我们跟前，只有七八米了。我又朝莱斯丽喊“对准对准”，她再开了一枪，打到北极熊的脚底下。它终于被惊到，蹦起来掉头就跑了，北极熊的时速可以达到四十到六十公里，非常快。我吓得腿直打哆嗦。莱斯丽开完枪以后，跪在地上哭了半天，我们就安慰她。

那是2008年穿越北极时遭遇的惊险一幕，当时我还拍了照片和视频。我的真实想法就是这辈子不可能遇到第二次了，一定要把它拍下来，甚至我还想着要有前景后景，把人也要拍进去。

经过二十天艰难跋涉，我们终于抵达北极点，取得第二名的好成绩。

5月，我回到国内，右脸被冻伤，还是烂兮兮的。当时发生了汶川地震，我第一时间参加深圳市文博会抗震救灾拍卖会，把从北极背回来的珍贵见证物——北极石，以及一套奥运会吉祥物福娃拍卖，并将拍卖所得全部善款捐赠

2008 年，北极挑战赛，途中路遇北极熊，迅速拿枪。

北极挑战赛中，三个队友都冻伤挂彩了。

给中国红十字总会。

接下来，我准备第二次冲击希夏邦马峰，最终和王石等国内一批队员，在2008年10月2日成功登顶。那是我登顶的第三座8000米级高峰，但当时我对于登顶十四座8000米以上雪山这件事还没有具体的目标。

五

2009年9月27日，我和王石结伴在尼泊尔登顶了海拔8163米的马纳斯鲁峰，那是我登顶的第四座8000米级高峰。

攀登之前，王石张罗着去玉珠峰拉练，他说我们几个人去登国外的8000米级高峰吧，可以算是开创中国业余登山者的先河。攀登过程中，在大本营闲聊时，王石问我："有没有想过完成全球所有十四座8000米级雪山的登顶？"

我以前根本就不知道十四座8000米以上雪山这一说，没加思考就说："尝试一下呗。"当时我挺喜欢攀登的感觉，认为自己能承受。王石说："如果你想登，我就帮你想办法，比如资金，包括和单位沟通。"

回到国内以后，王石帮我去和农行总行打招呼，让我打十次8000米的攀登报告，因为已经完成了四座，加起来的目标就是十四座。当时我专门打了报告，农行就对我形成一个固定的支持，每次提前申请，过程很顺利，就是走

2009 年攀登马纳斯鲁峰。这次确定了完成全球十四座 8000 米级雪山登顶的目标。

流程，开评审会，基本没有障碍。平时我继续上班，在办公室很繁忙，事无巨细。

2010年，我们去尼泊尔攀登海拔8167米的道拉吉里峰，5月13日登顶后下撤途中，出了事故。

之前我的攀登过程都还算顺利，没有感觉到真正意义上的恐惧。但道拉吉里峰那次，攀登的高难度、组织管理不到位、队员准备不足、和夏尔巴人向导沟通不畅等因素，让队伍有点慌乱，遇到险境时，分散逃命，没有能力去救援别人。我们六个队员，死了三个，我也差点挂了。

那次，我跟着国内一家探险公司和尼泊尔一家探险公司，他们都是不太成熟的状态，攀登过程非常松散，达不到像罗塞尔那样非常专业的组织管理。沟通协调也出现很多问题。冲顶的时候，夏尔巴人都没有人愿意上，勉强只有三个向导跟我们上。本来应该是一对一的服务，但快到顶的时候，领队把绳子往那里一放，组织者他们自己修路了。下撤的时候就出现了意外状况，首先是领队的助理张伟滑坠。

我们在中午一点半登顶，领队距离我前面几步，都自行下撤，没有结组，没有绳索。因为从7500米向上登顶的时候没有修路，是结组走上去的。下撤的时候，没有了管理，各自往下撤，张伟滑坠了两三百米，眼瞅着他往下掉，在我们视线里变成一个小黑点，很恐怖，但是他命大，停住了。我们一看，实在太危险，作为组织者的工作人员，他自己都滑坠了，其他人自行下撤，肯定会出现问题。

当时我们要求结组，就准备把所有队员和三个向导用绳索结组下撤。但三个向导不愿意跟我们结组，他们独自下撤。我们六个队员加上组织者的领队，结组往下撤。在同一条绳上，但每个人的速度不一样，广州的楼国龙和深圳航空的机长李斌攀登技术非常弱，每走两步就坐到地上。天黑时才撤到7900米，李斌就不行了，体力衰竭，站都站不起来。而且变天了，夏尔巴的向导出于本能开始逃跑。

那么晚了，三号营地在7350米，还有很远。虽然垂直距离不长，但实际线路很长，李斌处于崩溃边缘。大家解开绳索，自己往下跑，就把他扔在那儿。那时他还活着，我看到他不知道什么时候已经把氧气面罩扯断，只剩下胶皮管，雪镜也不知道什么时候摘掉了，整个人满面冰霜。但其他人出于本能都跑了，没有人管他，没有组织了。我也没办法救他。

夜里十点钟，大家都被困在7600米，岩石非常陡峭，非常大的山体，没有路，只看到东一个西一个的头灯亮着，都在嚎叫，实际上只是无谓地消耗体能。因为从峰顶下撤已经有很长时间了，到半夜，队友饶剑锋和楼国龙只好就地躺下等死。赵亮和韩昕年轻，体力还行，但我感觉他们也已经崩溃，就像疯了一样，冻得跟筛糠一样。大家都分散着，无谓地东奔西突，想要逃命。在露天，没有御寒设施，都快冻死了。当时也没有后援，大本营就剩两个厨师，怎么救援？山下面只有两支队伍，一支瑞士的，还有一支伊朗队，都是很小的队伍。

熬到凌晨两三点钟，我感觉自己快要被冻死了，发抖不停，而且饥寒，缺氧。大家基本上属于失控状态。不走，或者不想办法，就只能原地冻死。我来不及恐惧，只能告诉自己小心点，要谨慎，摸索着往下走。

其实我们已经接近7500米路绳的位置，距离7350米的三号营地，还需要两三个小时才能到达。从7500米开始已经有路绳，就安全了。如果没有出现混乱，或者夏尔巴向导很清醒地把大家组织在一起，寻找路绳，还是都可以活着下撤。但当时没有人管，这样的问题太扯淡了。

2010 年 5 月 13 日，登顶道拉吉里峰，下撤途中出了事故。此路段之后就没有路绳结组攀登，最终三人遇难。

凌晨五点多，我一个人回到7350米的三号营地，天已经亮了。我看到向导还有领队都在帐篷里边，那时他们才背着氧气、睡袋和救援物资，上去找人。结果只找到饶剑锋和楼国龙，还活着，都冻伤了，毕竟在露天躺了一晚上，他们被裹起来拖了下来。后来楼国龙的九个脚趾严重冻伤，全切掉了。韩昕大概滑坠了五十多米，向导上去时发现人已经死了，赵亮连尸体都没看到。

大家休息了一天，才撤回二号营地，飞机从二号营地把他们运到加德满都。我自己走回大本营，再从大本营回到加德满都。那是我第一次真正面对死亡。三人遇难，是当时国内民间登山者在海外遭遇的最严重的一场山难。

六

2011年5月26日，我在尼泊尔成功登顶海拔8516米的洛子峰。

2012年5月11日，我们在尼泊尔登顶海拔8463米的马卡鲁峰。那次攀登难度极大，我又差点挂了，也是最后命大，咬着牙走回三号营地。马卡鲁峰本身属于顶级难度，我们下撤时迷了路，没吃没喝被困山上几十个小时，又累又乏，特别恐惧，最后我还是挺住了。我能够安全下来，得益于自己的经验和意志力。当时队友刘永忠自行下撤，也迷路了，最后是三号营地的夏尔巴向导上去把他找到。他说自己当时已经放弃，准备等死了。

两个多月后的7月31日，我在巴基斯坦登顶海拔8047米（另有8051米的测量数据）的布洛阿特峰。

2013年5月20日，我们在尼泊尔登顶海拔8586米的世界第三高峰干城章嘉峰，遭遇了第三次山难。干城章嘉峰冰裂缝较多，冰崩频繁出现，冲顶途中多次遭遇险情，整支队伍严重缺氧，极度疲倦。

大本营在5500米，是8000米以上高峰中大本营海拔最高的。从开始攀登到结束，我们在山上整整待了两个月。从大概8200米开始，两个队员和两个向导结组上，没有修路，因为队伍太少了，整个过程各自为政。上到8400米，刘永忠的向导不知道是胆怯还是什么原因，不想跟我们结组，他解开了绳索。那是一个才二十岁的小伙子。我估计他的能力和经验不够，不敢走了。8400米那里，很陡峭，我跟他说："你跟我们在一起更safety。"他不想继续，就留在那里，但没想到，他最后自己也上到顶峰了。我看到了他。我们登顶比较晚，已经是下午三点半，下撤的时候都半夜了，下撤太慢，而且难度太大。

我们一起登顶十二个人，包括高山向导在内，下来的时候死了五个，两个匈牙利的，一个韩国的，还有两个夏尔巴高山向导。下撤的时候，刘永忠的向导还是一个人走。我和我的向导，带着刘永忠，三个人一起下撤。刘永忠到8400米的时候就不行了。我和他之前没有一起攀登过太多山，不太了解他的能力。当时他已经失忆，蒙了，一般人没法体会那种极限的状态。

人到一定的极限程度，就不知道自己是谁了。那个状态，就像喝了二斤白酒，踉踉跄跄，东奔西突。让他走，他也不知道走，人就傻笑着，目光呆滞，已经灵魂出窍了，感觉他整个人意识一片空白。

我急死了，打他的脸，也没有反应。我想这怎么办？半夜了，周围一片黑暗。那么高海拔的地方，我甚至跟向导说："我陪他在这儿等着，你下到7500米的四号营地拿睡袋和其他东西上来。"就是想把他放在睡袋里，第二天再上来救他。其实那样也是不可能的。

我只好对向导说："你再拦住两个夏尔巴向导。"

2013 年 5 月 20 日，冲顶干城章嘉峰途中。

尼泊尔时间 5 月 20 日下午 3 时 25 分，登顶干城章嘉峰。

当时还有很多国际队伍也在攀登，向导之间都认识，虽然不是同一家探险公司的，但都是尼泊尔人。好在他拦住了一个意大利队的向导，叫比巴斯，因为在大本营里接触过两个月，互相都认识。我们三个人和刘永忠结组，把他从8400米弄到7500米，要是不管他，他百分百就死了，因为下撤时他还是走不了。我们边走，边看到一个登山队员往下掉，就在我身边，大概七八米远，穿着黄色羽绒服，只看到头朝下，抛物线往下掉。当时并不知道他是谁，第二天才知道是韩国队员，死了。

回到7500米的四号营地，已经是凌晨两三点，我们很疲劳，什么都不管了，倒头就睡。第二天醒来才知道，两个夏尔巴向导没有下来，一个是刘永忠的向导，另一个是前去救他的比巴斯。我们拆帐篷，准备下撤，发现距离我们的帐篷大概五十多米远的地方，是那两个向导的尸体，已经滑坠遇难了，相距大概二三十米。刘永忠那个向导，是我的向导的亲戚，他们的公司都是家族制，我的向导哭了一会儿，就把帐篷撤了。

那年10月，我去登顶了海拔5895米的非洲最高峰乞力马扎罗山基博峰。由于我在2005年、2008年穿插着到达南北极点，所以我和王石当年谈的目标就变成了“14＋7＋2”（登顶全球十四座8000米以上山峰、七大洲最高峰，并以探险方式徒步滑雪抵达南北极点）。在登山探险界，“14＋7＋2”是公认至高无上的荣耀，是人类登山探险的终极梦想。

七

2014年3月31日，作为那年登山季唯一的队伍，我和刘永忠，还有六十五岁的挪威队员托雷，另外有六个向导，一人配两个向导，到达尼泊尔境内海拔4200米的安纳普尔纳峰大本营。经过半个月的等待，攀登时机到来。

安纳普尔纳峰，位于喜马拉雅山脉中段，海拔8091米，是世界第十高峰。1950年6月3日，法国登山者埃尔佐格和拉什纳尔登顶，使安纳普尔纳峰成为世界8000米以上高峰中最先被征服的一座。不过，最先被登顶并不能表明安纳普尔纳是一座容易攀登的山峰，事实恰好相反，因为多发雪崩事故，它被所有攀登者认为是世界上最难逾越的高峰之一。我认为，它是十四座8000米级别雪山里顶级难度的。

和其他8000米以上雪山一样，安纳普尔纳峰上寒风刺骨，最低气温-40℃，空气含氧量相当于平原的三分之一。我们还要背负十五公斤的重物，在齐腰深的积雪中行走。山壁很陡峭，全部被硬冰覆盖，那里也是雪崩冰崩高发区，一不留神就可能踩空，掉下万丈悬崖，所以我们不得不贴在雪地上匍匐前进，谨慎查看周围的环境。

从大本营冲到7000多米，用了十天时间，其中一天只前进了一百米。登珠峰来回才用了一个星期，可想而知当时是多么困难。由于要修路，我们花费了很多时间。有些路段，一两百米，要用一天，只能就地扎营，很缓慢。路

2014 年 4 月，攀登安纳普尔纳峰。

攀登安纳普尔纳峰途中，遭遇巨大雪崩。

攀登安纳普尔纳峰时，在冰壁上艰难前行。

攀登安纳普尔纳峰途中，在陡峭的雪地上扎营。

安纳普尔纳峰是托雷（右）的最后一个目标，就差几百米，不得不放弃登顶。

上除了陡峭的冰壁，几乎全是齐腰深的积雪。夏尔巴向导只能一路用双手刨开路，再跪着用膝盖把雪压实。到二号营地后，两个夏尔巴人又下去了一趟，背了物资上来，主要是吃的东西。我们还遇到雪崩，经过很长的冰壁。

最难的一段是从海拔6000米的二号营地到7000米左右的三号营地，那个路段是安纳普尔纳峰的雪崩冰崩高发区。当时，我每天想的都是死亡，不敢去想家人，怕消磨意志。但说实话，每个人我都想过。

当费尽千辛万苦爬到海拔7500米时，已是下午两点，天气变得更加恶劣。在7500米以上，我们才使用氧气，前面不用氧气，在雪里走得很辛苦。大片乌云从山谷涌上来，暴风雪马上就要来了。而且队员们连续攀登了十天，疲惫不堪，食物补给都已耗尽，我根据经验判断，整个行程超出了计划，尽管山顶近在眼前，但必须下撤，否则就要把命丢在上面了。

挪威队员托雷坚持要上，他给自己定了一个攀登五座8000米以上高峰的计划。那是他的最后一个目标，就差几百米啊！我能看出来，向导也是无心恋战了。如果让他们强努着上，很危险，上面还有两三百米的路段全是冰面。我们都是结组上的，要是一个人滑倒，全体都会滑下去。我很害怕，几个向导都劝他，劝了半个多小时。他才同意说撤。

撤的时候，相对比较轻松，有三个向导在前面先走。本来打的雪锥，一个人下降是没问题的，但是他们三个人同时拎着绳子往下撤，把绳子往胳膊上一缠，咣咣咣地往下走，就太重了，固定绳索的雪锥一个个崩出来。我和托雷在后面抓着绳子往下走，雪锥崩出来只是一瞬间的事，看着绳子很快往下掉，说明有人滑坠。还有五六十米，我就在绳子旁边，下意识地抓住绳子，向导立马用雪锥插进去，然后把绳子往雪锥上绕。实际上惯性的力量很大，托雷和我根本来不及思考，两人死死拽住绳索。其他队友跟着扑上来，大家呐喊着拼命往上拉，很幸运，拉回了险些滑坠的三名高山向导。

回到营地以后，他们说他们三个人的绳子都搅到一起了，已经是自由落体状态。我脱掉厚厚的登山手套，发现手都被磨烂了，可想而知那是多么大的力量。还有一个问题，就是我们的绳子没了，怎么下去，都可能掉下去，很后怕。攀登过程中的这些突发状况，让我后来登山时慎之又慎。高山向导朝我们不停竖大拇指，感谢我们救了他们。

回头望向顶峰，看着远处的暴风雪，我的胡茬都已经结冰。我拿出摄像机，面对镜头，颤抖着说："刚才经历的一幕，使我重新认识了登山，安纳普尔纳也许是我的绝唱，我非常热爱雪山，但我更热爱生命。"高海拔的稀薄空气和长时间的体力消耗，让我的声音有些颤抖，停顿了几秒继续说："再见，安纳普尔纳；再见，雪山。"

仅仅过了三个月，我又遏制不住内心的渴望，去巴基斯坦攀登海拔8034米的加舒尔布鲁木Ⅱ峰，并在7月24日成功登顶。

八

经过近一年的准备，2015年3月，我又去攀登安纳普尔纳峰。因为经常有大雪，雪崩持续发生，攀登死亡率超过30%，最高达到41%，安纳普尔纳峰被登山者称作"8000米中的8000米"。当时我回想了一下，如果上一次坚持攀登，可能半夜十二点也登不了顶，也就不可能下来了。因为2015年这次，在23日早晨六七点我们就到达7000多米，直到24日下午两三点才登顶。

冲顶途中，我用摄像机记录了不远处的一次雪崩，过几个小时又遇见迎面而来的一次雪崩。我知道跑是跑不过的，于是拿出摄像机，记录了那次迎面扑来的雪崩。登顶还算顺利，我们比较幸运。但是下撤的时候又出现意外，死了两个人，好几个冻伤截肢了。

队伍里的土耳其、伊朗还有马其顿的队员，速度非常慢，撤到7000米的时候，天黑了。因为我们是从三号营地结组上来的，所以要结组下撤，速度很慢。其中一个夏尔巴向导在前面找路的时候，滑坠死了。

半夜里，芬兰的一个队员塞穆里也熬不住了。我们在露天，冰锥、路绳都打好，大家在一起，抱团取暖，打了安全带，就不会掉下去。芬兰的那个哥们儿是无氧的，我们都是有氧的，他就出了问题，半夜hold不住了，因为很冷。他下意识地解开路绳，就往下走。我们都喊他，他没反应。才走了几米，眼瞅着就掉下去了。

当时还出现一个状况，我在帮助别的队员跨过路线绳的时候，因为戴着羽绒手套，不好操作，左手的手套就掉了，只剩下防风手套。我背包里有备用的羽绒手套，但是没能力拿出来，一晚上困在7000多米那个地方，根本不可能解开背包拿出羽绒手套，我只戴着防风手套咬牙熬过了一晚上，原地跳，不停地活动。

有人想躺下来睡觉，因为很难受，连向导都想坐下来睡觉。我就在队友之间来回走动，呼喊每一个队友的名字，踢他们一脚，让他们别睡，让他们活动，保持身体是热的。一睡着就容易失温，失温就容易冻伤甚至冻死，因为肌体不活动了。

我也不知道哪儿来的力量，一晚上不停地用中文、英文大喊着："Don't sleep!" "Keep move!" "We are men! "简短的话更能鼓励队友，唤醒大家已经濒临崩溃的意志。慢慢的，大家的意志力被唤醒，队友们彼此依偎、互相支撑。

天亮以后，我们继续往下撤，刘永忠又熬不住了，跟2013年出现的状况一样。背包一扔，里面装着卫星电话，他可能崩溃了。两个夏尔巴向导一前一后，用绳子控制他，他就直挺挺地往下摔，好在有人拉住他。他的眼镜也掉了，向导把自己的眼镜给了他。我和静雪，还有其他向导，结组下撤到四号营地。

那一次，从出发冲顶到安全返回三号营地，用了整整三十个小时。安全下撤后，队友安迪三个脚趾截肢了，一个夏尔巴人的五个手指没了，马其顿的那哥们儿三个手指没了，土耳其那个老头脚冻伤，静雪的脚也冻烂了。但我一点儿事都没有。

我最刻骨铭心的经历，就是安纳普尔纳峰。在那之前，我已成功登顶九座8000米级雪山，包括世界最高峰珠穆朗玛峰，但没有哪座山会那么难、那么危险。我在当时的视频里说："安纳普尔纳峰，让我永远难以忘怀。在我

2015 年 3 月，再登安纳普尔纳峰。

2015 年 3 月 24 日，终于登顶安纳普尔纳峰（红顶）成功。

心中，安纳普尔纳峰是一座伟大的山峰，非常雄伟、非常壮观。今天我们将离开安纳普尔纳峰，但是我对雪山的热爱，仍然难以割舍，雪山仍然是我的最爱。”

九

2015年7月，我去巴基斯坦挑战8611米的世界第二高峰乔戈里峰（K2）。乔戈里峰被称为“野蛮巨峰”，传说中死亡率超过27%，是国际登山界公认攀登难度最大的8000米以上山峰。我们的队伍顶着恶劣的天气，在齐膝深的雪中一步步挪动，雪崩和滚石不断袭来，一路异常艰苦。到冲顶的关键阶段，一场雪崩彻底掩埋了全队的技术装备，当时天气持续恶劣，大雪纷飞，全队人马被迫止步。

同样不顺利的是，9月我去攀登5642米的欧洲最高峰厄尔布鲁士峰，在5400米的地方也不得不下撤。

2015年12月28日，我登顶南美洲最高峰阿空加瓜峰。

2016年6月，我再次向乔戈里峰发起冲击。到达了海拔7550米的三号营地。然而，随后开始肆虐的大风大雪，让我们不得不选择下撤到大本营，把登顶的装备暂时留在三号营地。

7月23日，我们再次向乔戈里峰的顶峰发起冲击，却发现因为雪崩冲击，三号营地已经被夷为平地，我和其他登

2016 年 7 月 23 日，攀登乔戈里峰，三号营地被雪崩夷为平地。

距离征服乔戈里峰只有一步之遥时，不得不再次放弃。

乔戈里峰大本营，很多以往遇难者的纪念碑。

山队友搭建的十几顶帐篷、登山装备、公共物资和个人物品全部被掩埋。事实上，我们已经通过最艰难的冰岩混合复杂路段，距离征服乔戈里峰真的只有一步之遥，却不得不再次放弃。我安慰队友说：“只要人在，就有机会，乔戈里峰，我们后会有期。”

下来以后，我们转身去攀登位于巴基斯坦、海拔8068米的加舒尔布鲁木I峰，在8月4日成功登顶。紧接着，我在9月份重新攀登欧洲最高峰厄尔布鲁士峰，成功登顶。

2017年3月，我成功登顶了大洋洲最高峰查亚峰之后，开始准备去攀登位于巴基斯坦北部的南迦帕尔巴特峰。

海拔8125米的南迦帕尔巴特峰是一座独立的山峰，不像加舒尔布鲁木Ⅱ峰和加舒尔布鲁木Ⅰ峰是在一起的。它是世界第九高峰，有“食人峰”“杀人山峰”之称，攀登的人很少，除非是以攀登十四座8000米以上高峰为目标的人才会去登。

它的难度不亚于乔戈里峰，都是要命的山，除了本身的难度，还因为徒步到南迦帕尔巴特峰大本营需要经过一座叫吉拉斯的小镇，那座小镇位于巴基斯坦克什米尔地区，在塔利班的控制范围内，有很多极端恐怖分子在那里活动。2013年6月23日，南迦帕尔巴特峰4100米大本营遭遇恐怖分子袭击，遇害的十个人里有两名中国人，深圳的饶剑峰和新疆的杨春风，还有一位美籍华人陈宏路。

出发之前，我的膝盖出现了一些状况。4月份我在印度洋航海的时候，在海上着凉了，膝盖肿得发亮，当时没在意。5月初我去西藏，在珠峰大本营北坡拉练，从5200米走到6500米，来回一个星期，想适应一下高海拔，然后计划7月份再登乔戈里峰。可是回到深圳，我的膝盖扛不住了，赶紧去医院，医生抽出十管积液。过了三天，我就飞到巴基斯坦去登南迦帕尔巴特峰。

虽然2013年那次山难之后，巴基斯坦政府配合警察对南迦帕尔巴特登山者沿途保护，我们三个队员还是有心理阴影，内心很煎熬。当时是6月份，政府派了两名警察保护我们。进山途中，虽然线路很短，只有两天就到大本营，但一路上人迹罕至，几乎没有人烟，能感受到恐怖的氛围。沿着河谷，远远的，东一家西一家，生活着一些人，住着用石头垒的房屋，种植玉米、南瓜。他们没有计划生育，一夫多妻，每家生很多孩子，家家有枪，AK47。我看过一个报道，巴基斯坦北部山区一个村子，每年可以生产上万支枪。2013年的山难，就是那些村民干的，因为别人到不了。那个大本营的海拔不高，只有4100米。他们一天就上去了，很容易走。

我们攀登的时候，压力很大，晚上胆战心惊，都不敢睡觉。虽然有警察值班，但万一恐怖分子出现，都是一帮人，拿着枪。我们把冰镐放在帐篷的前帐，把后帐的拉链拉开，想着一有动静，随时能逃跑，睡觉的时候就琢磨这个。

我们到了6800米的三号营地，准备冲顶。经验更加丰富的巴基斯坦本地向导没再跟着我们继续往上走，当时距离顶峰还有1300多米的垂直距离，夏尔巴向导不熟悉地形，认为有把握一次性冲顶，并没有建造7500米的四号营地。事实上，登山者们通常都会建四号营地，用于最后冲顶前的调整休息。

傍晚，我们攀登到7000米时，发现路线非常曲折，向上攀登需要绕过很长一段横切路线，全是硬冰，将花费大量时间，原定的登顶时间也会后延。果然，算上那段路在内，从

2017 年 6 月，南迦帕尔巴特峰大本营，由两名巴基斯坦警察护送。

2017 年 10 月，登顶南迦帕尔巴特峰后，和伙伴们将饶剑峰、杨春风等遇难者的牌子挂在大本营。

三号营地出发到7918米，离登顶只有一步之遥，花了三十个小时。原因就是我们太大意了。夏尔巴向导预判顶峰有所偏差，接近九十度的陡峭岩壁，导致线路非常漫长。

当时，我们的氧气已经快消耗完了，虽然可以看见顶峰，但考虑到生命安全，人也非常疲劳，只有二百多米，也没办法继续。一名伊朗队员和两名夏尔巴向导选择了先行下撤。我和另两名中国队员也快到极限状态，体力和氧气都消耗殆尽的时候，真的是非常绝望。考虑到生命安全，只有活着回来，才有可能继续走向更高的目标，所以我们放弃冲顶。

安全撤回三号营地后，我还有些后怕，从6800米出发到返回6800米营地，三人走了整整四十三个小时，滴水未进，也没有休息，不停地走，差点下不来。

下来以后，我一直吃药，调理膝盖的问题，同时我们又转战乔戈里峰，第三次发起冲刺。到了乔戈里大本营，整整十五天，我没做什么运动，天天在营地休息吃药。那一个多月的攀登状态中，心理上的煎熬，生理上的煎熬，各方面的困难，都围绕着我。不过那一次，我和队友们成功了，7月28日，终于登上了乔戈里峰顶。

在山顶，我流下了眼泪。当时想得最多的是：太不容易了！非常不容易，非常非常辛苦。我的眼泪情不自禁，控制不住。视频里我哭得很惨，胡子拉碴，那是发自内心的哭。其余8000米级雪山登顶的时候，我没有掉过一滴眼泪，此外2003年在珠峰海拔8300米处，因为没有机会登顶，放弃的时候哭过。仅此两次。

回到深圳我休息了一个多月，9月又飞到巴基斯坦，再次攀登南迦帕尔巴特峰，进山到大本营休息了两天，就开始冲顶。听向导说，我们在6月遇见的西班牙队伍里有三个人死掉了。本来那三个人已经攀登过十四座8000米级别的雪山，他们是再次攀登，想挑战新的路线。

9月23日，我和两个队友，背夫加上向导、厨师，一大群人浩浩荡荡，经过两天的徒步，到达南迦帕尔巴特峰大本营，眼前荒芜一片。6月我看到大本营前还是一望无际的黄花，那时只剩些枯萎的植被和裸露的土地。大本营附近曾用来取水做饭的溪流，随着冰雪消融殆尽，也已经干涸。除了自然环境不尽如人意，我们最担心的还是恐怖分子的袭击。那次，巴基斯坦政府特派了四名警察护送我和队友们进山，但大家依然紧绷着神经。晚上睡觉时，我们特意穿上轻薄且利于行动的连体羽绒服，徒步鞋放在附近，方便逃跑。

登顶的时候，向导先在前面修路。虽然6月修过路，但是没用。9月27日，我和队友们按照计划开始攀登。这一次由于准备充分，高山向导先期进入大本营，也有之前的经验，登山过程顺利了很多。我和队员们比较了前后几天的天气和风速，10月2日风速最低，为35米／秒，于是我们计划在这一天登顶。然而，10月2日当天，实际风速达到了40米/秒。

2005年登顶珠峰时才25米/秒。我考虑到，好在南迦帕尔巴特峰海拔不算太高，而且这次的巴基斯坦向导曾在冬季成功登顶过，决定搏一把。幸运的是，我们一切顺利。

巴基斯坦时间2017年10月2日中午12时40分，我、刘永忠和静雪成功登顶南迦帕尔巴特峰，成为南迦帕尔巴特峰登山史上第一支10月登顶的队伍。登顶后我和伙伴们将饶剑峰等人的牌子挂在了大本营，供更多的登山者瞻仰。

那一年的四个月内，我三次冲刺8000米，两次成功登顶，真的很幸运，也是挺不容易，我们安全下撤。我在南迦帕尔巴特峰顶峰也没有特别的感觉，只是拍摄视频和摄影。别人猜想我会很激动，但是并没有。山友们纷纷表示，我圆了很多户外人的梦，这是一个了不起的壮举。这次登顶成功，意味着我已经完成全世界十四座8000米级雪山的攀登。

十

在完成十四座8000米之后，我的“14＋7＋2”计划只剩下最后一个目标——海拔6194米的北美洲最高峰迪纳利峰（又名麦金利山）。

2018年5月22日，我从深圳出发，23日从西雅图转机，到达美国阿拉斯加州安克雷奇，5月25日到达塔克缇娜小镇，在5月27日正式进山，向迪纳利峰进发。

迪纳利峰虽然不为大家所熟知，但登山界公认它的攀登难度与珠峰相比，有过之而无不及。它有两大难点：一是相对高度，从大本营到顶峰的垂直相对高度达4000米，超过了珠峰，攀登路线更为漫长复杂，几个营地间的海拔相差千米；二是气候和自然环境恶劣，因为三分之二的山体终年积雪，从三号营地向上，都必须使用冰爪和冰镐。它的纬度毗邻北极圈，气候恶劣酷似北极，即使在夏天，山上温度也可能瞬间骤降至−35℃，有时风速可达44米/秒，峰顶的含氧量甚至比珠峰更低，在海拔5000多米处，氧气含量仅为海平面的42%。山间常年笼罩着浓雾，一层又一层的冰盖掩住山体，无数冰河纵横交错，登山线路极其险峻，稍有不慎就可能失足坠入冰缝。据称每年登顶成功率只有50%。

在这种极端条件下，我们攀登的状态是没有后援的。四名队员，两名向导，一吨多的物资，由飞机运送到2000米的大本营。虽然登山是一项艰苦的事情，但迪纳利峰很美，在进山的飞机上沿途俯瞰，从绿色到雪山，非常有层次，特别美。

那些物资是将近半个月的吃喝拉撒，各种攀登用品，就由我们六个人平均分配、搬运。我每天背负六七十斤重的包，差不多一百斤重的雪橇，在雪地里吭哧吭哧往上走，体力消耗巨大。我登山以来从没背过那么重的物资，就连冲顶的时候也需要背着睡袋、食品等物品。白天太阳出来之后，走起来会大汗淋漓，但是太阳落山之后，天气非常冷，大本营要挖很深的坑，人在里面避风。

在登顶之前，我只休息了半天。从大本营到一号、二号、三号、四号、五号营地，一直到冲顶，强度太大了。攀登过程中，我们还要运输物资。一次拿不了，要分几次。我当时想这个节奏可能选得不对，应该先登这个，再登别的，没想到最后一个目标是那么大的活儿。

最终，经过十二天的漫长跋涉和艰难攀登，美国阿拉斯加时间2018年6月7日17时30分，四个队员里，只有我和另一个队员登顶。我们在迪纳利峰顶展开了五星红旗。真是不容易，甚至比某些8000米级别的雪山强度还大。因为有些8000米级别高峰的攀登过程，不需要背那么多东西，通常由向导和背夫背，自己只需要面对自然环境、地理环境、人文环境等各种差异的挑战，包括跟老外打交道。在我看来，迪纳利峰是七大洲最高峰里除珠峰之外最难登的。

尽管山顶上寒风像刀一样，但那一刻我的心头很温暖。我终于实现了“14＋7＋2”的大满贯梦想，成为首位完成“14＋7＋2”人类登山探险终极梦想的中国人，也是继韩国人朴英硕后世界上完成这一壮举的第二人。

回到山下，我对这次攀登十分感慨，在微信朋友圈里说：刚下山，回到人间。艰辛无比，消耗很大，瘦了很多，终生难忘。

十一

从2000年到2018年，我攀登雪山三十五次，登顶二十六座，包括全球十四座8000米以上山峰及七大洲最高峰，先后以探险方式徒步滑雪抵达南北极点。那些地方，许多年前只是在书本上看到的地名，就像幻觉一样，我竟然活着完成了“14＋7＋2”的目标。我去了三次南极，一次是徒步滑雪到达南极点，一次是从阿根廷的乌斯怀亚去南极，再一次，是2017年1月攀登海拔4897米的南极洲最高峰文森峰。

有一句话说，“高山给了我高度，海洋给了我广度”，攀登一座座山峰的同时，2012年我开始航海。当年11月，我第一次体验航海，从深圳到三亚的海面上，浪高六米，风速惊人，我驾驶的帆船以七十度倾斜角航行，度过了四十八小时，速度比预计的更快。不过，我跟第一次登雪山一样，吐得一塌糊涂，体会到航海其实也很辛苦。但从那以后，我爱上了大海，参加了一系列全球知名的航海比赛。

2014年11月，我参加“泰王杯”帆船赛，驾驶帆船从香港出发，途经新加坡，航行两千多海里，到达泰国普吉岛，那是我第一次完成远航。

2015年11月，我所在的中国船队Apsaras号参加了“大西洋巡航赛”，成功横渡大西洋并夺得Cruising组别冠军。那是第一次有中国船队参加那个赛事。当时，夜里的海面变幻莫测，我所在的帆船接连发生失去舵效、球帆被阵风卷起失控、缭绳断裂等恶劣情况，所有船员扑上甲板，在风雨中拼力抢救。圣卢西亚时间12月5日12时5分9秒，Apsaras号最终有惊无险地完成三千多海里的航程抵达终点，我完成了第一次跨越大西洋的壮举。

12月8日，我几经中转，到了阿根廷门多萨阿空加瓜峰脚下的Penitentes小镇，挑战6962米的南美洲最高峰阿空加瓜峰，最终在12月27日下午两点半，成功登顶。

2016年5月12日，我所在的首支来自中国的Apsaras号大帆船参加著名的百慕大帆船赛，在航行了六天五夜后，以第一名的成绩冲线。

2016年11月，双跨大西洋，从西班牙的大加纳利岛出发，横跨大西洋，到达巴西费尔南多，再横跨大西洋到达南非开普敦，穿越赤道，一个多月的时间，航程6100海里。

人的适应性很强，近几年，我基本在8000米以上没有高反，可能有了抵抗力。还因为徒步的路程比较长，在拉练过程中慢慢适应了，再就是经验的积累。

2018年，我和登山家王勇峰在北京吃饭喝酒。他说，你看你登了十四座高峰还手脚齐全，我仅仅登了珠峰就把三个脚趾切掉了。还有罗申，在珠峰6500米的时候就冻掉了两根手指。其实，最初去攀登，我怕家人担心，就没有告诉他们。这一点上，我是实用主义者，说了也没用，别人帮不了我，还天天操心着急，不如下山安全的时候再说。我每次回来都骗我妈，再也不去了。后来，只要我一个月没打电话回去，我妈就知道我又去登山了，就由着我去。

我是一个比较理智的攀登者，不会轻视任何一座山峰，在安全前提下才去完成挑战。每次攀登我都会做好充分的准备，循序渐进。这是我的安全底线，我不会选择那些野路子，心里没底的，或者拍屁股就走的，我不干那种事。我选择队伍，不管在国内还是国外，都是慎之又慎。登山不像旅游那么容易，要有耐心，急不来，天气就是那样，山就在那里，自己能做的就是调整最佳状态去冲顶。

人们问我登上顶峰是什么感觉，其实当时只想活着下去。登山是一个系统工程，包括心理素质、人生阅历、随机应变、团队精神、体力、攀登技术、后勤保障等等缺一不可，归纳起来就是清醒理智，在安全的前提下进行。

这样的经验，救了我，也救了别人。如果有能力登顶，但是没有能力下撤，就不是一个合格的攀登者。如果做无谓的牺牲或者自不量力的挑战，不能活着下来，又有什么意义。登顶不是成功，成功登顶、安全下撤才是成功。一个登山者如果轻率冒险，不仅仅是藐视生命，更暴露了他无法抗拒世俗欲望的懦弱和被胜利之名诱惑的不成熟。

在8000米的高度上，我目睹过无数人性的表演，经历过无数疯狂的故事。我身边差不多有十几个人遇难，包括自己的队友、别人队伍的队友。我也算九死一生，虽然我把生死看得比较淡，但绝不是一个玩命的莽汉。我的亲友从来不会担心我不能活着回来。

这些年，我一边攀登，也一边基本上完整记录了自己的攀登过程，从进山，徒步开始。在巴基斯坦、尼泊尔，徒步线路很美，也很艰辛。我不喜欢写东西，而习惯通过照片和视频把攀登过程记录下来，包括时间、地点、人物，选择一些有意思的、标志性的内容拍下来。

有些人也攀登了，但是没有记录。我记录了，挺自豪的。很多照片，都是大片，有的人一辈子都不会看到那样的画面，一是到达不了，二是到达了也可能拍不了。包括航海，日常的休闲时刻，我都会通过影像记录下来。这不是炫耀，是觉得有必要记录。就像遇见北极熊，一辈子不可能有第二次了。还有突发状况，比如雪崩迎面而来的时候。不会有人天天盼着雪崩，但是来了就来了，其他人落荒而逃，我能够临危不惧，淡然处之，拍摄记录下来。

这几年，回到大学母校，见到一些老师和同学，他们都说："这真的是我们认识的那个张梁吗？"很多人对我说："梁哥你活了我们好几辈子。"这种经历确实是无以复加的，但我觉得，普通人也可以做不普通的事，只是因为种种原因没去做罢了。人一辈子很短暂，应该干点值得回忆的事情。

人生也好比登山，有些时候甚至比登山探险还难。我对名利看得很淡，到深圳三十四年，不炒股，逢赌不沾，不惦记房价。法国有个探险家说：本来我一无所有地去登山，结果通过登山获得了特别丰富、充实的收获。我攀登的雪山，虽然是物理的，但是有巨大的有形无形的价值，比如对自身的历练和挑战，肌体锻炼，约束自己保持良好的状态，天天活得充实，是我的收获。所以我觉得越活越带劲，越活越有意思。

我完成了“14＋7＋2”的登山探险梦想，成为中国第一人，世界第二人，这看似是我个人的成就，但背后完全离不开农行领导和同事的支持。每次出发，单位从未对我有任何要求，每次领导和同事都只有一句话：“祝你平安回来。”每次登顶，我都是先举国旗，再举行旗。我只能这样做，作为回报。回想起来觉得不可思议，没有身边这么多人的支持绝对完不成。那面国旗太珍贵了，跟了我这些年，我每一次登顶都带着。

我喜欢苏轼《留侯论》里的一句话：“天下有大勇者，卒然临之而不惊，无故加之而不怒，此其所挟持者甚大，而其志甚远也。”我把它定义为自己五十多年人生的浓缩。人一辈子，会发生很多事情，积极面对，愈挫愈勇，才是真正的强者。

别人说我登山上瘾，我认为谈不上。基本就是痛苦和煎熬，上什么瘾呢？我觉得可能是自身不怕吃苦，越苦越好，喜欢困难磨炼，就像我喜欢踢足球，喜欢跑马拉松，喜欢打羽毛球，都是可以累到极致的运动。高尔夫那样的，我沾都不沾，一点兴趣都没有。

和朋友聊天，他们就觉得：张梁你值了，没白活。其实，每个人都有自己的精彩，只不过我选择了这样一个另类或者特殊的追求，才会让大家觉得不同。当年第一次高考后，我要是去了杭州读大学，现在一定是个非常优秀的裁缝，我的手很巧，能够穿针引线。

每次在山上，我面对不同的攀登者，一起待十天八天，就能看出谁能够登顶，基本上比较准确。一天到晚叽叽喳喳，嗷嗷叫，太张扬的，都不行。因为登的山越多，见到太多的死亡，对大自然、对生命会更加敬畏，从不敢说征服。

我经常去学校做分享，希望让孩子们感受不同的人生状态。我给公益组织做过形象大使，很乐意参与公益活动。我在深圳没有买车，一直走路上下班，那就是环保啊。

攀登探险的经历，丰富了我的人生，让我从普通人变成一个有故事的人。我现在五十六岁，男人该经历的我都经历过。目前我还要上班，六十岁才能退休，但实际上我现在时间自由，就是以社会活动为主，可以满世界地跑。关于未来，我不会刻意规定一些计划和目标，可能8000米以上的山峰会放下，选择力所能及的目标，包括航海，沙漠、江河挑战，陪伴儿子。我肯定不会停下来，会保持在路上的感觉一直到死。

三线厂子弟学校

李金声

我再也没有走进过那个院子，偶尔路过，也尽量把目光转向别处。

准备打仗

1969年3月，中苏在珍宝岛发生武装冲突。规模从最初的十几人，发展到后来的数百人，苏方甚至出动了最新型的坦克，战事大有愈演愈烈之势。到七八月份，传出了苏联要使用核武器，对中国核基地和京津沪等主要城市进行外科手术式轰炸的消息。

毛泽东发出“要准备打仗”的号召。出于备战考虑的“三线建设”，因为“文革”停顿了几年，战争形势紧张起来以后，二度发力，一场席卷全国的战备企业大迁移轰轰烈烈地开展起来。

9月，中央负责军工生产的军委办事组研究决定，立即组建几个大型军用飞机生产基地，包括歼击机、运输机、直升机、预警机等生产基地。江西省革委会主任程世清，原来是解放军装甲兵政治部委员，戎马半生，深知空军在现代战争中的重要地位，便让省里的二把手杨栋梁带队赴京，请求把其中一个基地安排在赣北景德镇地区。

景德镇位于江西省东北部，属于黄山、怀玉山余脉与鄱阳湖平原过渡地带，处于皖、浙、赣三省交界处。北部、东部地势较高，中部、西部低平，境内山陡沟深，河流纵横，易守难攻，适合军工生产。

最初，程世清比较看好景德镇市区，他说："景德镇瓷厂很多。瓷器打起仗来毫无用处，可以撤掉几个，安置飞机生产基地，这样既快又省，几个月就可以建起一座工厂。"

三线建设选址的思路是"分散、靠山、进洞"，在景德镇市区建设飞机生产基地，显然不符合这个原则。空军副司令曹里怀（军工生产领导小组成员之一）熟悉那一带地形，提出利用附近的山洞。他说，附近乐平县有一个汪家岩山洞，洞体巨大，环境隐秘，可以把核心车间放在洞里。

1969年10月5日，经国务院批准，军用直升机生产基地落户景德镇。基地包括三厂一所，其中发动机厂建在乐平县汪家岩，锻铸件厂建在鄱阳县丽阳村，总装厂和直升机发动机研究所建在景德镇东郊。三个工厂相互之间的距离都在八十公里以内。

军委办事组决定，除直升机发动机研究所之外，其他三个工厂的组建，主要从哈尔滨飞机制造厂（包括三个工厂）选调技术人员和工人，不足部分由其他飞机制造厂和科研院所补充。发动机厂的主援建厂是哈尔滨东安机械厂（建国初苏联援建的飞机发动机厂），辅援建厂是由南昌航空工业学校改建的江西赣江机械厂（整体从南昌搬迁至乐平汪家岩）。新厂定员五千人，加上职工家属，约一万人左右。

我的父母原来在哈尔滨东安机械厂工作。该厂确定援建景德镇基地发动机厂以后，他们都进入了援建职工名单。当时，我父亲是五级车工，属于技术骨干，此类人员调动由组织决定，个人无条件服从。

中国北疆的紧张局势，改变了中国数百万人的命运，我们一家也由此踏上了从黑龙江南迁到江西的漫漫征途。

1970年3月，我由小学升入初中。那年正好学制改革，小学由六年缩至五年，中学由六年缩至四年（初中、高中各两年），因此小学五年级和六年级同时毕业，一起升入中学。五年级毕业生读初一，六年级毕业生读初二，我迈进中学大门就是初中二年级学生。

1970年由春至夏，我在哈尔滨市第二十四中学读了整整一个学期。那时，虽然战云密布，防空警报不时响起，战争随时可能打起来，可我在学校仍然读得有滋有味。回想起来，在我整个中学阶段，就那一个学期比较正常：按时上课，按时下课，一有空闲就泡图书馆，读了很多与砖头比厚的书籍。离开二十四中，再次走进洒满阳光的阅览室，捧起心仪的图书，那已是八年之后的事情了。

告别学校的前几天，我到学生处开转学介绍信。一位女老师接待我，问我“你去的学校名字叫什么”，我一下愣住了，虽然听爸爸多次说过乐平汪家岩下的那个工厂，可厂名我没有问过，他也没有说过。那里的学校叫什么名字？我根本不知道。女老师见我迟迟说不出来，显得很为难，摊开两手说：“那你叫我怎么写呢？”

一位男老师从旁边经过，简单地询问了一下，叹了一口气：“三线工厂哪里有什么学校？工厂在山洞里，职工睡帐篷，家属住的地方都没有，怎么会有学校呢？”他看了我一眼又说：“可怜你们这帮孩子了！”

听了男老师的话，我半信半疑。几个月前，作为学校文艺宣传队队员，我到距离哈尔滨一百公里外的大山区演出。下火车后又坐三个小时的拖拉机，颠簸了小一天，在那么偏僻的地方还见到了学校，难道三线工厂比那里还偏僻？我不敢相信，但也不好和老师争辩。女老师无奈，只好给我开了一张空着抬头的介绍信。

后来的情况表明，开转学介绍信确实多此一举。一同南迁的同学，绝大部分人都没有开，有的甚至把书包课本都扔了。他们认为，马上就要打仗了，还读什么书呢？工厂建了学校以后，也长期不正规，凭转学介绍信接收学生的制度，一直到多年以后都没有建立起来。

林中课堂

1970年10月4日，早饭后，我在别人的指点下，来到了汪家村路口的一片树林——三七〇厂学生学前班（学校成立之前的教学组织）临时上课点。

9月22日，我们一家人从哈尔滨出发的时候，已经穿上了毛衣毛裤。一路走，一路脱，到鹰潭火车站下车的时候，只能换上单裤和汗衫了。乐平山里的温度稍微低一点，夜里睡觉要盖被单，但太阳出来以后仍然很热，从树林中刮出来的风都是滚烫的。在东北，哪怕是最热的七月，也从来没有这样的感觉。

树林里已经聚集了三四十个半大孩子。我用目光在人群里搜寻一遍，一个也不认识，只好拉着一个身高和我相仿的男生，让他带着去找老师。我说“我是新来的学生，要找老师报到”，他溜了我一眼，说“老师还没有来，等一会儿吧”。

过一会儿，来了一个姓汪的女老师。她接过我的转学介绍信，简单地看一下，又还给了我，有点歉意地说：“还是你自己先拿着吧，现在老师和你们一样，没有地方放这些东西。”

我家是前一天才到这里的。次日早上，我提出要到学校去上学。爸爸皱了一下眉头说：“有学校吗？我去问一下。”过了一会儿，他从外面回来，对我说：“学校还没有，几个老师搞了一个临时教学点，在那边的树林子里。”说完，他用手指了一下。

这片树林不大，面积约等于一个足球场。一头是工厂大食堂的院子，一头临近汪家村。林中的树很杂，有樟树、栎树、椤树、枫树、松树，更多的杂树我叫不出名字。树高大都在两米以上，枝丫茂盛，叶子密实，树下几乎见不到阳光。林中有几块空地，原来可能是拴牛的地方，旁边树干上有牛绳索勒过的痕迹。

学生都自带一个小板凳，来到树林以后，把书包挂在树丫上。有的人选一棵大树靠背，有的人与谁都不挨着，一个人坐在很远的地方。课堂纵不成行，横不成排，星星点点，散散落落。老师站在中间，不像是在讲课，更像一个成年人带一群孩子在林中玩耍。

我第一天来，没带凳子，在同学的帮助下，从路边搬来一块大石头，对付着上了半天课。

当时还没有分班，初中两个年级坐一圈，一共二十多人，只开了数学和语文两门课程，都是一个老师教。没有明确的上课和下课时间，课长完全由老师自己掌握。树上有一块很小的黑板，半截铁丝吊在那里，晃晃悠悠，不好写字，老师也很少板书。

林中课堂很有趣。晴天时，鸟儿在枝头上跳来跳去，撒欢地吵闹，时不时把尾巴一翘，一摊稀粪从天而降。如果掉在谁的书本上，书或者课本就完了；如果掉在谁的头发上，顺着脸和脖子向下流，人就弄个满脸花。鸟粪气味腥臭，能把人熏得想吐，因此上课时，大家都尽量把凳子放在鸟很少活动的枝丫下，发现鸟在自己头上跳跃，立即用石子把它轰走。

林子里还有很多松鼠。这些小精灵，趁人不注意从树上溜到地下，蹦蹦跳跳，手舞足蹈，有时候还发出吱吱呀呀的声音，不知道是在表达它们的不满，还是想在这些新客人面前表现自己。

偶尔出现一只猫头鹰，蹲在枝丫上，瞪着圆圆的眼睛看着树下，发出一阵阵令人恐怖的声音。野兔也会不时造访，但都是一闪而过，很少能让人看清楚它的眉目。

树林旁是一条小路。汪家村出工的老表，挑着担子，赶着老牛，悠悠闲闲，边走边聊，和我们在电影里看到的人民公社社员很不一样。一些放牛娃把牛拴在树旁，站在我们身后，一边看我们上课，一边叽哩哇啦说一些土语，我们一句也听不懂。

林中学校，一切都听天的。晴天上课，下雨了，学生瞬间就跑光。雨停了，老师招呼学生重新上课，难得有几个学生再回到树林里。每天下课，偷懒的学生把凳子挂在树枝上，明天来的时候再爬上去取下来。一棵大树，上上下下挂满了凳子，路过的人经常停住脚步不解地观看。

厕所很远，一个来回要十分钟。林中便于躲藏，有的男孩子偷懒，找一个没人的地方，对着树根就尿。有时女孩子路过，看见了，又羞又恼，大声嚷嚷：“流氓！流氓！”男孩子吓得立即跑开，裤子前口处很快湿成一片。

低我一年级的孟国安，在林中课堂的时候，和我在一个班。他活泼好动，用弹弓打鸟水平一流。他每天带着弹弓，兜里揣着小石子，课前和课间在树林里打鸟。一次上课，一只小鸟在老师头顶的树枝上跳跃，孟国安本不想打，无奈这小家伙越跳越欢，好像是在嘲笑他。他终于控制不住，掏出弹弓一弹命中，小鸟扑啦啦掉在老师脚下。同学们都有点紧张，担心老师发脾气。想不到老师从地上捡起小鸟，笑着对孟国安说：“你的射术不错，长大去当兵吧。”受到鼓励的孟国安，从书包里掏出几只麻雀，对老师说：“送给你，可以烤着吃，也可以炖汤，味道美极了。”让我吃惊的是，老师还真收下了。老师从地上捡起一段稻草，把麻雀拴成一串，挂在了树丫上。

因为战争形势紧张，三七〇厂建厂时完全没有考虑要建一个学校。半年前，职工陆续来到厂里，带来一些学龄孩子。建厂正处在最吃紧的时期，职工吃住在工地上，没有精力照顾孩子，工厂只好指定一个女职工办起了学生临时托管班。后来人越来越多，她一个人已经管不了，而且也不能长期不教书，这时工厂才决定在这片树林里开设林中课堂。

最初只有五六十个学生，后来发展到一百多人。开始是复式上课——两个不同年级的学生编在一个班，老师先为这个班讲半堂课，再为那个班讲半堂课。后来人多了，才把一个年级分成一个班。最初上课不分节，老师讲累了就下课，去一趟厕所回来再上课。无论是哪个年级，都只开语文和数学，学科老师也不固定，谁有空谁上课。

树林旁边有一栋房子，很小，只有五六十平方米，原来是这里一个小工厂的办公室。到十一月中旬，小工厂迁走，房子移交给了学校。交钥匙那天，全校师生喜笑颜开，挤着进去参观。以后，这栋房子就成了学校老师的办公室，也成了学校的标志。多少年以后，从这里走出去的学生，重回故地，都要以它为背景拍照，触景生情，追忆往昔，各个人的眼眶里都积满泪水。

竹棚子教室

在树林里上课，坚持了两个多月，一个基建团完成任务，从工地上撤走，留下三排竹棚子，学校才终于有了一个可以安营扎寨的地方。

三排竹棚子原来是基建民工的住房和食堂，交给学校的时候，里里外外就像一个大垃圾场：柱歪梁斜，垃圾遍地，污水横流，臭气熏天，也不知道上百名民工在这里是怎么生活的。最可怕的是食堂和仓库，受潮变质的大米撒在地上，结成厚厚一层硬壳，墙角堆满死鸡死鸭子的内脏，老鼠洞遍地，犄角旮旯一圈圈蛇褪下来的白皮，看一眼要做几天噩梦。

全校停课两天，师生一起大扫除。高年级男同学在老师的带领下维修竹棚子。由于之前使用了小一年，竹棚子已经破旧，工厂运来两车毛竹、一车油毛毡，最后还不够用。高年级女同学清理棚内杂物：化肥袋子、碎竹片子、破旧衣物，三排竹棚子清理出的垃圾堆成一座小山。低年级的学生挖沟开渠，把四处横流的污水排到不远处的一个大水坑里。

经过两天劳动，三排竹棚子和周边环境整饬一新：棚顶全部换了新的油毛毡，远远望去，又黑又亮，整整齐齐，很像新房；新加了门窗，尤其是竹门上加了大号合页，开关自如，让附近盖竹棚子的民工惊讶不已；门前的过道上，铺了一层厚厚的煤渣，渗水快，小雨都可以不用穿套鞋。竹棚子旁边开出一块空地，支起一个篮球架，建了一个半边篮球场。这是汪家岩山脚下第一个健身活动场所，具有划时代的意义，从此掀开三七〇厂学校体育发展史上新的一页。

1971年初，人称程政委的省革委会主任程世清来厂视察。他听取工作汇报后，毫不客气地否定了原拟的厂名，亲自命名三七〇厂对外的厂名为“八面山机械厂”。他说：“八面山是井冈山五大哨口之一，井冈山精神是搞好三线建设的法宝。要发扬革命传统，争取更大光荣。”他还同时为景德镇直升机基地另外两个工厂命名，总装厂命名为“黄洋界机械厂”，锻铸件厂命名为“双马石机械厂”，后两个厂名也都来自井冈山五大哨口。

程世清走后不久，工厂批准学校正式对外挂牌。厂名“八面山机械厂”，子弟学校自然要用厂名命名。当时，凡是与学校擦一点边的单位，都要带上“五七”两个字，“五七大学”“五七干校”等等。我们学校自然也不能例外，校名就成了“八面山机械厂五七学校”。而后，工厂还几次改名，都是应时应景，学校也随之更名。不过，这个厂在航空工业系统内的番号从来没有变过，从1970年建厂到今天，一直为三七〇厂，因此，工厂子弟学校最为稳定的校名还是三七〇厂子弟学校。

牌子怎么挂上去，成了一个难题。竹棚子的壁是软的，吃不住劲，钉不了钉子。几个师生反复琢磨，最后我们班班长顾同学灵机一动，在旁边的一棵大树上钉了两根大钉子，把校牌挂在树上。美中不足的是，大树距离竹棚子有点远，一般人很难把两者联系在一起。我们搬到竹棚子后很长时间，总有联系基建工作的人找到我们学校。

在庆祝学校革委会成立的大会上，革委会主任陈忠义发表了鼓舞人心的讲话。他用诗歌一样的语言说：“苦不苦，想想红军二万五；累不累，忆忆革命老前辈。眼下我们虽然还有很多困难，但是与延安抗日军政大学相比，我们还是要好很多……”当时，我与其他同学一样，都被老校长（一年后撤销校革委，革委会主任改为校长）的这段话感动了，也坚信我们学校的条件比延安抗大要好。几十年以后，我到延安参观抗大校址和纪念馆，才发现老校长并没有来过抗大。延安抗大比我们“竹棚子学校”的条件要好很多，不仅校舍是砖瓦房，还有操场、课桌、饭厅、大礼堂，这些都是我们那时不敢想的。

竹棚子学校最大的问题是教室之间不隔音，一个老师上课，整排棚子里都听得一清二楚。为避免互相干扰，老师讲课的时候尽量放低声音，听力不好的学生需要坐在第一排。再一个办法是上默课。老师多板书，把要讲的内容写在黑板上，一堂课下来，老师没说几句话，可是要擦数十次黑板，下课时一头粉笔灰，很像一个烧石灰的窑工。

竹棚子学校在山脚下，下课的时候学生可以到山上采野果和野菜。汪家岩一带野山楂特别多，酸甜爽口，特别刺激胃口，吃上几颗山楂，饭量立即大增。山上还生长一种当地人称“地皮”的菌类，雨后尤其多。“地皮”的模样很像木耳，深绿色，比木耳更薄、更滑溜，含有一种独特的山野味。那时，我上学经常带一个脸盆，下课时到山上去捡“地皮”。这种菌很多，有时在一块青石板上就能捡一脸盆。回家后用水漂洗，去除枯枝杂草，可以鲜吃，也可以晾晒成干，放到冬天的时候再吃。最好的烧制方式是炒鸡蛋，或者加肉炖汤。离开汪家岩以后，我再也没有吃过那么好吃的地皮，如今每每想起，都要流出口水。

建厂时期，民工盖房子就地取材，在附近的山上炸山取石。取石点距离我们竹棚子不远，每天中午，一阵哨声响过之后，爆炸声接连响起，由远至近，惊天动地。为避免山上飞下来的碎石击伤学生，学校规定，哨声响起以后，全校立即下课。课本中有一首毛泽东诗词《西江月·井冈山》，其中有一句“黄洋界上炮声隆，报道敌军宵遁”，我仿写成“汪家岩旁炮声隆，报道学生宵遁”，老师听了称赞说“不错”。

教材与师资

1971年春夏之交，新学期开学一个多月，我们终于搬进了新校舍。

新校舍在下石和汪家岩家属区中间，背靠五七广场，面向乐砺公路，三面是成片的水田。因为离下石村不远，农民的鸡鸭猪狗经常造访学校，学生上课时能听到鸡鸣狗叫，每周六全校大扫除，主要也是清除这些动物的粪便。

本以为有了新校舍，步入正轨了，日子应该好起来，不承想困难一个接着一个。

第一个难题是教材。在树林和竹棚子时期，老师用的是从哈尔滨带来的教科书。那时学生人数不固定，上课也不系统，用哪里的教材都不太重要，现在一切正规，教材就成了当务之急。

学校找乐平县委反映，县委领导摊开双手说：“你们是中央直属企业，我们的庙太小，爱莫能助，你们应该向上反映。”厂分管领导带着学校负责人，一级一级向上找，一直找到省教育领导小组。省里的领导说：“你们的要求合情合理。企业在江西，企业的学校当然应该使用江西教材。不过，江西的三线企业不是你们一家，容我们调研一下，尽快理顺关系。”

这位领导说得不错，江西的三线企业不是一家两家，包括能源、电子、材料等方面，内迁至江西的三线企业有三十多家，其中相当一部分来自上海。这些上海内迁企业，与地方几乎不发生什么关系，职工的粮食及副食品供应，全部按照上海市内标准，有的在当地采购，有的从上海运来。他们的子弟学校，使用的是上海市统一教材，根本不存在教材问题。

其他的一些三线工厂，有的职工人数不多，没有自建学校，子女就近在地方学校入学，也不存在单独供给教材问题。景德镇直升机基地的三个工厂（包括三七〇厂），职工人数多，都建立了自己的子弟学校。省教育领导小组调研后批复，从1971年第二学期开始，这些三线厂子弟学校的教学业务工作，统一划归当地教育主管部门指导，师生所需教材由地方教育主管部门统计上报，省教育工作领导小组统一下发。

新教科书最快也要下学期才能到手，为解决迫在眉睫的无教材问题，学校到附近一所农村中学求援。与地方学校相比，我们的教学进度慢了两三个学期，借用他们的旧课本完全可以。这所农村中学把学生用过的课本都收了上来，连同老师使用过的，全部送给我们。数量仍然不够，只好两个学生一本。每次放学，老师的教材都要被学生借走。有几个勤奋的学生，干脆自己动手抄，一本教材抄成了几本手抄本，书包小的都放不下。如果今天还能找到那些手抄本，绝对是非常有价值的收藏品——那是一个时代的写照，是三线人子女辗转求学的印记。这几年我一直呼吁建立江西三线建设博物馆，在未来的展室里，不知道是否有幸摆上几本。

1971年秋季开学，学生们拿到了崭新的课本，个个笑逐颜开。很多人小心翼翼地为新书包上书皮，请书法好的老师题写书名和自己的姓名。那天，几个老师在走廊里为排队的学生写字，一直写到了天黑。

第二个难题是师资。工厂最初制订选调人员计划时，没有考虑过要建学校，计划中没有教师这一行。建厂后来了一部分教师，都是以家属身份随着职工调来的，构成杂乱，搭配不合理。有的学科教员过剩，有的学科一个人也没有，无论初中还是高中，在很长时间里，只能开设数学、语文、物理，其他课程都开不了。拼凑起来的教学队伍，严重缺乏骨干，教学质量得不到保证，距离一个正规中学的要求还相差很远。为尽快扭转这一局面，工厂决定走“内部挖潜，外部求援”这条路。

内部挖潜，就是对全厂职工进行一次摸底，选调合适的人调入学校。工厂政治部规定，凡不在科研实验第一线的大学生，都要优先供五七学校选调，本人不服从调动的，一律给予纪律处分。军工大厂人才优裕，大学生比例很高，很多都是名校毕业的，一部分人还有在苏联留学的经历，按理说，人才是不缺的。但是摸底以后发现，工科生多，文科生少；可以任教数学、物理、化学的人多，能任教语文、历史、地理的人少；会外语的人虽然有，但是能调动的人学校不需要，学校需要的人不能调动。

工厂有一个资料翻译室，大小语种的翻译有十多人，包括俄语、英语、日语、法语、德语。江西省规定，中学生外语一律学英语。当时工厂正在仿制一款外国产的直升机发动机，所有资料都是英文，英文翻译任务极重，仅有的两个英文翻译不可能调给学校。

辅助援建厂赣江机械厂，原来是南昌航空工业学校，有教师三四百人，按理说支持一个厂办中学的师资绰绰有余。可情况并不是这样，三七〇厂建厂前，南航的老师所剩无几，大都在“三查”（查叛徒、查特务、查现行反革命）运动后被下放劳动，调动这些人必须由省革委批准，手续繁琐，难度很大，剩下的人本来就不多，合适的更没有几个。

经过上上下下的努力，调来了十多个大学生，又补充了几个南航毕业的中专生，学校师资发生了巨大的改变，能开设的课程逐渐多起来。

外部求援，即向县里、地区报告，请求支援。军工大厂，工资高一些，福利待遇也不错，虽然地处山沟，生活艰苦，但仍具有一定吸引力。困难在于，在特定的历史条件下，军工厂对调入人员的政治条件要求很严，那个时代，知识分子一点小辫子也没有的很少，导致学校失去了选调一些好老师的机会。后来，校领导渐渐明白了其中奥妙，采取变通手段，选调工作才走出困境。

乐平县临港中学有一对夫妻，双双毕业于杭州外语专科学校英语专业。两个人专业好，工作热情，年轻，又来自大城市，容易受到师生们的欢迎，学校确定要重点引进他们。这两个大学生，在外语人才奇缺的年代，怎么会流落到一个偏僻的公社中学当老师？负责外调的曹贵才老师向我讲述过这两个人的经历。

男方名叫张伟延，在大学时表现优异，不仅学习成绩突出，德智体样样都不错。本来，学校要留他在本校当老师，无奈那年学校一个留校指标也没有，毕业生全部分配到江西，理由是支援老区建设。正值“文革”高潮，到处都排挤知识分子，江西似乎更甚，他们这届毕业生，除一部分人留在省城搞情报工作以外，其余都分到了地区。张伟延有一个叔叔在台湾，当时对这种有海外关系的人格外警惕，用人单位都不敢要，他最终被分配到了临港中学。

他的女朋友秦葆琪，忠于爱情，一路追随，两个人一起到了距离乐平县城三十多公里的穷乡僻壤。

“文革”中，初中不开设外语课，高中课时也不多，一个公社中学，怎么用得了两个英语教师？为照顾秦葆琪，张伟延只好转行做后勤工作，每天为食堂买菜，找木工修理坏了的课桌椅，有时甚至要上山砍柴。

夫妻俩听说三七〇厂子弟学校想调他们，感觉就像天亮了一样。他们找到校长陈忠义，痛说自己的悲惨遭遇，坚定地表示，一旦来到学校，将把全校的英语教学任务都承担起来，多苦多累也不怕。

调动过程相当不顺。开始是公社中学不同意，理由是，临港公社地处偏僻，教员长期空编，城里或者城郊的人都不愿意来，好不容易调来两个年轻一点的人，一下子都调走，没有新人补充，学校又要空编。陈忠义校长反复做工作也不行，最后答应赠送他们一批体育器材，包括双杠、单杠、木马、垫子等，临港中学的领导才勉强答应。

到县里又遇到了麻烦，理由让人啼笑皆非。有关工作人员说，这两个人出身不好，档案里有“控制使用”的备注，你们厂是军工大厂，保密性强，调入这两个人不合适。

陈忠义校长说，我们是学校，不是工厂的保密单位，包括我自己，也接触不到涉密的东西。再说，这些事情应该是我们调入单位考虑的事情，你们就高抬贵手吧。

工作人员哑口无言，只好层层上报，分管的县委副书记显然更明事理，指示下属立即放行，说：“娶亲的人家欢迎，嫁女的人家同意，我们就是一个婚姻登记部门，干吗要在中间横拦竖挡？”

工厂政治部也犹豫过一阵子。两个人的档案放在柜子里锁了几天。陈校长爱才心切，软磨硬泡，政治部最后不得不在调令上盖上公章。

这对夫妻教师的到来，结束了我们学校长期开不了外语课的历史，ABC的朗读声第一次在校园中响起。我们是毕业班，受益有限，后几届的学生外语普遍好一些。几年以后恢复高考，三七〇厂子弟学校学生在其他科目上都明显不足，唯有英语成绩高人一等。1978年上饶师范学校英语专业招一百名新生，三七〇厂子弟学校的毕业生占了接近五分之一，让上饶地区十六个县的一百多所中学目瞪口呆。八十年代中期，这对夫妻又一起调入杭州外国语大学，在一个更高的层次上为国家培养人才。

1972年9月，新学期开学，学校举行了建校以来第一次开学典礼。全校师生集合在五七广场，会场两边红旗猎猎，广播喇叭里歌声嘹亮，学校腰鼓队队员腰系红绸，整齐地舞动鼓槌，健步走进会场。主席台上，工厂领导、县委分管教育的领导、学校领导班子成员，满面笑容地鼓掌。高朋满座，宾主尽欢，随后，点燃了一挂长长的鞭炮，五七广场变成一片欢乐的海洋。

竞赛落败

由于多方面的原因，从1972年下半年到1973年，教育领域出现了一个小阳春——政治运动暂时偃旗息鼓，学校掀起了一阵争前恐后学习的高潮。1972年冬天，乐平县举行了一次中学生数理化竞赛，三七〇厂子弟学校派出六名学生，分别参加数学、物理、化学、语文四科比赛。由于教学进度的关系，我们学校派去的高中学生，只能参加初中组的比赛。用现在的体育行话说是“以大打小”。

我也是代表之一，参加了物理和数学两项竞赛。去的时候，我们高中部的三个代表踌躇满志，满以为能杀得那些小弟弟小妹妹一个个片甲不留。没有想到，我们太高估自己，太轻视对手，考试结果，我们三个人都排在参赛学生倒数的行列。三个初中部的代表，只有一人进入数学前十名，其他人都名落孙山。

这个结果，对我们是一个非常大的打击。以前，我们不怎么看得起那些身穿土布衣服的当地学生，觉得他们连普通话都说不好，读书肯定比我们差很多，没想到，一场考试考出了我们的真面目，把我们虚妄的自信心彻底打垮。

参加这次竞赛，我意外地认识了乐平中学的J。他参加语文科目竞赛，取得高中组第一名的优异成绩。一年多后，我们都下乡到了临港公社，我在九墩大队，他在李边大队。他高中时就入了党，是全县仅有的几个不满二十岁的党员之一，因为这个原因，他很快又成为公社党委委员。1976年冬天修水库的时候，我在他的领导下，在工地上负责通讯报道工作，与他朝夕相处了一个多月。

J是乐平中学的高才生。他对我说，乐平中学在“文革”中虽然也受到不小冲击，但与三线厂的学校相比，还是要好很多。乐中老师教学经验非常丰富，应付政治运动也有一套。在“文革”最疯狂的那段时间，语文课就是学“红宝书”，语文老师把“毛选”中引用的古文汇编在一起当教材，表面上是学领袖著作，实际上是教古汉语。其他学科也大同小异，都玩挂羊头卖狗肉把戏，政治口号喊得不比哪个学校差，实际教学内容耽误得却不多，在上饶地区各县中，乐平中学的教学质量是最好的。

我笑着敲了他一下，说：“我们还以为自己是‘以大打小’，其实你们才是‘以大打小’。我在学校里也算是一个尖子生，可是和你比起来，连锤子都不是。”

1977年高考，我俩坐在一条板凳上考试（当时条件差，考场与后来的安排不一样）。两个监考老师总是在我们俩旁边徘徊，交卷以后，老师欣赏地说，如果这间教室里有人能考上，那就是你们俩了，其他人都差得太多。

那次考试，我们俩双双落榜。我落榜的原因很复杂，并不是考得不好，实在是运气太差，我已经在另一篇文章《落榜》（见《读库2002》）中讲述了整个过程。J为什么落榜？我不知道，也没有问过他。1978年第二次考试，他因为报考志愿的问题（仅报了北京大学，并注明不服从组织调剂），也没有考上。好事多磨，1979年，他以江西省文科状元的身份，走进北京大学的校门。

以后几十年，我们一直保持联系，如今他在日本京都大学当教授，也是他母校北京大学的兼职教授。

参加竞赛回来，我们个个垂头丧气，老师也受到很大的刺激。他们在对比之中看到了差距，全校教师办了一个学习班，统一思想以后，开始大张旗鼓地抓教学。

为追回建校时耽误的时间，学校把三学（学军、学工、学农）的课都停了，每周半天的义务劳动也停了，甚至周日只休息半天。这还不够，一天上八节课（上午四节下午四节），数理化一个学期上两个学期的课。老师不顾一切地向前赶，学生大都筋疲力尽跟不上。

我和很少几个同学是例外，完全跟上了老师的进度，追回了一些失去的时间。在高中的最后一年，我发奋学习，数理化进步神速，在同一年级的两个班里，几乎是鹤立鸡群。物理老师生孩子，一时找不到代课老师，竟然让我给同班同学上了几节课。

加速度教学产生了两个结果：一是拉大了差距，优秀的学生勉强跟得上，较差的学生完全是“坐飞机”，期末数学考试，一半学生得分不到四十分，两极化十分严重；二是学得不扎实，由于缺乏练习，学生对教材中的内容尚能理解，题型一变，立刻如堕雾里。几年以后恢复高考，这个方面的不足暴露得淋漓尽致。

数学老师钱淑兰，从北京航空学院毕业，分配在工厂设计科工作。她最初的理想是航空报国，希望成为一名优秀的飞机设计师，因为子弟学校缺老师，她转行走上了中学讲台。她当时不到三十岁，小孩还在吃奶，到了学校以后，很快热爱上这个新的工作岗位，全身心地投入到工作之中。

她的教学方式比较独特。每开始新的一章，都让学生先自学几天，开讲时先在黑板上写一道习题，让学生上来答题。一个人答不出来再换另一个。上来的学生哪怕是只写出一个正确的步骤，她都给予表扬。如果都答不出来，她再开始讲解。这种方式让学生有压力，谁也不知道钱老师明天会点到谁的名字，促使学生认真预习，提高了自学能力。

她爱憎分明，对成绩好的学生，从不吝惜表扬；对成绩差的学生，批评时言语犀利，有时甚至拍桌子瞪眼睛。从孔老夫子的有教无类来讲，她做得很不够。几十年以后，我去看望她，聊起当年教我们这届学生时，她能回忆起的都是成绩好的学生，成绩差的一个也记不得。她说，她的性格并不适合当老师，性子太急，年轻时尤其严重。

她觉得，这辈子最对不起的就是我们这届学生。当时她自己刚刚转行，怎么教书还在摸索之中，有时顾得了这头顾不了那头，教学环境又不好，经常是心有余而力不足。钱老师说得非常真诚，一句自我辩解的话也没有，几乎是在忏悔，好像我们这届学生没有成材都是她造成的。我不知道该怎么安慰她，在一旁坐立不安。她先生张教授叹了一口气，说："历史的一场风雨，对个人就是一辈子的命运。你们那几届学生，既是'文革'的牺牲品，也是三线建设的牺牲品。"

文体双红

那是一个奇特的年代，学校的教学秩序受到破坏，正常的传道、授业、解惑被引入歧途，文艺和体育由于其特殊的功能，反倒在畸形政策的扶持之下，突飞猛进，一骑绝尘。三七〇厂子弟学校的表现尤其突出。

"文革"中，差不多的学校都成立了一支文艺宣传队，其职能是：宣传毛泽东思想，宣传无产阶级文化大革命成果，宣传在各个行业中涌现出来的新人新事。宣传队有大有小，水平有高有低，大的宣传队上百人，小的"十几个人来七八条枪"。水平高的堪比专业文艺团体，水平低的也就是今天票友的程度。县里、地区、省里，每年都举行各种形式的文艺调演（调到上级去演出），一般来说，企事业单位、地方党政领导都十分重视。

我们学校有一支实力很强的文艺宣传队。指导老师段晓珍，曾经是南昌航校文艺宣传队的台柱子，“文革”中红遍南昌。伴奏以工厂宣传队乐队为主，学生中也有几个行家里手，其中小提琴四把，二胡四把，笛子两管，钢琴、萨克斯、长短号及各种乐器一应俱全。队员的实力也很强，有从哈尔滨二十四中宣传队转过来的八名队员，也有从其他学校转过来的几名文艺骨干。其中的女一号刘慧新，后被选入空军文工团，成为一名专业文艺工作者。女队员孙静，曾经在哈尔滨之夏音乐会少年合唱队担任领唱，歌唱家郭兰英都看好她的发展前途。

宣传队先后排练了芭蕾舞剧《红色娘子军》《白毛女》。业余宣传队大都只能排演样板戏中的某些片段，能演出其中一幕两幕都算了不起，我们学校宣传队却能演出难度极高的整场芭蕾舞剧，这在全省中学宣传队中是绝无仅有的。每逢五一、七一、国庆、元旦，学校宣传队都应邀到外地演出，乐平人甚至上饶人，大都是通过观看我们学校宣传队的演出，才知道在乐平汪家岩脚下有一个三七〇厂，三七〇厂有一个子弟中学。

在厂内，学校宣传队的知名度也非常高。当时流行一个顺口溜：“厂办（工厂办公室）有权，后勤（处）有钱，学校有个文工团。”学校到厂内各个部门求援或者办事，派宣传队队员去，比校长自己去还顺利，几乎没有解决不了的事情。

如今在《乐平县志》上，记载三七〇厂子弟学校只有一行字，而记载学校宣传队却占了近半页纸。宣传队取得的荣誉，产生的影响，上面写得一清二楚。

文艺宣传队出色，体操队和足球队也远近闻名。

1972年冬，江西省体操队到工厂慰问表演，林振球（亚运会体操全能冠军）、童非（亚运会单杠冠军），这些国人皆知的体操明星都到了。省体操队在五七广场表演两次，观众人山人海，附近县的人都赶来一睹明星的风采。体操队走后，我们学校掀起了一个学习体操的高潮。

工厂里有一对李姓夫妇，少年时都在省体操队练过，当过半专业运动员。后来，两个人先后考入北京航空学院。在大学读书时，妻子夺得北京大学生体操大赛平衡木和高低杠冠军，丈夫荣获自由体操亚军。

在学校的支持下，夫妇俩办起体操培训班，先后招收了二十多名十岁以下的孩子。妻子负责指导女生，丈夫负责指导男生，每天都坚持练习，刮风下雨从不间断。一年多以后，学校体操队代表上饶地区到省里参加比赛，取得团体总分第三名的好成绩。须知江西是体操大省，基层有很多有实力的教练，群众基础相当扎实。初上赛场的三七〇厂子弟学校体操队，凭借扎实的训练和超人的天性，在江西体操界一鸣惊人。

而后，学校体操队成为省体操队的摇篮，先后向省体操队输送了多名队员，曾有“省队半乐平”的美誉。胡秋萍、董杰、胡卫东到了省队以后，转行练习技巧，进步很快。胡秋萍代表国家参加加拿大国际技巧比赛，荣获世界冠军。胡卫东与队友在全国青少年技巧比赛中，获得男女混合项目冠军。

最为称奇的是，这对夫妇的一子一女，先后考上了清华大学，男孩代表清华大学参加北京市高校大学生体操比赛，两次获得男子全能冠军；女孩也代表清华大学参加了这项比赛，虽然没有像哥哥一样独占鳌头，但也取得了不错的成绩。这对兄妹的故事在清华大学流传多年，更是三七〇厂子弟学校最为励志的佳话。

学校还有一支声名赫赫的足球队，代表上饶地区到省里参加中学生足球赛，踢了八场球，六胜二平，以不败成绩夺得全省中学生冠军。

其实，无论是哪个三线工厂，与土生土长的本地人相比，在文艺和体育方面，表现得都要更优异一些，下一代也更容易出人才。这是因为，文体比拼的是天赋和早期培养。三线人的孩子，曾经在大城市里生活，见多识广，参加文体活动早，受到的熏陶更多一些。三线厂的职工来自五湖四海，师资条件优越，短时间内把文体工作搞上去并不是什么难以想象的事情。

以三七〇厂子弟学校为例，段晓珍是专业水平的文艺工作者，其天赋与经验，比县里、地区文工团的专业人员只高不低，加上当时重艺轻学的环境，她不用顾忌孩子的学业，像专业文艺团体一样排练和管理，又有着强大的后勤做保障，她领导下的宣传队自然要高过县里、地区其他学校的宣传队。

也是一样的道理，没有那对李姓夫妇，三七〇厂子弟学校不太可能成立一支体操队，那几个后来名震全国技巧大赛的明星，也很有可能像其他人一样，老老实实地读书、高考，在某个工作岗位上默默无闻一辈子。

足球队的情况特殊一些。当时，江西足球发展还处于初始阶段。全省只有南昌和九江两个地方的少数学校有足球场，赣南、赣中等地的学生还不知道足球为何物。三七〇厂子弟学校的绝大部分学生来自哈尔滨，在学龄前就开始踢足球，一踢十几年，技术和战术素养肯定好于还没踢过几场球的同龄人，在省城一鸣惊人也在情理之中。

学校没了

1973年7月中旬的一天，我到学校参加毕业生座谈会。

七月的赣北，骄阳似火，气温在三十九度以上，马路上的沥青都晒化了，踩上去软软的，有的地方融化严重，能把鞋粘上去。

座谈会设在一个教室里。平时按顺序排的课桌椅，被排成一个“口”字形。讲台推到一边，黑板上用粉笔写了几个巨大的美术体字：毕业生座谈会。

屋顶上三个电风扇呼呼地旋转，四个角落上还有四台台式电扇——学校的装备今非昔比。

陈忠义校长坐在正上方，两边分别坐着校党委委员，我们的两个班主任也分别坐在两边。

七十多名毕业生只到了一半。我不知道是通知要求的，还是其他什么原因。我本想坐在最后一排，安静地度过自己中学时代的最后一点时间，无奈班主任钱淑兰老师看见了我，频频招手，半强制性地把我拉到了距离她最近的位置。

座谈会的第一项议程，居然是给我们发毕业证。毕业证很普通，红色塑料封皮，里面一页纸，蜡纸油印，上面是姓名、性别、籍贯，后面一行字是“在本校高中部修业期满，成绩及格，准予毕业”，盖的是校长的私章和学校的公章。

陈忠义校长致辞时说：“你们是三七〇厂子弟学校的首届毕业生。建校期间，你们在树林里淋过雨，在竹棚里受过冻。搬进新校舍后，你们开山劈石，挖土填坑，用了大半年时间，为学校开出一个操场……因为没有老师，很多课程开不了，直到毕业，你们只完成了教学大纲要求内容的三分之二，作为校长，我对你们深怀歉意……”

陈校长为我们所做的毕业致辞，没有华丽的抒情，没有陈词滥调的告诫和嘱咐，言语中表达的是深深的懊悔，为我们委屈，也掩饰不住他自己的委屈。

那次会后，我再也没有走进过那个院子，偶尔路过，也尽量把目光转向别处。

对于这所学校，我有着非常复杂的情感。一方面，她是我的母校，陪伴我走过少年时代最后的时光，我是从她的怀里走向外面的世界；另一方面，那是我一生中最遗憾的三年，该读的书没有读到，接受的教育残缺不全，虚度了自己一段最宝贵的光阴。因为中学没有学好，先天不足的知识构成让我受累了一辈子。

上世纪八十年代中期，三线建设落幕，三七〇厂由江西乐平迁至江苏常州，工厂更名为“常州蓝翔机械厂”。走过十八年蹉跎岁月，重新回到城里的三七〇（蓝翔）人，庆幸劫后余生，焕发出冲天干劲，不仅在“军转民”上屡创佳绩，军品生产也再上一层楼。2019年天安门广场阅兵，空中飞过的几个型号直升机，发动机都是产自该厂。

九十年代初国企改革，企业不再“办社会”，蓝翔职工医院转给了常州市卫生局管理；蓝翔中小学中符合条件的教师，由常州市教育局另行分配工作，工厂子弟学校正式撤销。

有一年，我工作的单位整理干部档案，让我提交中学毕业证复印件，说“这是中组部要求的，不是怀疑你中学没有毕业，而是考虑档案的完整性”。参加工作以后，我多次搬家，每次都像打了一场败仗，落荒而逃，那张珍贵的毕业证也不知道是在哪次搬家时弄丢的。为了补办，我专程去常州，找到蓝翔机械厂党委办公室。学校、医院撤销以后，遗留的一些事务统一划归工厂党办代管。我向接待人说明来意。她用惊奇的目光看着我说："哪里还有什么学校当年的档案？那些破烂是否从江西搬过来都值得怀疑……"

没有档案佐证，工厂不会给我开学历证明，即使开了，我也怀疑它的证明力，企业有证明学生学历的资质吗？我只能空手而归。

恍惚几日后，我做了一个梦，梦见几百年后的考古工作者，在汪家岩下挖出一块木牌，上面写着"三七〇厂子弟学校"。几个考古工作者面面相觑，不知所以然。一个年轻一点的立即打开电脑，搜索多遍，仍然找不出答案。最后确认不具有任何历史价值，两个人抬着这块破旧的木板，扔在了不远处的下石河。一阵风刮来，木板起起伏伏地漂向了远处。

“世界的温柔的冷漠”

梁 霄 杨芳州 问 | 爱丽丝·卡普兰 答

今天加缪对着我们讲话，而且他从未停止与我们讲话。

藉读库出版《寻找〈局外人〉》之际，2020年5月，我们通过邮件采访了该书作者爱丽丝·卡普兰（Alice Kaplan）。

卡普兰是耶鲁大学法语系主任，耶鲁大学“约翰·穆瑟”教授；曾任杜克大学文学及历史教授，为杜克大学法语研究中心创始主任。主要研究领域为二十世纪法国文学、法国文化研究、翻译理论与实践、自传与传记等，她在耶鲁大学开设的本科课程包括讲授加缪、普鲁斯特的文学作品等。

卡普兰十五岁时第一次读《局外人》，也是她读的第一部法语小说，她说：“《局外人》是我命中之书。”

问：由于我们正在经历的疫情，全世界现在被同一种困境威胁，加缪重新进入了人们的视野——很多读者阅读加缪自《鼠疫》起。不少评论家说，与《局外人》相比，《鼠疫》更是写给“每个人”的书，也有相当多的人认为《鼠疫》不能算是好的文学作品。您如何评价《鼠疫》的文学价值？加缪在《鼠疫》中描绘的人类境况还能给我们带来启示吗？

答：在我开设的耶鲁大学现代法语小说讲座中，原计划从三月份开始讲《鼠疫》。当然我从未想过自己竟然真的会在瘟疫流行下讲这本小说，也从没想过竟需要为小说加一个“敏感警告”。其实，一月份听说一个学生的家人生活在武汉时，我已经开始思考这本小说新的相关性，并担心它会带来怎样的影响。三月，我们开始远程教学，我提前录好讲座，然后在讨论环节使用Zoom会议软件与学生见面，听取他们对书的反馈。在《鼠疫》中，加缪既描写了被纳粹占领的恐怖，又表现了参与抵抗运动的普通人的团结。在讲座中，我尽力区分哪些东西直接来自他的个人经历（是什么启发了他），以及后世几代读者阅读这本书的方式。每本书都有很多生命，有时一本书突然间与我们息息相关。我们永远不会忘记，《鼠疫》在2020年离我们非常近。

《鼠疫》一书于1947年出版，快速畅销，它面向的是今天所谓的“大众市场”。《局外人》是那么风格强烈、阴暗、隐晦；《鼠疫》有情节性，有待揭开的谜，以及一系列具备古怪和鲜明个性的人物（从英雄到懦夫）。公众赋予了加缪解放运动标志般的英雄形象，此外，一部本想淡化传统英雄主义的小说却大获成功，将他置于更明亮的聚光灯下，这两者都令加缪感到非常不自在，所以他曾发出类似“鼠疫的受害者比我想象的要多”“有品位的人不会喜欢《鼠疫》”这样的感叹。《鼠疫》的写作过程也完全不同：写《局外人》时，他在巴黎蒙马特的一家旅馆的房间内，像受到天启一般一气呵成；《鼠疫》却总是断断续续，政治活动、抵抗运动和新闻工作几乎占据了他所有时间。写《局外人》时，他是个无名小卒。《鼠疫》出版时，他已经是个著名人物——一个公众人物——因此这本小说无法与作者剥离。

自新型冠状病毒暴发以来，《鼠疫》又获得了巨大的新生。我在法国度过受疫情封锁的最初的日子，当时看到媒体上一篇又一篇的文章，不停地推荐人们读《鼠疫》来度过这段令人焦虑的时光。似乎这部小说就是疫苗——不仅能帮助我们思考正在经历的一切，而且能帮助我们治愈自己。

问：您在书中提到对加缪的阅读是在变化的，最近有没有出现比较值得一提的新潮流？即使是名家，也会出现各种充满偏见的解读，非常好奇您在教学或写作的过程中有没有这样的实例，即了解作家的生平和创作背景以及主要评论家的意见，会如何改变（或无法改变）一个人的解读?

答：加缪清晰地、充满激情和道义地写到了我们时代最令人不安和具有挑战性的问题：恐怖主义，恶化的环境，无意义的杀害平民以及抵抗可以采取的形式。在2016年3月哥伦比亚大学的纪念活动中，维果·莫滕森（Viggo Mortensen）朗读了加缪1946年的演讲《人的危机》（*La Crise de l'Homme*），我在听演讲时一阵阵感到不寒而栗。加缪离我们如此之近：七十年前，他谈到自己的那一代人是如何被迫适应一个充斥着恐怖和谋杀的世界，毒液又将如何在希特勒消失很久之后仍留在人们的心中，而这一切现在似乎仍如此迫近。今天加缪对着我们讲话，而且他从未停止与我们讲话。他无疑是当代美国最受欢迎的法国文学人物，超过萨特、普鲁斯特和塞利纳。在法国乃至全世界，他的盛名从战后就开始了，那时他几乎是法国抵抗运动的代言人。由于更倾向于温和的阿尔及利亚民族主义，反对在法国左翼的大力支持下实现阿尔及利亚独立的革命政党民族解放阵线，1962年阿尔及利亚正式取得民族独立之后，他被推入炼狱。直至1994年，这种情况才告一段落，他车祸时从汽车残骸中抢救出来的未完成小说《第一个人》终于出版了。评论家角谷美智子说，这本书是理解加缪其他作品的“罗塞塔石碑”，我认为她的形容非常正确。加缪赤贫的童年，耳聋母亲的沉默，对运动和阳光的热爱，对自己出身的羞耻感——这部遗作中的元素对解读他之前的所有作品都带来新的启示，好像加缪终于邀请读者到他家去做客。《第一个人》使加缪重新具有可读性：这个故事的讲述者，既不是殖民者，也不是当地土著，而是一个贫穷移民的孩子，对那些由于政治因素产生的条件反射性的排斥进行了反驳。

就具体作品而言，没错，每一部都历经了一波又一波的批评浪潮，正面和负面都有。《鼠疫》中的第一句话还记得吗？我们对奥兰的了解首先是它属于法国，“是阿尔及利亚滨海的法属省省会，如此而已”。而1962年以后，加缪描写的这个法属城市不再属于法国。后殖民主义的批评家们重新阅读了《鼠疫》，被这部小说中的奥兰是如此全然的“法国”而震惊了：这个故事简直可以直接移植到马赛或波尔多或里昂。阿拉伯人在哪里？那些将在1954年奋起追求独立的殖民地人民在哪里？

当加缪1930年代至1940年代生活在奥兰时，后者是阿尔及利亚城市中欧洲人最多的城市：比例大概是三千欧洲人对一千阿拉伯人，而阿尔及利亚其他地区则是每千个欧洲人对八十万原住民。阿尔及尔的阿拉伯人聚居区（卡斯巴）在城中心，而奥兰的阿拉伯人聚居区则离中心较远。可以想象，1940年代穿过奥兰市中心，我们只能看到欧洲人。《鼠疫》中没有阿拉伯人，但是有几个人物的名字是西班牙裔的——奥兰居民中有很大一部分欧洲人是西班牙人，而不是法国人。尽管如此，直至1970年代，《鼠疫》中没有提到殖民主义的动态、没有阿拉伯人或阿拉伯社区的事实仍然使批评者感到不安。

对《局外人》的解读也随着时间而变化，我在《寻找〈局外人〉》中用了一些篇幅讲述这些变化。《局外人》通常被理解为一种对传统道德边界的控诉。加缪在为美国版写的简介中说："任何在母亲的葬礼上不哭泣的人都有被判处死刑的危险。"传统司法是荒谬的。我认为，小说的这一方面最吸引年轻读者，即"无理由的反叛"。《局外人》启发了塞林格的《麦田里的守望者》、朋克摇滚、垮掉派诗人。无动于衷的第一人称叙述者已成为许多当代小说的标准特征：矛盾的是，在一个真诚性可疑的世界中，冷静的叙述者可能更有效地传达了情感。

《局外人》是描写一个穷白人杀死一个阿拉伯人的殖民地小说。这是引起最大争议的一种解说范式。这部小说有政治的解读，但可以有两种方式：一些批评家认为，加缪对自己作为殖民者的处境视而不见，显示了他的种族主义；相反，我相信他刻意描绘了一个在种族主义和暴力统治下的社会。

有趣的是，加缪在政治上同时经受鄙视和仰慕。1960年去世（一场车祸造成的荒诞和悲剧死亡）后的几十年里，他的声望一直比较低落，因为他没有对阿尔及利亚的独立运动表示支持。巴勒斯坦批评家、后殖民批评之父爱德华·萨义德于1989年写道，《局外人》中的阿拉伯人是“无名的存在，在加缪探索诱人的欧洲形而上学时仅被用作背景”。

注意潮流如何转向同样有趣。阿尔及利亚作家——例如阿西娅·吉巴尔在她的著作《阿尔及利亚白人》（*Le blanc de l'Algérie*）中——认为加缪对殖民地阿尔及利亚社会有着独特的理解。从美国的角度，在我看来，《局外人》中的谋杀案确实有政治意味，几乎可以等同于2012年特雷沃恩·马丁案[①]的政治性——复杂种族环境中的紧张敌意，以及对特定社会中谁的生命更重要的判断。在美国，《局外人》可以通过“黑人生命同等重要”运动的镜子来阅读，就像《鼠疫》可以通过对抗冠状病毒中的官僚主义管理不善来阅读一样。

《局外人》在2014年重获新生，阿尔及利亚记者卡迈勒·达乌德发表了《默尔索案调查》。《默尔索案调查》是对《局外人》的后现代后殖民改写。这部小说使文学教授感到高兴，因为它包含了许多关于加缪写作的有趣参照。达乌德给自己设定了限制条件（就像乌力波[②]小说家一

① 特雷沃恩·马丁是一位非洲裔美国人，被杀时十七岁。枪杀他的乔治·齐默曼是一位拉丁裔混血，在媒体报道中多被直接描述为“白人”。2013 年 7 月法院裁定齐默曼无罪，随即引发大范围抗议，即“黑人生命同等重要”运动。

② Oulipo，是法语“潜在文学工作室”的缩写，指一个主要由法语作家和数学家组成的松散组织，寻求用受限制的方法创作作品的写作技巧，1960 年由雷蒙·格诺和弗朗索瓦·勒里昂奈创立，其他著名成员还包括乔治·佩雷克和卡尔维诺等。

样）：他书中的单词和空格数与《局外人》相同。在这本书的正中间，即默尔索杀死阿拉伯人的地方，达乌德让一名阿尔及利亚民族主义者杀死了一个欧洲人。达乌德通过引用和重复原作中的元素（并以语言学的精确和幽默进行改动）来接近加缪的文本。至于他的叙述形式，其灵感并非来自《局外人》，而是受到达乌德认为加缪最好的作品《堕落》的启发。故事发生在泰坦尼克号酒吧，在那里，被默尔索杀害的阿拉伯人的弟弟哈伦讲述了自己的故事。一个酒吧——在当今虔诚的阿尔及利亚濒临灭绝，与《堕落》中阿姆斯特丹市内名为“墨西哥城”的酒吧相呼应。克拉芒斯，《堕落》的叙事者，对着看不见的听众独白。而在《默尔索案调查》中，哈伦的听众是来到阿尔及利亚研究这位伟大作家的众多学者，而这些学者也将同样像剥洋葱一样研究达乌德的小说。

问：加缪青年时从阿尔及尔移居奥兰，又从阿尔及利亚来到法国，其间因为肺结核又前往多地疗养，并在生前完成了纽约之行。在您看来，加缪在多地的迁徙对他的文学创作造成了何种影响？相比阿尔及利亚的殖民地背景与法国的母国身份，美国于他而言在文化上或许是相对陌生的。加缪在纽约之行中是否遇到了冲击？能否展开谈谈？将这种冲击置于加缪的整体人生中，它又处于何种地位？

答：我现在正在编纂加缪1946年美国之行以及1948年南

美之行日记的一个新版，因此很高兴你们提出这个问题。我主要回答美国之行的部分。加缪是在1946年春季进行他唯一一次美国旅行的。在“俄勒冈号”上，他完成了即将于哥伦比亚大学、哈佛大学以及布鲁克林学院发表的演说《人的危机》。整个旅行过程中，他都记载了自己的每日见闻，与美国人、加拿大人以及南美人的接触。后来加缪曾发表一篇关于纽约的抒情散文《纽约的雨》，灵感便是来源于他笔记中的一条。所有这些文字加起来，给我们提供了一个三十二岁、继而是三十五岁的作家亲近的肖像，此时他已经成为《战斗报》的总编，战后法兰西的良心。可以想象，在度过了最黑暗而压抑的四年后，他发现自己身处一个新世界，明亮的光和色彩几乎迷乱了他的双眼。

加缪的美国之行由法国使馆文化处资助，文化顾问克劳德·列维-斯特劳斯组织。斯特劳斯曾被流放纽约，战后仍留在此地。加缪首先提议了可能的演讲题目《一年后的新闻自由》或《欧洲诉求》，但外交部认为这些话题太政治化了。他最终选择了“人的危机”，这是一个更具哲学意义的标题，但在很大程度上仍然是“欧洲诉求”。“人的危机”成为加缪巡回演讲第一站的活动标题，这场活动在哥伦比亚大学举办，被列维-斯特劳斯精心设计成三名抵抗运动知识分子之间的对话，旨在为介绍“自由法国”做出最好的预热。加缪与版画家维尔高（Vercors）一起出现，维尔高1942年的一篇描写与法国家庭有渊源的“好人”德国军官的中篇小说，成为抵抗文学的经典著作，而物理学家和数学家蒂默来与维尔高一样，也是地下出版社“午夜”发掘的作者。

一个设计容纳六百人的空间中挤进了一千二百到一千五百人。哥伦比亚大学教授贾斯汀·奥布赖恩后来回忆起，人们是多么热切地等待听到法语讲话，看到从黑暗的占领时期走出的幸存者。我们从加缪的日记中得知，入口的钱箱被盗了，听众乐意现场掏腰包，因为所得款项将捐给法国儿童。美国的慷慨给他留下了深刻的印象。

这场题为“人的危机”的讲座中，加缪描述了他这一代人：于第一次世界大战时出生，大萧条年代进入青春期，西班牙内战、希特勒上位时期成年，又经历了法国的战败，在敌人占领下，进行了四年的抵抗。他毫无悔意地讲述了“荒诞”的潮流是如何征服包括他自己在内的一代作家；他也讲述了一种“反清晰明了、反叙事，甚至反句子”的文学。这是《局外人》的世界，此时《局外人》的英译本马上就要出版了，但这已不再是他的世界。虽然加缪美国之行恰好同克诺夫出版社推出《局外人》的时间重合，但加缪在整个美国行的日记中甚至一次都没有提到《局外人》。如同他正在写作的小说《鼠疫》中的人物一样，他完完全全被这样一种心情占据：要阻止致命的灾难再次降临。如同一场疫病暂时得到了控制，希特勒的死终结了这一轮的恶，但是人们不能自满。他呼吁取消死刑，呼吁多边对话，呼吁严于律己宽以待人。他称赞了法国人民，他们甘愿为真理献身。他把他们比作是许多的当代苏格拉底。在两次世界大战的沉痛损失之后，法国看到，历史无疑要被其他的国家造就，这已成事实。法国作家与思想家们面对着一个令人气馁的任务：他们必须带着对世界的悲观、对人类的乐观，从纳粹的阴云中重新崛起。“人的危机”是一个温和的宣言，是加缪战后立场的路线图，正如“存在主义是一种人道主义”可以用来阐释“二战”后的萨特。

加缪从1935年开始写手记。内容主要是记录他正在写作的零星想法。美国旅行日记与他日常的工作手记不同，涵盖了他在美国、加拿大和南美东海岸的旅行，更像普通的日记。他记录了纽约港的登陆，纽约街道的彩色图像，他与雅克·希夫林和尼古拉·奇亚罗蒙特交游的夜晚，包厘街的景象和声音，里弗赛德大道的日落。他惊叹于看起来像虫子的黄色出租车，丑陋又可笑的美国领带，以及他看到的一则殡仪馆广告：“你死了，我们做剩下的事情。”——这是美国式疯狂的缩影。听到莫里斯·罗科在夜总会弹布吉–伍吉（boogie-woogie）钢琴和非洲裔美国人文化的丰富性也给他留下了深刻的印象。

加缪观察了美国学生的情绪，他的反应与西蒙娜·德·波伏娃相似——1947年冬季波伏娃在美国各高校巡回演讲。他写道，美国学生认为他们需要拒绝悲剧，但

“高速公路上的局外人”，芝加哥一块 iPad 广告牌上的《局外人》封面。
© Alan Thomas 2013

2014 年 2 月，布鲁克林地铁中阅读《局外人》的年轻人。
爱丽丝 · 卡普兰 摄

加缪儿时住过的公寓，一个小男孩从阳台看着街上。爱丽丝 · 卡普兰 摄

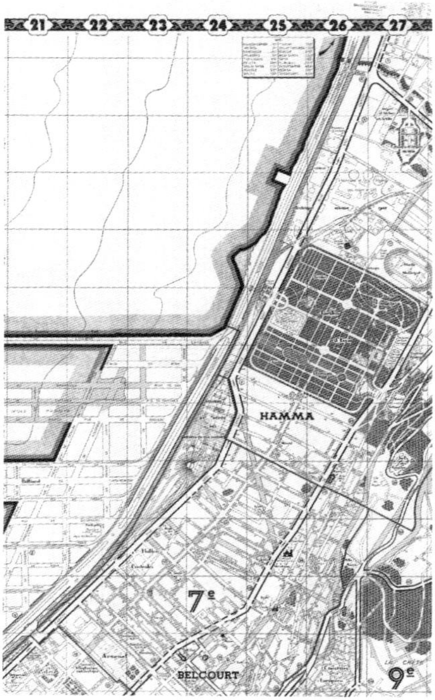

殖民地时期阿尔及尔市贝尔库尔区地图。© Vrillon

加缪在奥兰住过的公寓，他曾在此修改《局外人》。
© Kays Djilali 2014

布伊斯维尔海滩，又被称为“局外人的海滩”。© Kays Djilali 2014

“临世之屋”，加缪在这里写了《快乐的死》。© Kays Djilali 2014

从“临世之屋”楼顶看出去的地中海风光。© Kays Djilali 2014

奥兰市阿尔泽大街　加缪 1941 年在此居住。
© Kays Djilali 2014

对任何从第二次世界大战中幸存的人来说，没有认识悲剧就去拒绝悲剧是不可理喻的。

这些日记中最引人注目的是对现实世界、城市或国家的描述：沿河道行驶的船只，城市中铁和水泥的气息，足够让整个欧洲流口水的食物，以及乡村，属于所有人的广阔草坪。从月光到日光的过渡以及与大海的交融构成了加缪的旅行，并给人一种冥想般的解脱感。

问：加缪是一位经验丰富的记者。《寻找〈局外人〉》中，您写到他将自己在报道庭审里获得的经验应用于虚构写作，但除去这些实操性的实践，在您看来，记者生涯对加缪的文学创作究竟产生过什么影响？或者，记者生涯在他的文学中留下过什么精神痕迹？

答：加缪1938年开始为左翼报纸《阿尔及尔共和党人报》工作。这份报纸的经费不多，所以加缪和报纸编辑帕斯卡·皮亚经常使用不同的化名，好让他们的机构看起来更大、更重要。加缪负责法庭的报道，我猜测，当时报纸报道的不少小型案件（经常都是海滩上发生的酒后斗殴、持械、性犯罪等）的庭审，应该都是他执笔的，虽然文章没有署名。《局外人》中的法庭氛围，法官挥舞十字架的描述，直接来自加缪为报纸记叙的一次重大政治审判的报道（这次是实名的）。我在翻阅《阿尔及尔共和党人报》时还找到一篇未署名的文章，内容涉及一名受工伤的罪犯，他的大脑被“削弱”：事故“使他丧失了确切的社会义务概念”。我联想到这个“对社会义务没有确切概念”的角色一直在加缪脑中，后来被他用到默尔索身上。

加缪在他的小说中经常留下好玩的彩蛋。《局外人》中他自己也出场了，就像希区柯克喜欢在自己的电影中露面，画家总是悄悄把自己画上画布一样：“记者们已经手中握笔，他们的表情都冷漠超然，还带点嘲讽的样子。但是，他们之中有一个特别年轻的，穿一身灰色法兰绒衣服，系一根蓝色领带，把笔放在自己面前，眼睛一直盯着我。在他那张有点不匀称的脸上，我只注意到那双清澈明净的眼睛，它专注地审视着我，神情难以捉摸。而我也有了一种奇特的感觉，好像是我自己在观察我自己。”（柳鸣九译）

后来，当默尔索就要被判处死刑的时候，他说：“我看见那个年轻的新闻记者把视线从我身上移开，我突然产生了一种奇异的感觉。”这是一种宣示作者身份的现代的方式，不是像司汤达那样让作者用作者的声音说话，而是让角色观察着作者，用这样的身份转换来娱乐读者。在这里他也埋下了一个伏笔，即，在这个故事中点明他的作品其实是受到自己新闻记者工作的影响。最终，用那个新闻记者把视线移开这样一个小小的身体语言，加缪表达了一种强烈的感情：默尔索感到被他的创造者抛弃了。

加缪第二次新闻工作的经历是在《战斗报》，又是与帕斯卡·皮亚一起工作。《战斗报》是战后法国最具独创性也最受推崇的日报。它的前身是一份地下抵抗运动通讯。在巴黎解放斗争中，加缪和皮亚团结了一群年轻的、思想超前的作家和知识分子，对国内和国际的政治与文化事件进行观察和报道。这份报纸为很多重要的作家和思想家提供了养分，并以其风格和智识上的雄心为战后报纸行业树立了很高的标杆。加缪的社论总是被读者急切地阅读并引起激辩，社论涉及与时事紧密相关的道德和辩证议题，如对通敌者的清算、原子弹，以及产业的国有化等等。

问：您如何看待加缪作为“哲学家”的身份？加缪一生创作和思考的两大主题就是“荒诞”和“反抗”，如果说哲理随笔《西西弗斯神话》是加缪对于荒诞哲理最集中的阐释，那么《反抗者》就是全面阐释他反抗思想的理论力作。后世读者又将加缪的这两条哲学思考线索与他的文学联系起来（《局外人》和《鼠疫》），我们应该如何理解加缪世界中文学与哲学的交汇？

答：萨特喜欢说加缪是“小说家大于哲学家”，而加缪在评论萨特的《恶心》时，提到萨特更喜欢思想而不是小说，即萨特是“哲学家大于小说家”。抛开这段历史上著名的“嘴仗”，我想说传统哲学并不是接近加缪最好的角度。他更多地把自己看作是一位艺术家。甚至像“荒诞”这样的概念对他来说也不是一个概念：他确实在哲学课上研究过荒诞，但他对荒诞的感受来自他自己的身体，来自十七岁时患上的疾病，这疾病直接威胁到他对周围世界的感知、身体的愉悦等。所有的人都被判了死刑，但有些人比其他人更早。生命不仅有限，而且人类在物质世界面前毫无意义，这是荒谬的。《局外人》中我最喜欢的一句话表达了这种信念，这种信念可以被认为是哲学上的，更莫如说是美学上的，即“世界的温柔的冷漠”。

在哲学家中间，尼采是风格和思想方面对加缪影响最重要的一位。他钦佩这位哲学诗人的矛盾。他喜欢自相矛盾，易被结构性论证之外的直觉和图像所吸引。他在日记中写道：“如果想成为哲学家，写小说吧。”

问：遗作《第一个人》似乎是加缪对阿尔及利亚战争在艺术层面的创作，作家也在文中重温了他在阿尔及利亚的早期生活。您是否也对《第一个人》进行过研究？在我们看来，加缪在这部作品中将写作重心转移到了“战争”和“历史的涌动”，如果这部作品顺利完成，你认为“战争”会是另一个给加缪带来高峰的写作母题吗？

答：《第一个人》背后的故事是法国文学史上最美丽的故事之一。1960年1月4日，在乡下用过愉快的午餐后，加缪和他的朋友出发前往巴黎。他的编辑米歇尔·伽利玛开着一辆法赛·维嘉跑车。在勃艮第附近的六号国道，靠近桑斯镇的地方，汽车撞上了一棵树。加缪当场死亡；几天后，米歇尔去世。米歇尔的妻子珍妮和女儿安妮幸存。米歇尔的狗弗洛克在乡下消失了。

跑车几乎被撞成了铁皮，加缪的书包却毫发无损：里面有一本尼采的《快乐的科学》，两本笔记本，和一份一百四十四页的书稿。加缪生命的最后几个月，这份书稿跟他片刻不离。他没有跟任何人谈论他正在写的《第一个人》，那是他的秘密花园。据我们所知，他打算让《第一个人》成为和仅仅是从车祸中幸存下来的童年故事相比截然不同的东西。他的志向是写就一部阿尔及利亚的《战争与和平》。我们在小说中看到的是冰山一角，没能显现的还有：关于1840年代蒙多维移民的历史，关于《战斗报》，他所参加的抵抗运动，关于阿尔及利亚战争，关于恐怖主义，与阿拉伯朋友的谈话以及一些韵事。

但是加缪并不打算让《第一个人》成为自传。他的主角叫雅克·科尔梅利，而非阿尔贝·加缪，是有原因的。但这毕竟是最初的草稿，他有时会在一些名字上说漏嘴。他的“叔叔”有时是欧内斯特，有时是艾蒂安。人们无法抗拒将其作为自传来阅读，因为它使我们进入了加缪的童年世界——在许多方面，它都是“罗塞塔石碑”。

让我们回到加缪去世的那一刻。加缪的遗孀弗兰辛抄录了手稿的一部分，这简直是西西弗斯般的任务，因为他的手迹很难辨认。他写的东西有很浓厚的个人色彩：作家雅克·科尔梅利去寻找父亲的踪迹，他父亲是阿尔及利亚东部的一名农业工人，死于第一次世界大战。在草稿上，加缪注道："动员。当我的父亲被召唤到祖国时，他从未见过法国。他看到了，被杀了。"

加缪身边的亲朋好友认为，1960年代并不是发表这部遗稿的好时机。阿尔及利亚正努力摆脱法国统治，一个法国小男孩在法属阿尔及利亚成为国家孤儿的故事似乎不合时宜。他们还担心这一不完整的自传会被评论家和当时着迷于实验文学的读者所拒绝，读者会声称这本小说证实了人们的想法：1957年获诺贝尔奖，意味着加缪作为作家的终结。

三十四年后，世界变了，文学也变了，读者重新发现了阅读带有人物和情感的故事的乐趣，自传小说不再被轻视。加缪的女儿卡特琳娜重拾父亲的手稿。1994年，《第一个人》终于出版，立即获得成功。这部小说的声誉稳定。出版的书保留了笔记和草图，有些句子不完整，有些又长达整整一页——这部书是一个谜，它使我们能够见证文学作品自身发展的过程，鼓励我们去想象接下来会发生什么，并随时间自己，以完美主义著称的作者将做哪些改动。《第一个人》留给我们的印象是，我们直接面对着未经过任何编辑的阿尔贝·加缪。

加缪写道："回忆过去是富人的专利。"但整本小说的构思都在证明这个想法是错误的。我们进入位于贝尔库尔里昂大街上的加缪家中，进入家徒四壁的房间，雅克的母亲在寂静中凝视着窗外的蓝色百叶窗，看着街上的生活。《第一个人》是穷人的“追忆似水年华”。

读小说从来都是一项调动想象力的活动，这本书更是如此，因为我们试图填补所有空白。而且，知道加缪永远无法完成它，使它自带一种伤感色彩。在这些未完成的书中，他的死还活着，使我们想念他，在阅读时为他哀悼。

问：作为研究者，您有没有偏爱？在加缪的所有作品中，哪部作品对您个人有着特殊的意义，为什么？

答：这个问题很容易回答！《局外人》是我读过的第一本法文小说，也是我第一次用外语体验到文学的震撼。1969年夏天，我在缅因州的一个法语夏令营读了这本书。高中重读，大学里又读了一次，自此以后，用法语和几种英语译本，读了很多遍。如今，它的每一句话对我来说都是斜体的，已经镌刻在我想象中的法语文学的纪念碑上。

写作《寻找〈局外人〉》时，有几个月，我开始拍摄在纽约地铁上阅读加缪的人。他们无一例外都是二十多岁，而他们手中的书通常是《局外人》或《西西弗斯神话》。我遇到一个佛罗里达州的大学生，他请一位著名的文身师将海滩上谋杀的场景文在他的手臂上，包括刀子上的银色闪光。显然这是一个极端的例子。许多美国年轻人在高中（不论课堂内外）都读过《局外人》，这本小说确实是年轻人迈向成年的成人礼，是成为思考的人的一部分。

生活的每个阶段都存在一部加缪的著作：《局外人》是给少年的；《鼠疫》以其社区精神，面向大学生、人道主义活动家以及此时此刻的前线医生；而《堕落》——一个自我贬低的故事，则是针对中年人的，献给那些不快乐的律师或对冲基金经理；《第一个人》为人生的成熟期准备，因为我们已经开始回忆。

问：读库是一家关注“智力活动的过程”的出版机构，这本“书的传记”写出了“写作的过程”，我们对您的写作过程也很好奇，有没有一个什么时刻或事件，让您决定要有这样一本书？

答：通过电子邮件通信的人都用过去的邮件保留了一份个人日记。为回答这个问题，我回到了2012年、2013年，去找寻这个项目的第一线曙光。一切始于2012年的阿尔及利亚之旅，我当时正在编译加缪关于阿尔及利亚的文集（《阿尔及利亚纪事》，哈佛大学出版社，2013年出版）。那年7月是阿尔及利亚民族独立五十周年，这是一个值得庆祝和分析的时期。几乎是立刻的，阿尔及利亚的自然风光、勇敢的人民以及该国过去五十年来所经历的复杂政治局势就深深地吸引了我。我想到，这个国家是滋养加缪对《局外人》的写作愿景的地方。我开始探索这部著名小说的事发地，手持一张殖民地时期的阿尔及尔地图四处漫步，并找到了他居住的街道。后来，阿尔及利亚巴萨克出版社的朋友向我介绍了一位名叫凯斯·吉拉利的出色摄影师，我们一起走访小说中提到的地点。凯斯拍摄了加缪在贝尔库尔童年时的家（也是《局外人》故事发生的地方），“临世之屋”（他在那里写了《快乐的死》）和奥兰郊外海滩的照片，这些海滩启发了《局外人》中的谋杀场景。我还记得，当我最后完成书的提案时，同样是摄影师的芝加哥大学出版社编辑给我寄了一张芝加哥广告牌的照片，写道：“你能相信吗？！”这封电子邮件的主题是“高速公路上的局外人”。附件照片展示了一个广告牌，上面有三个标志性的东西：一台手动打字机，一台1960年代风格的相机和一本《局外人》的封面——在iPad上。我答复：“这是一个启示！”我的意思是，这既标志着小说在当代世界中继续存在，又启示着我，是该写这本书的时候了。

问：不少西方作家受到中国思想或文化的深刻影响，比较著名的如黑塞、奥登、庞德等。您在研究过程中是否发现过加缪的生活和作品中有任何中国（或东方）思想影响的痕迹？

答：这些痕迹多半是非常间接的。加缪崇拜安德烈·马尔罗，特别是他的小说《快乐的死》中的谋杀场面，直接受到马尔罗在1927年上海共产主义起义失败后创作的小说《人的境况》开头令人难忘的暗杀场面的启发。不管马尔罗的描写与现实是否相符，我相信中国读者和评论家有很多话要说。加缪的哲学老师让·格勒尼埃对中国文化着迷。他有一本书叫作《道的精神》，尤其对印度和中国思想流派表达出的无为和自由的观念感兴趣，而这恰恰是加缪著作中的基本思想。格勒尼埃早在1941年与加缪的通信中就提到了中国和印度的哲学。在《第一个人》中，以格勒尼埃为原型的马朗，外貌像一个中国人，却“有西方人的睿智和文化”——两个知识世界的混血儿。

让我们换个角度看待文化影响的议题。认为加缪对当代中国思想具有特殊意义是有道理的：他强调自由和反叛，这有别于革命。经历过“文化大革命”的中国，理应会被加缪对反抗的顽强坚持和对压迫性意识形态的一贯怀疑所吸引。

我们耶鲁的一位博士生关心予，本科毕业论文对玛格丽特·杜拉斯的《情人》在中国被翻译、阅读和接受的历史做了出色的研究，我想也许她会在未来的工作中研究加缪。对文学作品的传播方式以及文学意义如何变化，无论是通过翻译本身，还是在藉由不同境遇阅读的读者眼中，都需要做很多思考。我们能否想象某天出现一部名为《在北京读加缪》的书，讲述加缪在二十世纪后期对中国的意义？

最后我想说，我在加缪于乌普萨拉大学做的一次演讲中发现了一个非常明确的提及中国的地方，那是他获得诺贝尔文学奖几天后，1957年12月15日。他说道：“祈祷时，来自东方的智者总是恳求他的神使他免于生活在有趣的时代。由于我们不是聪明人，我们的神并没有幸免我们，我们确实生活在有趣的时代。”这次演讲的一份打字稿上批注着加缪对格勒尼埃所做的老子研究的思考。而在演讲中，则只剩“生活在有趣的时代”的玩笑，这是一句陈词滥调，而且没有人能确定来源，只是被简单地概括或安插在了一位中国智者的头上。尽管如此，我仍然认为这是加缪对中国文化致敬的一个重要声明：他相信在艺术创作上，这个古老国家正是某种祛魅的智慧和温柔幽默的发源地。

翻译：杨芳州

儒林入画

蔡小容

此中有真意，欲辨已忘言。

屋舍·门户·窗栏·舟船

《儒林外史》连环画有多个版本，上海人民美术出版社的十一册本不仅是收藏品，也依然在不断再版畅销。这套书1955年由上海新美术出版社初版，赵三岛、李铁生、冯墨农等老辈连环画家绘制，画风扎实拙朴，与上美社的镇社之宝《三国演义》一脉相承，只是一文一武。不同分册的绘画，风格齐整，水准整齐，不知他们是怎么做到的。若说是解放后这些“连环画一百单八将”共同收编进入国营美术出版社，担任“连环画创作员”，分配任务，集体创作，但他们在达到了规整性的同时，各自作品中的灵气与奇思妙想，也都保存着。

我看这套书，最喜欢看它画里的屋舍、门户、窗栏、舟船，真是非常好看！不光是我，书中的人也同样觉得它们好看。在画中看景的有穷儒周进。他六十多岁了，还没有考中秀才，应聘到一个叫薛家集的乡村去教书，薪酬很低，教的孩子又顽劣，学生家长又势利。在这种苦闷的境地中，偶有怡人的一刻，原著是这样写的：

周进吃过午饭，开了后门出来，河沿上望望。虽是乡村地方，河边却也有几树桃花柳树，红红绿绿，间杂好看。看了一回，只见蒙蒙的细雨下将起来。周进见下雨，转入门内，望着雨下在河里，烟笼远树，景致更妙。

连环画略有修改："周进吃过午饭，见外边下着蒙蒙细雨，就开了后门欣赏雨景。"——这么一改，显得周进更要看这雨景了，穷酸、迂讷的老儒生，心里还存有一方审美空间。他打开后门，这方空间就呈现于他眼前：河边、柳树、花朵、青草，雨画着斜线，河面上一个一个小涟漪。他站在门边，门框里的图景让他的心境开阔起来，远处青山隐隐，像他一直模糊向往着的某处。雨下大了。河的上游冒雨摇来一只芦篷船，到了岸边，下来一个乡绅模样的人，一个仆人相陪，另一个仆人从船上挑了好大的两个食盒下船。雨势不小，乡绅举起袖子遮雨，从船的这头看过去，雨线斜扫，岸上的树被扫得线条疏淡了，近处头顶上的树叶仍清晰浓密，站在岸上门里的周进，人很小，他悠远抽象的思绪被这具体的来人占领了。

周进寄宿的地方是个和尚庵，来避雨的乡绅是位举

这时，上流头一只芦篷船冒雨摇来，到了岸边。船上有一个头戴方巾、年约三十多岁的乡绅，叫两个仆人挑了食盒，一起走上来。
《范进中举》第 14 页

一会，和尚送出周进的饭来，一碟老菜叶，一壶热水。周进搬到学生的小桌子上吃了。《范进中举》第 18 页

人。周进陪他坐着说话，到掌灯时分，举人叫和尚烧了些饭，他的仆人给他打开食盒，把酒菜摆满一桌子。举人并不邀请周进，周进也就识趣地退到隔壁房里，和尚送来他的饭食：一碟老菜叶、一壶热水，他坐在学生的小桌子上吃。一门之隔，我们从门里看见举人正据案大嚼，微仰着头在啃鸡腿，正要出另一个门的和尚，回头看了一眼他满桌的鸡鸭鱼肉，这一眼不无意味，也让图中有气息流动。这幅图里，门的布局很妙，分处两间房的两位儒士，相背而坐，给我们看见的是捧着他那碗饭的周进的神情。举人的言语动静，必在他耳朵里，而他这乡村穷塾师，哪会在举人的眼睛里。

那些孩子非常淘气，一时兴头不到，就溜到外边去丢石子、拍球，周进只得捺定性子教导。《范进中举》第 12 页

李渔在《闲情偶寄·窗栏》中写道："开窗莫妙于借景。"门、窗，在画中也是巧妙取景之法，周进教书的一幅就很典型。他教的那些孩子，都非常淘气，一时照顾不到，就溜到外边去拍球、丢石子、捉迷藏，我们从画上的两扇窗户里就看见他们在屋外这样玩——古时常作的《婴戏图》，颇喜兴，可惜是在该读书的时候。屋里的周先生，管束不了，灰心低头捋自己胡须，几张书桌上的笔墨书本，徒然摊开着。周先生不久就被辞退了。

《匡秀才》里也有隔窗取景图。匡超人考中了秀才，消息传回他乡下家里时，他那个大哥正在被人打，为的是在集市上摆摊争位子。打得凶，我们从画上看到一个手持大棒的人把匡大追打进了门，躺在床上的匡老爹吃惊地欠起身。有人打架，自然就有人看，床边窗户是个方洞，露出几个乡人，他们一路跟了过来，跟到这里，目光随之拐弯，匡大两个进了门，乡人们从窗口接着看这室内好戏。匡大嚷："我家老二同县老爷有交情，我怕你么？"揪住那人衣领，要拉他见官，匡老爹劝阻。正吵闹，两个穿公门衣服的人拿着大红帖子进门，恭喜二相公高中。拿大棒的人顿时软了，匡大硬了，胜负已分，那人退走。再下一幅，匡超人回家，在床前对着父母下拜，他高中的红帖贴在床头，窗口里几个乡亲，荷着锄头，抱着娃，欣羡地望着窗内的一幕，乡里保正正进门贺喜。

吴敬梓原籍安徽，三十三岁时移居南京。《儒林外

再说匡太公自从儿子上府考试，二十多天不见回来，正在叨念，忽听得门外一片喊打声，一个赤脚人赶着他大儿子打将进来，说在集上赶集，占了他摆摊的地方。《匡秀才》第 45 页

过了四五天，匡超人回家来，穿着衣巾，拜见父母。匡太公欢喜得连眼泪也掉了下来。《匡秀才》第 49 页

史》以南京为主要的故事背景，也写到了苏州、扬州、温州、嘉兴等地。就地域这一点，沪上老画家有着天然优势，他们的籍贯大都在江浙一带，赵三岛是江苏吴县，钱笑呆是江苏阜宁，陈履平是江苏盐城，李铁生是江苏江宁，林雪岩是江苏扬州，冯墨农是浙江嘉兴，江南风物他们自小熟悉，化于胸中，现于笔端。江南水系发达，出行多靠船只，反映到画里，也是河多、船多。

凤四老爹替朋友打抱不平，要上嘉兴去。他们到码头搭船，河埠上热闹繁忙，河上竖着许多船桅舟楫。岸上的景色则疏朗鲜明，树的枝干伸展在天廓，行人走在路上，走在桥上。古人画山水有一句口诀："丈山尺树，寸马豆人。"在这里，则因地制宜了，人物为主，树也很突出，山、河、船是背景，比例较小，画面效果峭拔而生动。

沈琼枝逃出盐商的家，在东方渐渐发白的时分上了一艘小船，在途中打定主意，船到仪征，她下船去换江船到南京。她上岸了，我们随船夫的目光看她立在岸上，姿态里显出骄傲，她身后是城门，人来人往，我们也不觉精神一振！天已大亮了，一个陌生的新地方，前面还有更大的新地方，许多的生机等她去开创。船夫对她挥挥手——保重呀，姑娘，祝你前途好运。

假名士牛玉圃和牛浦，要到扬州去投奔盐商，中途逆风，船也是在仪征停泊。牛玉圃对牛浦说："这里有个大观楼，素菜甚好，我和你去吃素食罢。"牛浦就跟他上

陈正公得了银子，拿出一百两来谢凤四老爹。凤四老爹只拿了欠自己的五十两，把余下的五十两依旧还给他。《凤四老爹》第 31 页

主意打定，沈琼枝在仪征换了江船，向南京出发，一帆风顺，不几天，就到了南京码头。《沈琼枝》第 44 页

岸。我们在船的这头看他俩上岸，这头正在停船、系缆绳的船夫们，目光也跟随他俩，这幅画就有了焦点，但这幅画吸引人的是它描绘的背景：岸上一溜店铺，都是现在见不到了的老房子，线条浅淡，但瓦片密密的，窗户一格一格的，铺子里外的人在做各种营生，撑船打铁，挑担扛包，也有摇扇闲走的，河边有老妇在洗衣。1950年代画出这些画的老画家们，对这些屋舍门面再熟悉不过，那时候的街和房子，就是这样的。老房子都旧了；半个多世纪过去，老房子几乎拆光，连新房子都已拆了好多茬，没有房子会老了。

大观楼是个大酒楼。牛玉圃和牛浦上了楼，楼上地方宽敞，摆设齐整，木楼梯，木板地，一张张大方桌上摆着筷筒，一长排木窗全部朝外打开。虽然没有一幅图画出了窗外的景色，可是这留白引人遐思，我觉得窗外就是江。临窗坐着，可以看江水，可以看江对岸的房屋。

《水浒传》里，我很爱宋江在浔阳楼那一段，有景物，有心情——宋江在江州酒楼上独饮，对着一派江景，临风触目，感恨伤怀。书中未写当时天气，我补白，应是天阴的黄昏时分，云阔天低，江风猎猎。但《儒林》这里，是个晴天，牛氏二人没有宋江的情怀，他俩心情甚佳，船停泊，上岸吃顿饭，在酒楼上还碰到个牛玉圃的熟人。“原来是老哥！”“原来是老弟！”原著写下如此对白，不动声色地白描，连环画一字不差地放在图画中对白的框里，改编者想必是充分领略了其中幽默。

牛玉圃向牛浦介绍，说这是曾与自己在衙门里共事的王义安先生，让他叩见。这王义安长着一个酒糟鼻，吃饭时把一条腿搁在长板凳上——这是画家的创作，原著没有写，画家也是阅人多矣，这外貌动作设计得神气活现。三人吃着饭，牛玉圃和王义安一唱一和地吹嘘他俩的过往，把个牛浦听得呆呆的。正说得稠密，不料楼梯上又上来两个衣服破烂的秀才，看到他们，一个就说："这不是我们这里丰家巷婊子家掌柜的乌龟王义安！"另一个说："怎么不是，他怎敢头戴方巾，冒充秀才！"两个不由分说走过来，扯掉王义安的方巾，揪住他痛打。牛玉圃要扯劝，也被狠啐一口，只好拉了牛浦溜了。王义安被打得鼻青脸肿，被店里人做好做歹地哄劝，忍痛摸出几两银子塞给秀才，抱着头跑了。吴敬梓寥寥几笔，安排了一幕讽刺小品在这酒楼上，相应的几幅图中，取景镜头多角度旋转，前后左右，高低俯仰，这酒楼的格局也都给我们看清楚了——我真想上这酒楼看看呀。看过这本小画书后，我再去酒楼吃饭，对酒楼的空间格局更感兴味了，点好菜，就去洗手，转弯抹角地走一圈儿，看楼上楼下吃饭的人。靠窗和靠栏杆的座位最佳，小包间反而看不到外面了。

牛玉圃和牛浦本来素不相识。牛玉圃包了一条船上扬州去，牛浦是船家私带的客人，把他安排在船的烟篷底下坐，叫他别作声。天黑了，牛浦从板缝里偷眼看舱内，

这一日遇到逆风，船停泊在仪征。牛玉圃向牛浦道：“这里有个大观楼，素菜甚好，我和你去吃素食罢。”牛浦忙跟他走上岸去。
《盐商万雪斋》第 10 页

走上大观楼，只见一边座上坐着一个戴方巾的人，牛玉圃一眼认出他，连忙上前行礼；那人先吓了一跳，后来认出是牛玉圃，忙笑着站起来还礼。《盐商万雪斋》第 11 页

分宾主坐定，跑堂的就送上饭来，三个人吃着。牛玉圃和王义安又谈起在九门提督衙门里共事的情况，好不得意，把个牛浦听呆了。
《盐商万雪斋》第 13 页

正说间，又走上来两个戴方巾的秀才：前面一个穿着茧绸直裰，胸口油了一大块；后面一个连袖子也破得晃晃荡荡的。两人一见王义安，好生奇怪，不由直瞪着眼嚷了起来。《盐商万雪斋》第 14 页

两个秀才交换一下眼色，走上去，不由分说，一把扯掉王义安的方巾，劈脸就是个大嘴巴。《盐商万雪斋》第 15 页

牛玉圃吃好饭，要到舱后去看看，刚推开一扇舱板，一眼见一个二十来岁的少年坐在那里，不觉奇怪。船家忙赔着笑脸解释。
《盐商万雪斋》第 5 页

看见他们点起灯笼，看牛玉圃面前摆了四盘菜，他一边饮酒，一边摇头晃脑地念诗。吹灯了，这一夜东北风紧，三更时潇潇飒飒地下起雨来，烟篷芦席上漏水，牛浦翻身打滚地睡不着。天亮了，又看见牛玉圃的几个长随打伞上岸去买菜，还有一个拿了一只金华火腿蹲在船边洗，菜买回来，他们做饭：一尾时鱼、一只烧鸭、一方肉，还有鲜笋、芹菜，整治出四大盘，好豪华的早餐呐。牛浦和船家吃的是萝卜干饭。牛玉圃忽然推开一副舱板，看见牛浦，就问："这人是谁？"船家忙赔着笑脸解释说："这是小的们带的一分酒资。"——这是行话，说得委婉，船已被包租了，船家再暗中捎带一个乘客，额外赚几个钱，说是"酒资"。这幅画里，船家的笑脸颇可圈点，是跑惯江湖的人做出来的笑脸，也是见过江湖百业各色人等的人才画得准确的笑脸。1955年的画，倘再晚几年，国营商店营业员的清一色神态将会覆盖先前的多种职业脸谱，就见不到这么生动的脸了。

马纯上先生的房间

马纯上先生，又称马二先生，是《儒林外史》中有名的文章选家。他的工作是编选时文辑印，作为科举文章应试指南，南京、杭州、嘉兴等地的书肆，到处都有他辑选的文册售卖。他在书中的初次露面，是在嘉兴，一个叫蘧来旬、字骁夫，书中称他为蘧公孙的年轻人在街上闲步，看到文海楼书坊的招贴："本坊聘请马纯上先生精选三科乡会墨程"，于是动念，回家换了衣服来拜访他。

马纯上先生就住在文海楼书坊的楼上。他这间房，既是他的下处，也是他的办公室，蘧公孙初次拜访，只略坐小叙，但见他房内满眼是书，具体陈设如何，我们在后面还会跟随另一个人再上楼细看。马先生说，他一向是在杭州选书，这次文海楼请了他来，包他几个月，束脩是一百两银子。束脩之外，吃住免费，他吃的啥，蘧公孙看到过，"一碗熝青菜，两个小菜碟"，他们的伙食标准书坊向有定例："发样的时候再请一回，出书的时候又请一回。平常就是小菜饭，初二、十六，跟着店里吃牙祭肉……"一个月只吃两回肉。马先生其实是吃不惯素饭的，他在相识的次日来蘧公孙家便饭，蘧家招待他的菜谱是：一碗燉鸭、一碗煮鸡、一尾鱼、一大碗煨得稀烂的猪肉，马二先生很高兴地直言："你我知己相逢，不做客套，这鱼且不必动，倒是肉好。"当下吃了四碗饭，将一大碗烂肉吃得干干净净，又给他添了一碗饭，于是连汤都吃完了。

《儒林外史》中的读书人大致走着两条路：求科举，或是做名士。名门之后的蘧骁夫本无心功名，平日里作诗词、写斗方、与人应和，后又思变，他就是在这种心情下

他写个帖子，换上衣服，又急急赶到文海楼书坊，向店里人一打听，果然马先生就在楼上。《枕箱案》第 22 页

来找马先生谈谈的。马二先生自己科场不利，转而成了文章选家，他很乐意给人指导，对登门求教的蘧駪夫是如此，对街头偶遇的匡超人也如此。那个叫匡超人的青年，衣衫褴褛地流落在杭州，马先生把他邀来书坊，出个题目让他写写看，看后给他逐字评点，教他许多文章作法；此外，还送他几部文选、一件棉袄并十两银子，资助他回乡，鼓励他进学。马先生不是清高的名士派，可我们分明感到作者对他的敬意，相比某些名士“雅得那么俗”，马二先生俗得颇可爱，他治学与待人，都非常真诚。

《儒林外史》是攒珠式结构的中国古典小说，若拿西洋小说的结构来套，当然套不上去，可是它符合中国人的思维方式和心理节奏，我们读来很舒服。把它改编成连环画，好像更合适，一册一故事，围绕人物去展开，各自独立又彼此勾连。马二先生主要出现在《枕箱案》里，在《匡秀才》里也短暂现身，虽是不同画家所画，马先生的形象却十分接近，尤其他举止姿态中的恳挚、诚朴，完全如一。

“枕箱案”牵涉到好些人物，多种世相。祖上做过知府的蘧公孙，偶然周济了一个与他的祖父有故交的负罪逃亡官吏——他周济的数额很大，把刚从亲戚那里讨来的二百两银子全都给了萍水相逢的这个人——对方感激涕零，把随身带的一个旧枕箱送给他，他又随手把这枕箱给了家里的丫头双红，给她盛花儿针线。蘧公子做事随意，是出身使然吧，公子性，名士派，缺少防人之心，想不到这个枕箱可能给他带来灾祸。案子的起因，原著只简短地用几句话交代了：“不想宦成这奴才小时同他有约，竟大胆走到嘉兴，把这丫头拐了去。”家里仆童勾搭了丫头私奔，蘧公子发怒告官，差人拿住那小两口，想私下从中牟利，于是这个要命的枕箱就成了讹诈的好物件：蘧公孙结交钦犯，窝藏叛逆。官差不直接找蘧公孙，而是从丫头口中问出文海楼书坊有个姓马的是他朋友，就去找这马二。他找对人了，马先生虽穷，却肯为朋友疏财。

连环画对这一节的改编，增加了对两个小人物的描写，他们的形象饱满起来，情节也更有人情味。双红原是蘧公孙的妻子鲁小姐的陪嫁丫头，为人乖巧。鲁小姐是位思想正统的才女，每天亲自教导孩子的功课，经常弄到深

自然，鲁小姐心里明白，朝双红瞟了一眼，又叫公孙先到书房里去睡觉。《枕箱案》第 15 页

双红也知书识字，常常拿着诗册来求公孙讲解。她原是鲁小姐家里的丫头，在鲁府的时候，和童仆宦成很要好，两人也私下订过婚约。后来鲁小姐嫁到公孙家来，双红也跟着过来了。《枕箱案》第 17 页

更半夜不睡，蘧公孙在旁连连打呵欠，双红则给他端茶递水，极其小心——原著就写到这里，连环画里加了一句：“自然，鲁小姐心里明白，朝双红瞟了一眼，叫公孙先到书房去睡觉。”鲁小姐明白了什么？我是个呆人，我没明白，看下文也只写双红铺床叠被地服侍蘧公孙，非常周到而已。这丫头还有一桩特别处，原著也这么写的：她会念诗，时常拿着诗册请公子给她讲解。看来这是个妙人儿，比起满口四书五经、八股文章的妻子，红袖添香想必让蘧公子感觉相当良好。双红从前是给小姐伴读的，小姐自己不读的《千家诗》之类，给她读了当个笑话，而双红还真像香菱，她喜欢读；她有个私订终身的男朋友这一点，又像司棋了，她却比司棋幸福，她的宦成，一门心思地打算着要跟她一起过日子。连环画也从宦成这头去铺陈：自从双红跟随小姐到了蘧府，宦成心里万分记挂。他既怕双红变心，又怕蘧家的什么人看中她，把她强占。这么改，比原著那句“宦成那奴才”高明了，奴才也是人哪，他有心上人，他想与她成婚，厮守一生。这愿望，卑微而本分，却需付出极大的冒险，越规去争取。

宦成鼓起勇气，凑足盘费，跑到嘉兴去找双红。他是鲁小姐娘家那边的人，是见得到小姐的，见到小姐，扯个理由说老太爷要看姑爷做的文章。他跟人进来的时候，留心记住门户院落；低头回禀的时候，暗里用眼睛四下搜索，果然，“瞧见了一双他熟悉的脚”，同时听见小姐叫“双红”，宦成的心怦怦乱跳了。在接过双红递过来的文章的时候，宦成偷偷塞给她一张写好的字条，大意是我们，今晚一起走吧——这小伙子胆大包天了。双红也真听他的，她愿意呀——贾府里的贾赦大老爷就恨恨地总结过这类事，丫头就巴不得往外聘，配个小子，做正头夫妻——双红带着蘧公子给她的那只枕箱，在下着牛毛细雨的夜里，跟宦成手牵手，逃跑了。

原著说“公孙知道大怒”，连环画说“鲁小姐和公孙这个气可生得大了”。他们是有理由生气，但蘧公孙这个凡事都不甚上心的人，如此认真地写禀帖报官捉拿，究竟有没有逃跑的丫头其实是他的人的意思在内呢？宦成担心

深夜，天下着牛毛雨。双红提了蘧公孙送给她的那只枕箱，跟着宦成偷偷地溜出蘧府，逃奔宦成的老家去了。《枕箱案》第 33 页

双红被他强占，或许他也恼怒双红跟别人跑了，且不管有没有吧，反正现在宦成都不管了，他只要跟双红在一起。古代还是艰难，给人做奴仆的人想一夫一妇地婚配，几乎要拼上性命。双红跟宦成逃回他的老家，两个正在厨下做菜，突然一个官差闯进来，一把揭开锅盖，把煮好的一只鸡捞出来，啃个精光！然后把他俩抓起来，关在他自己家里，日复一日地勒索。

这小两口哪有什么钱，身上的衣服都当尽了。身边这个枕箱，想拿出去卖几十个钱交给官差买饭吃。双红对宦成讲这枕箱的来历，那差人在窗外都听见了：嘿，原来有这么个好东西！活该我发财！一来二去，非此即彼，差人

马二先生的心头“怦怦”地跳。差人一把将他按捺下来，于是话题又回到枕箱上去。差人装腔作势地说出一个数目来，马二先生只是摇头，表示为难。《枕箱案》第 62 页

按算计好的最佳方案，来文海楼找马先生说话。

这回我们看到，马二先生的房间非常有意思。上到书坊二楼，对着楼梯口，就是他的房间。一排木窗户，临窗可以看外面的街景；书柜是靠墙放的，但书桌不是正面靠窗，而是侧面，这样就把房间做了分隔，有了层次感，颇为趣致。马先生坐在桌前工作，累了就看看窗外，他可不是两耳不闻窗外事，而是窗外事，声声入耳。

马先生看了差人拿来的出首叛逆的状子，吓得面如土色。蘧公孙现在不在家，他告诉差人说，请千万将状子捺下，等蘧公孙回来再商议。差人一听，抢过状子就要走，马先生急忙拖住。这是犯关节的事，哪个敢捺？差人说，那我替你出个主意，花点钱，把这箱子买下来，这事就罢了。马先生连连点头。恰在此时——连环画这一笔加得真好——街上响起锣鼓声，马先生伸出头往窗外看，一乘八抬大轿前呼后拥地过来了，官府过路，好不威武，鸣锣开道，闲人闪开，差人的话添了声势，他说的都是真的了。至少二三百两银子，差人说。那不能，马先生说，即便公孙在家，他也拿不出这许多。几番谈不拢，差人又要走，马先生又连忙拉住他，在楼梯口叫个书坊的伙计，去帮忙叫些酒菜来，大盘大碗，和官差边吃边谈。直到吃完仍没谈拢，马二先生急了。他从箱子里取出包袱，把里面的银子摊到桌上，还把布抖了抖："我所有的积蓄就是这九十二两银子，多一厘也没有了！"

事情偏也凑巧，这时街头忽然一阵吆喝，传来几响锣声。马二先生探头向窗外一望，却见一乘八人大轿前呼后拥，原来是官府过路。这一惊可又了不得！《枕箱案》第 61 页

这时马二先生急了。他从书箱里拿出一个包，解了开来，把银子摊在桌上，然后把布抖了抖。那差人也看得怔住了，只得答应下来。
《枕箱案》第 65 页

差人也怔住了。眼见为实，马二先生被挤得干干净净了。这九十二两也不算小数目，他言不由衷说了句：“先生，像你这样血心为朋友，难道我们当差的心不是肉做的？”于是由马先生做主，代公孙写下一纸婚书给宦成，了结此事。

马二先生带着枕箱，来蘧公孙家等他回来，慢慢跟他说起这事，公孙的脸一下飞红。“……幸得平安无事。就是我这一项银子，也是为朋友上一时激于意气，难道就要你还？但不得不告诉你一遍。”马二先生来嘉兴选书的这几个月的薪酬，全都赔了进去，换回这个箱子来，让蘧公孙把它毁掉。他救了朋友一命呀！他说不用还，蘧公孙也就不提，马先生要离开嘉兴了，蘧公孙来送行，封了二两银子相赠，这与他萍水相逢赠予那个给他惹祸的官吏的二百两，形成荒谬的对比。但，在银钱上全无算计方显名士本色，所以蘧公孙这样办事并没有错，马先生也不介意。

马二先生随后回到杭州。接下来，原著有一长段马二先生游西湖的情节，貌似流水账而有奇趣，可惜没编进连环画书里去。而程十发先生为《儒林外史》作的十来幅插图，就是马二先生游西湖那幅最佳，他还把白描上了色彩，用作外文版书的封面。杭州景致旖旎，灵隐寺、钱塘门、苏堤、雷峰塔、净慈寺……马二先生腰里带了几个钱，独自一人到处走。路上碰见许多乡下妇女来烧香，俊的丑的，穿红着绿，他不以为意，倒是一路上时时碰到的

《儒林外史》插图（人民文学出版社 1977 年版）。程十发 作

许多吃食，让他喉咙里直咽唾沫。透肥的羊肉，滚热的猪蹄，海参、糟鸭、鲜鱼、馄饨，他都没钱买，只得吃了十六文钱一碗面，不饱，又买了两个钱的笋干嚼嚼，“倒觉得有些滋味”；再往前走，又买了些橘饼、芝麻糖、黑枣、板栗、烧饼之类的小零食，吃了一通，回来睡觉。次日又爬山，在山上又吃茶，买了十二个钱的蓑衣饼，“略觉有些意思”；走到山冈上，俯瞰江水，水平如镜，江上的船一个一个如小鸭子浮在水面，他心旷神怡。然后他又饿了，恰好碰见一个乡里人卖吃食，他高兴地买了几十文饼和牛肉，尽兴一吃，吃饱了。马二先生真土。但我们很想请他吃点啥，估计作者也是这意思。

超人匡秀才

匡秀才单名一个迥字，号超人。他出身贫寒，外出谋生，流落于杭州，得时文编辑家马纯上先生的资助还乡。马先生在街上碰到这青年，摆个拆字摊儿，手里拿本新编的文选在看。他身上衣服褴褛，显见得不会有人来找他“预测仙机”，马先生就说借他板凳坐坐。匡超人很来事，马上到隔壁茶室泡了一碗茶，陪先生坐着叙谈。马先生邀他到自己书坊，出个题目让他作文一篇，看他文章才气有，理法欠，于是给他详细讲解，教他许多“虚实反正、吞吐含蓄之法”，再赠他十两银子，还有书和棉袄等物，让他回乡去奉养父母、努力进学。这是匡超人命中遇见的第一个贵人：“你方才看的书，封面上马纯上就是我了。”匡超人感激流泪，与马先生对拜而别，结为兄弟——结为“兄弟”？听起来不大顺，仿佛是文章里一处不恰当的用词。

匡超人回到乡下的老家。他家中情况困窘，老父病在床上动不得，哥嫂自顾不暇分了灶，房屋也卖了，业主天天来催逼搬家。这些艰难，都是他爹讲给他听的，他娘只是向他絮絮地诉说自己如何想他：“有一天，我梦见你做了官，不理睬我俩老了，我哭了起来……”这些痴话与念想，原是孤单老妇的忧惧常情，可是看到书的后来，会发现这些话似是谶语，是他人的陈情与表白，作者别有深意焉。

马二先生走到跟前，见他看的正是自己新编的文选，便问道：“老哥贵姓？这般用功想也是读书人？”那青年站起来答道：“晚生匡超人，从小读过几年书。”《匡秀才》第 2 页

上了楼，两人坐下了。马二先生劝匡超人去学做文章应科举，他出了一个题目，要匡超人写一篇文章看看。《匡秀才》第 7 页

匡大夫妻从集上回来，匡超人走出房来向哥嫂问好。他哥见他回来，觉得有了帮手，心里也很欢喜。《匡秀才》第 20 页

他哥去打了一壶酒，又买了几样菜，给兄弟接风。兄弟两个在堂屋里吃着，恰好三房的阿叔过来催房子。匡超人连忙丢下酒杯趴在地上，向阿叔磕头。《匡秀才》第 21 页

匡超人的哥嫂从集市上回来了。他哥挑着担子进门，那担子一头是个箱子，一头是个箩筐，箩筐上搭个木盒，盒上摆的都是小孩子的玩意儿，拨浪鼓、泥人、玩偶，我正说这画家画得有趣，看原著，原来他哥卖的就是这些：小孩子吹的箫，打的叮当，女人戴的锡簪子，还有芝麻糖、豆腐干、腐皮……都是些没要紧的零碎，难怪他生计艰难。匡大弄了几个菜给兄弟接风，这时三房的阿叔过来催房子。这幅图，妙在人情世故的刻画，三叔背着手进门，匡超人连忙丢下酒杯趴在地上行礼，三叔皱着眉，他明明是来作难的，可对着匡超人极乖觉的叩头打躬，嘴上也只好敷衍："好呀！老二回来了。"匡大则是呆呆地坐在桌前，眉头嘴角消不了的愁苦纹路就是表情，他木然无措，只呆看他这个兄弟怎么对付。一同坐下喝酒，三叔再提到房子的话，被匡超人一番既中听又委婉又爽快的话给拦回了，他答应过些时候再说。

匡超人安慰他父亲说，他有办法。他用马先生送他的十两银子做本，从集市上买回几口猪，斗把豆子，打算杀猪、磨豆腐赚柴米钱。晚上父亲睡下了，他点起油灯在旁边读文章，整夜地服侍父亲吐痰、吃茶、出恭——本来母亲弄不动，父亲出恭都是在床上的，他是摆好板凳、瓦盆，自己跪在地上把爹的两条腿捧在肩上，让他爹安安稳稳，"又出得畅快，被窝里又没有臭气"，也免得要洗垫布熏了他娘。他读书陪侍到四更鼓，才在爹的脚头打个

太公睡不着，夜里要吐痰、吃茶。只要太公叫一声，他立刻就到跟前伺候。《匡秀才》第 25 页

天还蒙蒙亮，他点上灯，把猪杀了，荡洗干净，又磨起豆腐来。《匡秀才》第 27 页

盹儿，五更天又起身了，他要杀猪。杀猪可不是个容易活哩，他起早摸黑，还得有把力气才能对付。我们看见一间小屋里一口猪已经收拾停当，分劈开来吊在杠子上，那只猪头，蛮喜气地噘着嘴，匡超人已经在另一边磨豆腐了。世上有三苦：撑船、打铁、磨豆腐。磨豆腐也绝不是个轻活儿，工序繁复，驴子似的推磨打转，一块豆腐几个钱？但猪肉、豆腐，却是天天有人要，家家都要买的东西，加上匡超人嘴甜会说话——这是可以想见的，所以他生意不坏，每日不到日中就卖完了。若赚的钱多，他就从集上带只鸡，或一条鱼回来，陪着他爹，讲些笑话耍子。他爹日子过得称心，身子就舒泰许多。

这匡超人的精神头儿，确实超人：他早半天做生意，夜晚读文章、伺候父亲，得闲了他也不补觉，还溜到门首同邻居们下象棋。他舍得花这个工夫，不仅为了乐趣，他天性中本来有这一项，注重与人打交道，他后来一顺再顺的人生坦途，得到不少人的鼎力相助，这需要他与人周旋得来。前面马先生是第一桩；他在回乡的船上，对一同搭船的郑老爹，也是一口一声“老爹”，把对方叫得满心喜欢，一开饭就叫他同吃，下船时一个钱也不找他要。人就是机遇——不论匡超人是否对此有明朗的参悟，他实际上在以身践行。他下象棋，一边就与人聊天，聊他的家事，村里人个个说他好，将来必定发达。这天夜里，村里失火，一派火光映红了窗纸，几百人声一齐喊起。匡超人还没睡，赶忙先抢一床被子在手，把他爹背到门外空地上。他哥也醒了，迷迷糊糊爬起来，只顾着他那副担子，那些芝麻糖和泥人儿，断的断了，碎的碎了；他嫂子看到丈把高的火头，腿都软了，不往外跑，只往后退。匡超人再返回屋里，拉了他嫂子，背起他母亲，冒着轰轰烈烈的大火夺门而出。他哥吓得不知躲哪儿去了，可见他不光是做人不行，他这人做生意也肯定不会行。幸亏有匡超人，读孔孟文章，识孝悌之道，还懂得“嫂溺，援之以手者，权也”。

所以才有村里的潘保正出面帮他说话，借了和尚庵给他一家权住；才有知县经过，见到匡超人深夜读书，问询时潘保正又替他美言，说这个年轻人如何孝顺勤勉。于是知县发一张名帖，送匡生到县里应考，知县主考，取他为初试第一名，收为门生，再向上力荐，学道又认可，匡生再中第一名秀才。多少人满腹经纶，考多少回也考不中，匡超人把人做对了，关节一通俱通。到这里，匡超人做人的确是不错的，中秀才也预示他走向光明的未来，他父亲带着这欢喜的前景离世，却留给他这样的遗言：“德行是要紧的……即使将来做了官，也不要改变少时心肠，学那势利见识……寻一头亲事，总要穷人家的儿女，万不可贪图富贵，攀高结贵……”很不幸，他父亲告诫不要做的，匡超人偏偏做了。

他的道路颇曲折，做的事情不少，结识的人也多。一时受知县撤职查办的牵累逃往杭州去，在杭州寻马先生不遇，书坊却趁此请他编书，他干起来很快就上手。他还认识了一些所谓名士，这些人办诗会也邀他参加。潘保正的堂弟潘三在衙门当差，受堂兄委托，对他十分照顾。这潘三何许人？连环画对他的形象刻画得十分来神儿：六角帽、黑皂靴，内缚紧身衣，外披宽大氅，神情跋扈，举止豪爽。堂兄介绍来的人，他没得说，肯定关照，把他的那些黑白道路数都使出，罩住匡超人，也拉他入伙。匡超人帮潘三写张文书，得二十两银子，这钱太好赚了，他给书坊编一部书才得二两银子呐！他跟潘三越熟，胆子越大，后来帮人代考都敢去，进一回考场，二百两银子到手。一个渐渐阔绰起来的匡秀才，渐渐忘掉过去的苦日子。

潘三待匡超人确实不薄，连婚事都给他介绍了。说合亲事一见面，原来介绍的就是那年同船回乡的郑老爹家的女儿，他们合该有缘，匡超人当年在船上一口一声的“老爹”，原来是提前叫了未来丈人呀。他的娘子，书上只说“相貌端正”，我很喜欢画上她的模样，纯朴可爱，鸭蛋脸儿，额前一排碎发。这么好的姑娘，她爹娘想必是百般宠爱，才要招赘女婿，匡超人一个钱也不花，就得了这样一个妻子，岳父家，就是他家。

匡超人的人生，似乎是吉星高照，其实他很懂得趋利避害，与他有紧密关系的人的沉浮，他对他们会采取相应的远近政策。前面被撤职的知县没忘记他，翻身做了京官之后又让人带信来，让他去温州应考，他去了，果然

过了几天，匡超人编完了考卷，得了二两银子的选金，一个人正感无聊，潘三忽然到书坊来找他。他连忙殷勤招待，请潘三到楼上坐下。
《匡秀才》第 72 页

当晚洞房花烛，匡超人见新娘相貌端正，自己不花一个钱，得了这样一个妻子，真是大喜过望。《匡秀才》第 92 页

又考中第一名贡生，随即整理行装，准备进京投奔恩师。潘三却是垮了，前一日匡超人还跟他在一起，说倒就倒，次日他就被抓了。指控潘三的罪状太多：包揽词讼、私和人命、假造印信、拐带人口、重利剥削逼人身死、勾串提学买嘱枪手代考……匡超人吓得面如土色，怕牵连到他，来不及要躲。他住的房子，是潘三帮忙典下结婚的，他马上把它转手，妻子怎么办？他不顾反对，一定要把她送到他的乡下老家去。他只身一人到了京城，恩师问他有无娶妻，他答说没有——妻子是差役之女，说出来，不体面——于是恩师做主，招他为甥婿，让他娶自己的外甥女，也是入赘，婚事全由女方家操办。这小姐，容貌美丽，嫁妆齐整，非小门小户的郑家娘子可比，匡超人大喜过望，一意奉承。可怜他的郑娘子，带着幼女被遣回他乡下老家，人地生疏，诸事不惯，生了病又不敢让婆婆嫂子服侍，不到三个月就忧病身故了。匡超人本来心怀鬼胎，回乡听说此事，暗暗高兴，假哭一场，拿些银子出来就把丧事了了。同时了淖的，还有这些他过去缔结的，曾给他巨大支撑而不再有用了的关系。

潘三在狱中听说他回来了，托人带话，希望他能去探望一下，叙叙苦情。他对来人说潘三哥做的这些事，即使他做了地方官，也是要访拿的，去牢里看潘三怎么使得，会被上边知道。还是等他将来侥幸混得好了，再寄几百两银子来。识时务者为俊杰，匡秀才发迹，要上京城去做官

他拿了银子回家，立刻逼着郑氏娘子收拾东西，要把她送回乐清家里去。娘子不肯，两个人吵嚷起来。《匡秀才》第 106 页

李老师拣了吉日，张灯结彩，把外甥女嫁给了匡超人。匡超人见辛小姐容貌美丽，嫁妆又齐整，早把娘子丢在脑后，一心一意地讨辛小姐欢喜。《匡秀才》第 112 页

了，老家乡里他安排去挂了匾、竖了旗杆，如马纯上先生最初教导他的那样，“荣宗耀祖”“显亲扬名”。但现在他已看不起马先生。人家问他马先生的文章选本如何，他答曰“不甚行”，书店要赔钱，他自己的选本则是供不应求，出刊必卖掉一万部。他说的，居然部分是实情——一部书三百篇文章，马先生字斟句酌要批两个月，不让人催；匡超人只需六天就批好交货，书店喜他是个快手，后来打新书广告，就把他的名字排在马先生前面了。

严监生的困局

吴敬梓是很幽默的。他的幽默简约而淡，不动声色，藏在白描的句子中。他写假名士牛玉圃的外貌，“一双刺猬眼，两个鹳骨腮”，写坏人严贡生则是“蜜蜂眼，高鼻梁，络腮胡子”，都拿动物作比，是不是他在日常生活中看某些人很像动物呢？——动物，穿戴着人的衣冠，装模作样。写作的人，思维活泼，写的东西才好看。我看上美社的《严贡生》，“蜜蜂眼”是怎么个样子，原来是两个肿眼泡，眼睛想必也是鼓鼓的。这一分册是李铁生画的。他这杆笔，铁线游丝般精准有力，连人物的胡须，都表情达意，哪个人该有胡子哪个人不该有，有的话是什么形态，长髯还是短髭，山羊胡或是狮子胡，配合人物的神态

他换上新的方巾，一摇一摆地走出门来，忽然看见他的第四、第五个儿子正起劲地把一口肥猪撵得嗥嗥直叫，没头乱窜。他就喝问了一声。
《严贡生》第 2 页

严贡生正说得高兴，一个蓬头赤足的小厮走了进来，望着他道：“老爷，家里请你回去。”严贡生心里有数，脸色不由一红。
《严贡生》第 11 页

和处境，无不准确之极，非此不可。

原著中严贡生出场是在县衙外，他来拜访知县不遇，正碰上两位士绅也来看望知县，他趁机巴结，把挑来准备孝敬知县的酒食就在旁边关帝庙里请两位。连环画把发生在之前的事情挪到开头：严贡生清早起来准备出门，看见他的两个最小的儿子在门外撵猪，就问："大清早上，撵猪干什么？"两个儿子说，是隔壁家的猪。严贡生一听暗喜，就让儿子把猪赶进自家猪圈，嘱咐谁讨也不放。然后他上县衙去了，与两位士绅吃酒交谈："……实不相瞒，小弟为人率真，在乡里之间，从不晓得占人寸丝半粟的便宜，所以历来的县官，都十分看重小弟……"他说得道貌岸然，其实这句话恰好露了他的底——一个做贡生的，被县官看重，理由竟是从不占人便宜，十分不通，他这么讲正说明占人便宜在他心中就是头等大事。他夹起一块肥肉，送进嘴里，"抿了一抿"——这个动作是连环画里加的，绝妙，看他从这块肥肉里抿出多少肥油吞了。这时，他家里一个小厮蓬头赤脚地跑进来，说："老爷，早上关的那口猪，人家来讨了，在家里吵哩！"他脱口答："他要猪，拿钱来！"唷，这个话夹断他方才的文绉绉，响亮好听，这情境也讽刺之至。连环画把对白里交代的情由都画了出来，两个小儿撵猪，憨态可掬，严家住的街巷也甚有趣致。

原著中的讽刺笔法时时都在。后文还有严贡生的二儿子结婚，接亲后包了两只船回来，快到了，严贡生站在船板上想心思，突然头晕眼花，呕出许多清痰，仿佛要跌，两个家人来富和四斗子忙架着他上床躺下。严贡生哼唧着，开箱子取出一方云片糕，一片一片剥着吃，“喝了几口滚茶，将肚子揉着，放了两个大屁，登时好了”。好一个“登时好了”，只奇怪他怎能真的应时放出两个大屁。剩的几片云片糕搁在船板上，船家以为他不要了，随手拈来吃了，他却在下船后突然折返，问：“我的药呢？”连他的四斗子都晕：“哪儿来的药？”那老实的船家接口答：“想是刚才船板上几片云片糕，老爷剩下不要，小的大胆就吃了。”严贡生登时大闹起来，说那是他花几百两

忽然他转身走进舱里，四面看了一遭，就问四斗子他的药哪里去了。四斗子被问得丈二和尚摸不着头脑。《严贡生》第 84 页

银子配成的药，又骂又要拉船家见官，就此赖掉了船钱和搬运费。

但《儒林外史》经常被摘引出来的却是两根灯草那一段，不是严贡生，而是他弟弟严监生，使他倒霉的弟弟成为吝啬鬼的典型遭人嘲笑。严监生是个安分守己的人。若说吝啬，把他的故事从头到尾看一遍，会发现他其实花了许多钱，仅给他妻子治丧，就用了四五千两银子，花费惊人，他没说舍不得。让严监生花钱的地方很多，动辄一两百、三五百。而他的确是个俭省人，他们家日常是怎么用钱的，他曾讲给他的两位舅爷听：

“不瞒二位老舅，像我家还有几亩薄田，逐日夫妻四口在家度日，猪肉也舍不得买一斤；每当小儿子要吃时，在熟切店内买四个钱的哄他就是了。家兄寸土也无，人口又多，过不得三天，一买就是五斤，还要白煮的稀烂。上顿吃完了，下顿又在门口赊鱼。当初分家，也是一样田地，白白都吃穷了。而今端了家里梨花椅子，悄悄开了后门，换肉心包子吃。你说这事如何是好！”

节俭人看铺张人，肯定是百般看不惯，讲得稀奇，他两个舅子听得哈哈大笑。严氏兄弟分了家，两隔壁住着。严贡生名严大位，字致中；严监生名严大育，字致和。这两兄弟的名字合起来正是曲阜孔庙大成殿匾额上的四个字：中和位育，吴敬梓拆分得准确，兄的名字霸道，弟的名字软和，名如其人。两兄弟一个贡生一个监生，贡生比监生高一个级别，严监生的头衔是捐来的，严贡生则是善钻营而被提拔的。严监生在临终前道出心声，他一生，“终日受大房的气！”他的心是苦楚的。

严监生的苦处，大半在于其奸兄。他哥真是个流氓无赖：扣住别人的猪，要人家拿钱来赎，还把人打伤；为并未借出去的钱索要利息，又把人打伤；坐船，拿几片云片糕讹诈船家；并且图谋抢夺弟弟的家产，还要把弟媳逼出严家。惹出事来被人告状，他就拍屁股溜了，让他弟弟去帮他收拾烂摊子。这种事肯定经常发生，官府找不着哥，就来隔壁敲门找这个弟，“只拣有头发的抓”，严监生胆小怕事偏又有钱，他一定深以为苦。他请了两个舅子来商议，舅子说，把猪还人家，把借据还人家，再赔些钱。严监生说：“老舅怕不说的是。只是我家嫂也是个糊涂人，几个舍侄，就像生狼一般，一总也不听教训。他怎肯把这猪和借约拿出来。”他当然清楚他哥一家是何等样人，他说得很节制了。俩舅子说，那只好你认晦气，拿钱折猪价，借约我们做中间人，写文书作废。严监生怕跟衙门打交道，由两位舅爷拿钱去办事，这里那里各处摆平，严监生再办酒席谢他们两个。虽说是亲戚，这两位舅爷也不是省油的灯。“奸兄狠舅”，他的命运配置跟王熙凤女儿巧姐差不多了，严监生的一个舅子跟贾琏的舅子还同名同姓，都叫王仁。

严监生夫妻四口，妻子王氏病病歪歪的，也没生养，

自此以后，王氏的病一日重一日。这一天，看看不济事了，严监生就想把小老婆赵氏扶正，因怕两个舅爷不答应，就把他们请来，趁王氏未死前说好。两个舅爷听了，虎着脸默不作声。《严贡生》第 49 页

一个妾赵氏生了个儿子三岁。王氏很贤惠，在病重时严监生流着泪对她的两个兄弟说她嫁来二十年，真是他的内助。严监生有一大注银子放在典当铺，每年利钱三百两，就作为王氏的私房钱，据赵氏说，奶奶自己舍不得吃穿，都舍给别人了。他们一家四口都是俭省人，日子过得齐心，王氏若是病死，把赵氏扶正是最佳方案，严监生就是这个意思，在赵氏心里这更是最盼望的事，只是对着王氏不好开口，但若不趁她还在时让她自己亲口说定，以后更不好办。故此赵氏在王氏面前做足了功夫，除了侍奉汤药，做小伏低，又摆香案求神说要替大娘去，因为，“若大娘有个长短，他爷再娶个大娘来，孩子料想不能长大。不如我早些替了

大娘去，可保得孩子一命”。一回两回地又哭又说，终于让王氏开口说出她要的话。严监生赶忙叫人去请两位舅爷——扶正的事，他最怕两位舅爷不答应，两位来了果然虎着脸不作声。还是得花钱，每人一百两，舅老爷立马笑逐颜开，表态这事由他们做主，让严监生再拿些钱出来大办酒席，把所有亲眷都请来，当场办仪式，“看谁人还敢放屁！”于是立即备办，诸亲六眷都请到了，唯独隔壁的大老爹家，五个亲侄子一个也不到，大老爹当然也不在。严监生与赵氏拜天地，拜祖宗，在已经昏过去了的王氏床前磕头写遗嘱。外间二十多桌酒席吃到半夜的时候，王氏在里间去世了。好歹，一件大事总算是办成了，赵氏真心感激两位舅爷，办事乱糟糟时被两位舅奶奶趁机掳去的金珠首饰都不论，还把王氏的私房钱也赠送，田上收了新米小菜，鸡鸭火腿之类，也都多多地着人送去，她一个妇道人家，还指望着将来两位舅爷能帮忙哪。

妻子病逝，严监生着实伤痛。二十年柴米夫妻，同甘共苦，感情是真的，她去了，他心里凄惶，“如今丢了我，怎生是好！”确是他的肺腑之言。他终日不出门，在家哽咽哭泣，神思恍惚。这样他就病了，心口疼痛，饮食不进，书上说是“肝木克了脾土”。妻子病中，他延请名医，煎服人参，轮到他自己，却舍不得吃人参。他本是个瘦人，病后更是骨瘦如柴，两腮塌陷，但每天还是撑着管事，算账到三更鼓。赵氏劝他丢开些，他摇头说：

赵氏慌忙过来，要扶他上床去睡。他不肯。赵氏劝他：“你心里不自在，这家务事就丢开吧！”他摇摇头说：“我儿子又小，你叫我托哪个？我在一日，少不得料理一日。”《严贡生》第 58 页

一直拖到第二年立秋，病还不见好，又舍不得银子买药吃。这天，他想到早稻未收，心里着急，只好打发管家的下乡去。管家走后，自己又不放心，只是烦躁。《严贡生》第 59 页

“我儿子又小，你叫我托哪个？我在一日，少不得料理一日。”他是个操心人，多少事叫他操心呐。严监生一生节俭，攒下了十万家私。那么多家私，那么多田产，多少事情——立秋了，他想到早稻未收，心里着急，打发了管家的下乡去，又不放心，只是烦躁。钱财积聚太多，成了牢固的枷锁，他不能享受，反被消耗。叫他怎么办哪？《儒林外史》中有些豪富盐商，大兴土木建花园楼阁，一年娶七八个妾，家里设有药房，冬虫夏草当饭吃，闲时看药匠弄人参。严监生根本不可能这样过日子，硬要他吃用些好东西，他只会觉得受罪。他晓得自己活不长了，困局凸显——钱在日常花不掉，又带不走，几十年聚敛它们的意义都值得怀疑，总不成是为了办丧事时流水般花了去？他一生克勤克俭，难道错了？像他哥那样把东西都吃到嘴里，还抢别人的，反倒赢了？让严监生这样一个人在生命末端时思考这些无解的问题，很残酷。萧萧落叶打得窗子响……他长叹一声。他只能设法让属于他的钱还存在那里，让他的家业持续运转，好歹他还有个儿子将来可以继承，意义就存在，他也可以暂时免于思考。

严监生临终前，说不出话，伸着两根手指头，总不肯断气。桌上点着一盏灯，家人亲戚围了一屋子，众说纷纭，问他是什么意思，他都摇头。不是有两个人，不是有两件事，也不是有两处田产或两笔银子；还是他的妾知他的心，揩干眼泪，对他说了一番话：“你是为那灯盏里

过了中秋，严监生的病越发重了。五个侄子穿梭似的过来陪医生弄药。这一天晚上，看看病势非常危险，大家挤在屋里守夜。严监生喉咙里的痰呼噜呼噜地响，却伸出两个指头，总不肯断气。
《严贡生》第 62 页

点的是两茎灯草，不放心……”走去把那两根灯草挑掉一根，他点点头，闭眼了。赵氏做对了，但也许她没说对。严监生未必是嫌两根灯草费了油，他可能是嫌两根灯草灯太亮，晃他的眼睛。他难道现在还看不开，省下一根灯草有无意义？也许他比出的这个“二”另有含义，是一个苦痛的隐喻，一个苍凉的手势。

严监生还是心地良善了。他夫妇俩拿了大把银子送给他的兄嫂、侄儿、舅爷等人，还是不能阻挡他大哥对他家产的觊觎和试图鲸吞。而收了钱的两位舅爷——一个叫王德、字于据，一个叫王仁、字于依，他俩可不管他们做证立下的文书有据可依，眼看着赵氏要被排挤出门，不帮忙不理睬，不仁不德扬长而去。严监生生前再怎么操心，也没考虑到他死后出现这个局面该怎么办。

沈琼枝姑娘

《沈琼枝》为连环画名家钱笑呆的代表作之一。钱先生一辈子不晓得画了多少古代女子。我有他的《钗头凤》《玉堂春》，《钗头凤》应是他早期的作品，里面那个苦命的唐蕙仙像个木雕美人，悲戚惊惶，连陆游都像还没长成，总是躬腰屈膝，慌慌张张的，难怪他屈从母命休了妻子。《玉堂春》十分精致，重情重义的苏三，自小在妓院里长大，斡旋于鸨母与众客之间，她不是个嫩雏，备受折磨依然很美，神情自若。钱先生的画笔，同他笔下的女子们一起历练成长，到他画沈琼枝时，这个沈琼枝就颇有蕴蓄。原著只写她厉害，为什么厉害，钱先生的线条替她道白，或许她身上依稀有其他女子的影子做底：幼女李寄斩蛇，荀灌娘搬兵救城，这些列女故事，沈琼枝姑娘也都是知道的。

沈琼枝第一幅露面的样子，是坐在窗前娴静地写字。她是常州人，母亲早丧，跟着做教书匠的父亲长大，正待字闺中。看完她后面的故事，真让人诧异：这女子哪来的

明朝末年，常州有个聪明美貌的姑娘沈琼枝。她是贡生沈大年的女儿，不但能吟诗、挑绣，还写得一手好字。《沈琼枝》第 1 页

那么大见识跟胆识！只十八九岁，也没出过门，她的见识来源，只能是她父亲的那些书。她父亲肯定也没少教她，可她的见识明显大于其父，同一件事，她父亲告官府输了，她自己想办法赢了。她读书也没读呆，不被“宁为玉碎不为瓦全”之类的论调所误，“兵来将挡，水来土掩”才是她的处世风格，她从头到尾一点都不慌张。

毗陵女士沈琼枝，精工顾绣，写扇作诗。寓王府塘手帕巷内。赐顾者幸认“毗陵沈”招牌便是。

在明代（实是清代，《儒林外史》是借明写清）的南京，有妇女挂出这么一块招牌来招揽生意，怎能不惹人议论。如书中迟衡山的说辞：“南京城里是何等地方！四方的名士还数不清，还那个去求妇女们的诗文？这个明明借此勾引人。”沈琼枝自己也说道：“我在南京半年多，凡到我这里来的，不是把我当作倚门之娼，就是疑我为江湖之盗。两样人皆不足与言。”而亲身去拜会过她的杜少卿、武书，则是这么看她的：“这个女人实有些奇。若说他是个邪货，他却不带淫气；若说他是人家遣出来的婢妾，他却又不带贱气。看他虽是个女流，倒有许多豪侠的光景。他那般轻倩的装饰，虽则觉得柔媚，只一双手指却像讲究勾、搬、冲的。论此时的风气也未必有车中女子同那红线一流人……”他们尚未弄清她的出身来历，看她的眼光倒是相当欣赏，其实看人也如照镜，你看一个人的影像，常常从中看出了自己的幽微，你的内心之像。《儒林外史》中的杜少卿乃作者吴敬梓自况，他就这样把她看准了：一个奇女子。

这样的奇女子实有其人，有人考证沈琼枝的原型是袁枚《随园诗话》里的松江张宛玉，她从淮北大盐商程家出逃来到南京，以写扇作诗、代人刺绣谋取生活。后山阳令行文江宁关提张宛玉，江宁知县袁枚爱惜她的诗才，将她从宽开释。进入小说里，袁枚不见了，提审沈琼枝的江都知县奸猾，被她当堂驳斥。她的被开释，一是杜少卿托人情，二是钱帮忙——因为盐商不肯出钱，江都知县说“偏不判还给他”，顺水做人情放沈琼枝回家。沈姑娘这半年多的经历，艰难、冒险，但光华四射，作为全书中唯一现

过了些日子，宋家差人把聘礼抬来，只见绫罗彩缎、金银器皿，样样都齐，桌上五光十色地放了一大堆。琼枝却连眼皮也没抬。

《沈琼枝》第 8 页

身留名的“儒林”女子，作者对她表达了充分的爱敬。

说起她被骗婚这桩事，她父亲沈大年的确得担几分责。像沈姑娘这样的出身、教养，在婚姻上很容易弄至高不成低不就的尴尬处境，而那个在扬州城里开五爿典当行、十家银楼的宋盐商来提亲，关键还是沈大年动了心。他觉得这是百里挑一的机会——他想到了自己的后半世生活无着。当他问女儿：“你觉得怎么样？”女儿的默不作声，其实就是不愿的表示，而他连连催问，琼枝只说一句：“由爹爹做主吧！”女儿长大了就要出嫁，撇下相依为命的老父孤单无靠，那么就听凭父亲的意思，找一个多少能够照顾父亲一些的人，算是女儿尽孝，免得父亲白养了一个女儿。至于宋盐商送来的聘礼，绫罗彩缎、金银器皿，她何尝看过一眼？她对这门亲事的断然反对，是后来在公堂上朗声说给大家听的："我虽不才，也颇知文墨，怎肯把一个张耳之妻去事外黄佣奴？"对把事情办坏了的父亲，她一声也没埋怨。

宋盐商来信，让沈大年送女儿到扬州去成亲，两父女收拾了包袱坐船去扬州的情景，让我感到凄凉，且不祥。到了扬州，住在客栈里，一顶轿子来接，冷冷清清的，只有两个轿夫，没有笙箫鼓乐，没有从人——越看越像是娶妾的光景。妻还是妾，这问题天大，沈大年这样的读书人越发看得紧要——他后来得到证实的那一刻，只觉得天旋地转，踉跄欲倒——此时他问女儿怎么处。在说媒的阶段，娶妻还是娶妾，大约打含混的人也不少，像西门庆托媒说合孟玉楼，孟问起，媒婆答以"请娘子到家主事"，听上去像是做正室，其实不是。当下沈琼枝说："事到如今，不去反受人议论，我自有主意。"她对镜修饰好脸容，戴上珠冠，盖上头盖——老父亲在旁呆看着；她是新娘，上了轿，去了——老父亲流下眼泪。到了宋家，还顺带管着孩子的老妈子那一声"沈新娘来了"，分明是说娶的是妾。老妈子让沈新娘从水巷里进去，沈新娘偏走上大厅端坐，要请老爷出来说话，要他拿婚书来看！

全家都吓一跳。报给老爷听，正算账的老爷气得红了脸："我们这种人家，一年少说要娶七八个妾，都像这

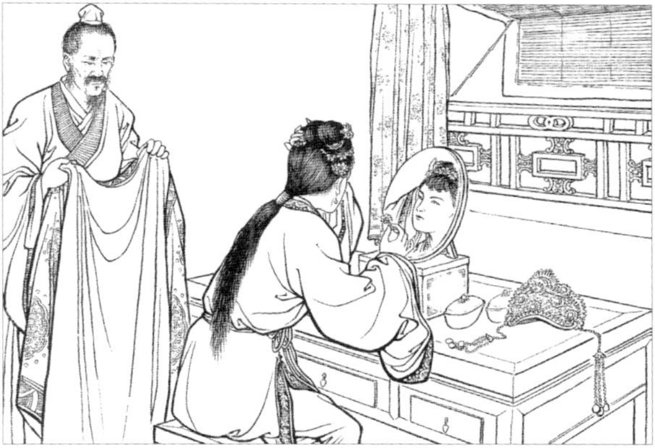

沈大年只得依了女儿，瞧她装饰起来。琼枝不慌不忙地对着镜，先把脸容整了一下，然后戴上珠冠，把大红外盖穿上。《沈琼枝》第 15 页

琼枝在厅上坐了一会，还不见宋盐商来，她把眉一竖，朝老妈子发作。老妈子吃了一惊，不敢再怠慢，慌忙到后边去通报。
《沈琼枝》第 20 页

般淘气起来，这日子还过得？”听听，他用的词是“淘气”，不是“胡闹”或“混账”，倒带有三分宠爱纵容之意。他躲起来不见面，说“老爷今日不在家”，并让人给客栈里的沈父送去五百两银子。这是胆气不足，先让一步，还是继续使心计，想坐实了买妾的事实？沈琼枝却在他的园子里从容住下了，她想的是：这样幽雅的地方，料想那盐商也不会欣赏，且让我在此消遣几天。真亏她好定力，这种情形还有消遣的闲情。盐商当然不会欣赏，明代的盐商就好比当今的煤老板，挣了大钱就买地盖房，房屋园林的装修也不过按流行样式请匠人做。建好了房再买妾，两样行为在他都是置业，他要什么欣赏？沈琼枝住了几天，不见消息，料定盐商是使手段安排了父亲，马上决定逃走。她逃走也不空手，把房里所有的珠宝首饰都打进包袱，把七条裙子都穿在身上——这叫作，包袱该重就重，该轻就轻，要不拿他的钱，她怎么逃得出去，又怎么走得远呢？

娶亲这事从头到尾，宋盐商都没看到新娘一眼，他冤大了。把她关在园子里住着以为她不会跑，自己不敢去近身，令人联想到猪八戒对高小姐的作为，与此如出一辙，孙悟空听了这种情况评论说：“这妖怪倒也老实。”然后沈琼枝卷了他屋里的东西跑掉，他告官要求帮忙解决，可见他没有豢养家奴充当城市警察，他安生当着个土财主，娶妾本是要过日子的哩，东西丢了要追哩。沈琼枝出了他

这天晚上，沈琼枝看看房里没人，就把自己扮作了一个小老妈的模样。《沈琼枝》第 40 页

的门，一时不便回家，决定到南京去过一段时间。她会作诗，会绣花，就打算以自己的本领挣钱养活自己。别人或许觉得这是异想天开，南京多的是才子，还会有人来买你这妇人的诗？她想的却正相反：南京有多少名人在那里，或者遇着些缘法出来也未可知。

人与人的想法真是不同，所以人世的路有千百条。沈琼枝姑娘走的是条险路，她凭着一个非常强悍的“我要活下去”的本能，超过了许多不凡女子。林黛玉的诗肯定比她作得更妙，可碰上这样的事唯有哭死；薛宝钗除了作诗，俗务也甚通，连药铺里怎么做手脚都清楚得很，可是她的教养太正统，使她想不到女子可以走出闺门、写诗换钱这样的主意；正路不正路的金银，王熙凤也会拿得不含糊，但出了贾府的门她就不是当家奶奶，还怎么办事呢？尤三姐是够泼辣了，对付那些市井小混混比沈姑娘更强，而她的危险是会被自己的刚烈杀死，她的赢常常是以性命相拼。一个孤身女子，流落到黑暗的社会上，既没有客死异乡，也没有沦落风尘，她居然靠自己绣花、写诗挣到了钱，且与名士唱和，赶走了地痞流氓，斗败了奸狡的盐商，最后还把索贿的公差推了个仰八叉。她在工作之余，还到秦淮河上游览风光，这样从容度日的心态，真的是一种能耐和修为。

在南京，如她先前的乐观预想，还真给她遇见了名士、豪杰杜少卿。杜少卿欣赏她的才情，更敬重她视盐商的豪富如土芥，他不仅送她诗集、银两，还写信托人情，请南京知县帮忙了结她的官司。南京知县听说她会作诗，请她当堂作来看，她马上作出一首，又快又好。这诗未见其详，吴敬梓没有像曹雪芹那样，托拟女子的口吻作出诗来给我们欣赏，而此情此景，我们在别的地方似曾相识，如严蕊，她在公堂上信口吟出的《卜算子》：

不是爱风尘，似被前缘误。花落花开自有时，总赖东君主。

去也终须去，住也如何住！若得山花插满头，莫问奴归处。

这就是女子作的诗词，又快又好，打动了官员将她当

船到中途，琼枝心里暗暗盘算：如果回常州故乡，不但惹人耻笑，而且容易被宋盐商寻获，自己会作几首诗，不如到南京去卖诗度日。《沈琼枝》第 43 页

转眼已到新秋，这一天，云高气爽，秦淮河畔的游人不少，沈琼枝也同了房东大娘去游览。《沈琼枝》第 48 页

庭释放，流传到今天让我们读了也喝彩。闺阁中历历有人也！袁枚欣赏张宛玉，吴敬梓欣赏沈琼枝，尽管袁与吴同居金陵多年而不相往来，两人的著述中都没有出现过对方的名字。

沈琼枝的经历传奇，结局则或许平常，她回常州与父亲团聚去了，将来应会另嫁，不得而知，并没像戏文里那样中个女状元之类的。可是，中女状元何用？《儒林外史》的开篇就说了，世人舍了性命求功名，及至到手之后，味同嚼蜡。以沈琼枝姑娘这样乐观坚强的心性，她的平常日子，也一定是过得有滋有味的。

沈琼枝生得很标致。她从常州到扬州，再到南京，依然梳着她的“下路绺裘”，小地方的打扮，并不入乡随俗改作其他人认可的样式。淡淡妆，天然样，她就是这么一个不一般的姑娘。

尽是进士近视

《水浒》的开场人物，是九纹龙史进，而前面还写了一个王进，乃是东京八十万禁军教头，为躲避高俅陷害，前去投奔老种经略相公，途中借宿史家庄，教了史进半年武艺。史进自幼喜好抡枪使棒，先后跟过七八个师父，在王进看来，他学的都是些花拳绣腿，需要推翻重来。短短半年，史进将十八般武艺从头学起，学到精熟，王进点拨得件件都有奥妙，塑造了梁山一百单八将之一的史进。随即，王进这个人物就从书中消失了，神龙见首不见尾，倒格外造成“真正的高手在武林之外”的效果。就行文看，他也需要销声匿迹，因为后面还有另一位东京八十万禁军教头要出场。林冲的英武须重墨形容，王进只能略过，王进是史进的师父，要知王进，只看史进便可。

《儒林》里也有“二进”：周进、范进。他俩都是多年蹭蹬科举，直至头发花白才进学的典型，两人也彼此有互文性，进学前事，看周进；进学后事，看范进。范进中举不必赘述，这一段入选中学课本数十年，学生连应试八股文都作出来了，他丈人胡屠户臭骂他的奇文，一按键就能在脑海中自动播放：“像你这尖嘴猴腮……不三不四，就想天鹅屁吃！”范进能考中秀才和举人，是因为碰到了周进。

周进到六十多岁都没有考中秀才，依然是一个童生。不得已，他应聘到一个乡村去教书糊口，几个乡绅一起请他教几个孩子，讲定一年馆金十二两——各家分别交了来，有的一钱，有的几分，也难算了——把他安排在村中和尚庵里歇宿，每日扣除二分银子饭费。伙食标准我们见过，“一碟老菜叶、一壶热水”，算下来还占了他每日收入的六成，假定他此外再无花费，一年辛苦，也仅剩四两七钱银子节余。他的酬金低微，因为他没有功名，平素

范进因没有盘费，去和丈人商借，被胡屠户骂了个狗血喷头。
《范进中举》第 66 页

申祥甫也嫌周进呆头呆脑，不知道常来奉承，到了年底，就把他辞退了。周进只得背起包裹，垂头丧气地回家去。《范进中举》第 22 页还饱受侮辱欺凌。他刚到，给他接风的宴席上，乡绅中有一个刚考中的梅秀才故意拿腔作态，说学里规矩，不论长幼，八十岁未中的童生也叫小友，不过今日不同，还是请周长兄上座。坐下了，一声“请”，这些乡绅的筷子如风卷残云，桌上的菜顿时去了大半，周进一筷未动，他吃长斋。梅秀才见状，即席念了一首诗：“呆，秀才，吃长斋，胡须满腮，经书不揭开，纸笔自己安排，明年不请我自来。”

哄堂大笑中，周进只是个忍。平时还有多少事需要他的忍：那些孩子都像蠢牛一般，给他们讲书，咳！又顽皮管不住，他一背转身，全都溜到外边玩去了。偶尔来个举人避雨，闲谈中听说一个孩子名叫荀玫，惊奇地说：“呃——我在梦中看见会试榜，我中了第一名，第三名也叫荀玫，难道我将来和他同榜不成？”这种荒谬的言论，被孩子传给各家父兄听，所有人都很不满意，说必是周先生看荀玫家有钱，捏造这话来奉承，图他家逢年节多送吃食——这些话，哪里听得，怄气都要怄出病。周进为人迂讷，立身不住，不久被辞退。在家饿着肚子啃书也不是事，无计奈何，跟随他姐夫去城里做管账。

周进在济南府的大街上，看到了贡院——也就是考场，触动心事，一定要进去看看。被鞭子驱赶也断不了念头，他姐夫就使了些小钱同他进去看。他这一看，几十年蓄积的痛苦找到了出口——他一头向号板撞过去，昏迷倒

周进走到里边，见两块号板摆得齐齐整整，不觉眼睛里酸酸的，长叹一声，一头向号板上撞了过去。《范进中举》第 31 页

地，被救醒过来，又顺着一号、二号、三号号板轮番去号哭，满地打滚，直哭到口吐鲜血。这惨状让他姐夫一行杂货商人心中凄惨，于是由他姐夫牵头，大家慷慨解囊，凑足二百两银子给他捐了个监生，有了入场考试的资格。周进如获重生，神助不如人助，一考即中举，上京会试又中进士——这毕竟是小说。真实的人生如蒲松龄，十九岁应童子试，接连考取县、府、道三个第一，名震一时，而其后五十多年屡试不第，一直不能中举。

“在清一代，在科举考试中落败的男性知识分子转向小说写作是十分常见的现象”，海外汉学家做此观察，假如蒲松龄、吴敬梓、李汝珍等人彼此认识，那他们真是大有可谈。就科举、应试、八股文章，明清的读书人都会谈出一套心经。蒲松龄在他的短篇小说里，把读书人参加乡试的情景描述得穷形尽相：

秀才入闱，有七似焉：初入时，白足提篮，似丐。唱名时，官呵隶骂，似囚。其归号舍也，孔孔伸头，房房露脚，似秋末之冷蜂。其出闱场也，神情惝恍，天地异色，似出笼之病鸟。……

周进进考场的情形，他自己是看不到的。他中进士之后升任御史，钦点广东学道，主持考场时看一众考生入场，可以看到他自己的影像——看，最后进来的一个老童生，面黄肌瘦，一脸花白胡须，头戴一顶破毡帽，十二月的天气还只穿一件麻布直裰，冻得乞乞缩缩，接了卷子下去归号。这位童生，周进有点恍惚，很像不久前的自己，年相若，貌相似，再看名字，居然还同名，也是叫“进”而不进。周进不觉动了恻隐之心，决定要仔细留意他的卷子。范进居然是第一个交卷的。他身上衣服朽烂，在号房里又被扯破了好几块；周进低头看看自己身上，绯袍金带，何等辉煌——仿佛是，一半的自己终于“进”了，还剩个魂魄穿着旧衣衫继续在原地挣扎，依然故我。周进问范进多少年纪，考过几次。范进答，童生册上写的是三十岁，实际已五十四岁了，从二十岁应考，共考过二十多次，至于为何总不进学，“总因童生文字荒谬，所以各位大老爷不曾赏取”。他说得低调，周进这忠厚人越发要仔细看了。

他用心用意读了一遍范进的卷子——这文章说的都是些什么话！怪不得不进学！他丢过一边。又坐了一会儿，不见一个人来交卷，范进的卷子他又拿过来看，心想倘有一线之明，也可怜他的苦志。从头到尾又看一遍，刚觉得有些意思，一个叫魏好古的年轻考生来交卷。魏好古交了卷，突然跪下说："童生诗词歌赋都会，求大老爷出题面试。"这好比在高考考场，一名考生试图走另类路线，要求老师单独给他另考才艺，破格录取。周进变了脸色，喝令差人把他赶出去，但还是看了他的卷子，觉得文字还清通，就做个记号。他又回头再读范进的卷子，这回居然赞叹起来："这样文字，连我看一二遍也不能解，直到三遍之后，才晓得是天地间之至文，真乃一字一珠！"即取笔细细圈点，卷面上加三个圈，填了第一名，那个魏好古，则取作第二十名。

这两个人能考中，首先占了交卷早的优势，使考官有时间看。清代考学流传有"快、短、明"的说法，督学按临各郡考试秀才和童生，每次十多场，公事繁冗，期限太紧，不可能从容评阅考卷，而往往是"定弃取于俄顷之间，判升沉于恍惚之际"，偶然性强，无理可讲。写得快，得考官寓目时间较长；写得慢，到最后扎堆交的，考官匆匆一瞥，甚至前面名额已取满，后面的都不看了。范进有幸得了周学道的恻隐同情，卷子被反复看了三遍，他

最后进来一个童生，面黄肌瘦，一脸花白胡须，头上戴着一顶破毡帽，十二月天气，还穿着一件麻布大褂，冻得战战缩缩，接了卷子，下去归号。《范进中举》第 50 页

他翻了翻点名册，知道那童生叫范进，便问了他的情况。范进都照实回答了。《范进中举》第 53 页

的文章显然不属于明快直白的那类，一般情况下会立即遭淘汰，此时一个魏好古轻狂跳脱的做派，难说是否帮了他的忙，衬托出他的规矩古拙，是周进认定的正路。周进有心要成全他，三遍看过之后，观感由最初的“是些什么话”，竟逆转到“天地间之至文”，极其戏剧化。

发榜之后，范进等人来谒见考官，周进对他大加勉励，说他“即在此科，一定发达，我在京专候”，有周进这句话，范进中举是一定的事了。周进秉性忠厚，升任学道之后或许应该把形容他的词语升级为“宅心仁厚”，他的想法是，自己在科举一途吃苦久了，如今当权，须要把卷子都细细看过，不可屈了真才。他的确在这样做，所以连被他赶出去的魏好古的卷子，他仍然认真看了并取中。不过，他才只看了范进和魏好古的两份卷子，就把他俩定了名次，极不严谨。周进的人品不坏，但才学眼光究竟如何，原著没写，我们也不知被他称道的范进的文章究竟是否一字一珠。看范进的形容、言语、举止，似乎难以置信——我是不是也被他的丈人胡屠户潜移默化地影响了，不相信他这么个人会是文曲星下凡。看画上的范进，不仅衣着寒伧，气质也是十分寒伧。

原著草蛇灰线，在几回之后用春秋之笔解答了这个疑问。范进先中举人后中进士，钦点山东学道，赴任前来叩见已升任国子监司业的周进。周进想起从前在山东乡下教过的一个学生叫荀玫的，托范进留意。恩师有命，范进哪敢怠慢，到山东后遍查考卷找荀玫。录取的卷子里没有，落榜的卷子，对着名字、坐号，一个一个细查，查不到的当儿有个幕客讲了个笑话，说数年前有个幕客醉后说了句“四川如苏轼的文章，是该考六等的了”，学差记在心里，在四川三年到处细查，不见苏轼来考。原著在这里写道：“范学道是个老实人，也不晓得他说的是笑话，只愁着眉道：‘苏轼既文章不好，查不着也罢了，这荀玫是老师要提拔的人，查不着，不好意思的。’”——答案在这里了。范进连苏轼何许人都不知，他作的文章如何可想而知。而他到底找着了荀玫，取中他，应了多年前傲慢对待周进的某举人的荒谬的梦。真不知世间事是怎么个运行逻辑。周进和范进肯定都是近视眼，科举考试就在一个循循相因的近视轨道上取中一些大致凑巧的人。

吴敬梓的友人程晋芳，世代在淮安业盐，后中进士，参与纂修《四库全书》，是清代中叶著名的藏书家和诗人，他写的《文木先生传》是有关吴敬梓的最为完整的传记。所记吴敬梓有二：一个最恨盐商，一个对写八股文的人恨之如仇。事实上程晋芳乃盐商俊彦，曾多次给吴敬梓以生活资助，在对八股文的态度上，程认为吴做得过分了。《儒林外史》中，范进不知道苏轼，另一位八股行家马二先生也不知道李清照、苏若兰、朱淑真等女诗人，当然这正常得多。从事情的某个侧面上讲，他们这些八股行家不读诗不写诗，并不证明写作八股文的训练对写诗没有帮助。方家之言："八股文的内容新意不多，然而其表达却力求花样翻新而又严守矩镬，优秀八股文的布局和内在逻辑联系都值得称道。作为一种技术性的对思维的严密性、敏锐性、准确性的训练，写八股文无疑有助于完善诗的章法。"这有些类似于学术训练和文学写作的关系，但吴敬梓肯定听不进去。

名士风度与食色金钱

中国第一流的古典小说中，《儒林外史》的流行最不广。作者是追求理想、不同流俗的知识分子，这本书的题材范围、识见趣味也预设了读者群体，不是大众，而是文人，所以胡适、鲁迅、茅盾、钱玄同这些后世大儒都是《儒林》的热心读者。书中所写的那些儒士、名士，不论俗雅、真假，都是可以彼此对话的读书人，他们与书外读者的语汇也大体相当。"《儒林外史》的语言是长江流域的官话。"胡适如是说，说得挺妙，用语言特征涵盖了书里书外这一群人。

一个出身簪缨世家、讲究诗礼教养的文人写的小说应有这样的风范：思想端庄、见解超拔，同时，语言简净、不枝不蔓。在情节设置上，作者与贾府史太君秉持同样观点，才子佳人的模式他肯定是瞧不上的，即使写到，也是反讽，目的是要拆解。

吴敬梓写了不少名士。其中一位极其出众，若按俗滥小说模式，主角必非此人莫属——

那正是春暮夏初，天气渐暖，杜公孙穿着是莺背色的夹纱直裰，手摇诗扇，脚踏丝履，走了进来。三人近前一看，面如傅粉，眼若点漆，温恭尔雅，飘然有神仙之概。这人是有子建之才，潘安之貌，江南数一数二的才子。

此人姓杜名倩，字慎卿，出身于“一门三鼎甲，四代六尚书”的天长杜府，在杜府众弟兄中排行十七，儒林人称杜十七老爷。杜慎卿仪貌惊人，他出场时的这番描写，是三个俗秀才眼中所见，待他出言吐语，评点其中一人的诗作，先扬后抑，几句话把个秀才说得透身冰冷。他批评的诗句是：“桃花何苦红如此？杨柳突然青可怜。”小清新体，诗作者想必得意，而杜慎卿只略赞一句“清新”，随即指出其加意做作，为诗便失了“气体”，以致诗味索然。他不仅批评诗人，还批评读书人无不景仰的方孝孺“迂而无当”，且褒议明成祖篡位一事：“若不是永乐振作一番，信着建文软弱，久已弄成个齐梁世界了。”这番话是其他人不敢说的。杜十七老爷的见解把一般读书人甩出十七八里远。《儒林外史》中的一些名句即出自杜老爷之口，如“（南京的）菜佣酒保都有六朝烟水气”云云。

杜慎卿是个雅人，非一般的雅。诗人聚谈，他不愿弄什么“即席分韵”的诗社故套，嫌“雅得这样俗”，只是“挥麈清谈”。清谈少不了酒食。《儒林》写吃是很讨喜的，“相府老太太看《儒林外史》，就看个吃”，书中罗列的多种吃食都是如此平凡而扎实：煮鸡、炖鸭、火腿、肘子、焰肉片、煎肉圆、闷青鱼、煮鲢头、白切肚子、海参杂烩……一边，我们想着“原来他们也不过是吃这些”，不觉亲近而欢喜；另一边，又想到“不吃这些还能吃什么”，对日复一日三餐难安排、总有人挑剔吃来吃去就那几样的情形，抚慰了，也帮着反驳了。不过，我的确觉得这些菜式太荤了，没有素菜、青菜，不嫌腻？《儒林》里只有一个人嫌腻，就是杜慎卿。他请客，摒弃这些“俗品”，只取江南鲥鱼、樱、笋作下酒之物，端上来，是“清清疏疏的几个盘子”，配上好的橘酒。他酒量极大而不甚吃菜，略拣了几片樱桃与笋就罢了。饭后上点心，是猪油饺饵、鸭肉烧卖、鹅油酥、软香糕，茶水是雨水煨的六安毛尖条——全书饮食，就这一席最雅，可以进大观园了，比起贾宝玉的虾丸鸡皮汤、酒酿清蒸鸭子、胭脂鹅脯、松瓤卷酥等不差太远。这几样点心，是杜慎卿照顾客人特意安排的，他自己只吃一片软香糕，一碗茶。几日后三位秀才还席，算计着寓处不能备办，就请他到酒馆里，点了一卖板鸭、一卖鱼、一卖猪肚、一卖杂烩，奉他吃菜。杜慎卿盛情难却，勉强吃了一块板鸭，登时呕吐起来——做东的几位秀才，好生不好意思也。

这是吃。伴随着杜府清谈的，还有音乐。席边戏子呜呜咽咽地吹笛，唱着李白的《清平调》。月上中天，牡丹花影影绰绰，绣球花像白雪团，众人手舞足蹈，杜慎卿颓然而醉。老僧人点起炮仗来给他醒酒，噼噼噗噗，他则放纵不拘地大笑不止。杜慎卿形似具备了魏晋风度。如果断章取义地读，你真要判他为儒林第一风流名士，可是我们也常有这样的经验，初见一个近乎完美的人，随着交往增多，他的瑕疵日渐显露，不断修正前面的印象。按照文学批评的语汇，前面的印象是一些“刻板印象”，如果人物停留于此，那么他就是一种“扁平人物”，单薄得像一张纸片儿，内心无深度，性格无发展。像吴敬梓这样比较老辣的作者，话说五分留五分，似褒实贬，即使他先对人物做准确速写，还得看后文分解。

“杜慎卿到了亭子跟前太阳地里，看见自己的影子，徘徊了大半日。”假如要给杜慎卿作一幅画像，应取这一个镜头，咔嚓定格，作为他灵魂的镜像。他自恋，唯美高标，目下无尘，谁及得上他呢？他风流自赏，给别人看，也给自己看。几乎所有的事情都会被他嫌俗而厌弃，他因而免不了空虚无聊，尤其在这大太阳底下……他说：“最厌的人，开口就是纱帽。”醉心科举的，是俗夫；迷恋官场的，是厌物；众人皆醉我独醒，众人皆浊我独清，杜慎卿自以为是。他的自我意识和角色意识如此强烈，因而可以不顾身边的一众人等，顾影自怜。书写到这一幕，一个扁平人物已经完成了，我们往下再看他的另外一些侧面。

全书最华丽的场面，是杜慎卿在莫愁湖举办梨园大会。

选秀在当今已是一件俗事，而倒退三百年，得佩服杜慎卿想出这点子。玩风雅，他此举意在选出色艺双绝的梨园子弟，同时他作为主办方，吸引来的所有目光都会归总到他那里。选秀的地点在莫愁湖，湖心亭四面轩窗，湖水围绕，戏子们一个个新鲜装扮，自东向西，穿花拂柳地一路走过回廊，穿过亭子，让观众看清他们的袅娜形容。戏子都是男旦，装扮起来，比女人还标致，其中一人是杜慎卿新纳的妾的兄弟，美貌远胜其姊，因也会唱曲串戏，杜慎卿邀他来赴会。众子弟亮相之后，一人一出戏，轮流上演。锣鼓乐曲声中，有《请宴》，有《窥醉》，有《借茶》，有《思凡》，杜慎卿与一众名士边吃酒边品评。场面那个轰动漂亮！全南京的雅人俗人都聚拢来了——

到晚上，点起几百盏明角灯来，高高下下，照耀如同白日；歌声缥缈，直入云霄。城里那些做衙门的、开行的、开字号店的有钱的人，听见莫愁湖大会，都来雇了湖中打鱼的船，搭了凉篷，挂了灯，都撑到湖中左右来看。看到高兴的时候，一个个齐声喝彩，直闹到天明才散。

一日之后张榜公布三甲。夺魁者，杜慎卿以二两金子打造金杯一只，上刻“艳夺樱桃”四字赠与；六七十位参演优伶，每人酬赏五钱银子，荷包一对，诗扇一把；前十名，杜慎卿素常相与的大老倌们都这个那个地请吃酒，有的拉了家去吃，有的在外头吃。杜慎卿新纳妾的兄弟名列第三——我不晓得这一笔有无什么特别用意，至少是给杜老爷的风流锦上添花了罢。

杜慎卿纳妾，是愁眉苦脸地纳的，他自谓与妇人隔着三间屋还闻着她的臭气——他这句话，钱锺书都引用了，可见的是绝句。杜慎卿好男风，他并不避讳。按他的理想，这种“朋友之情”，胜于男女，但要如史上成了典故的“鄂君绣被”“分桃断袖”那般高标准方可，只可惜天下无此一人，他遇不着这样一个知心情人，辜负了他的万斛愁肠，一身侠骨……听了他这一番说辞，且伴以伤怀泪洒，自谓“多愁善病”，先前对他崇拜得五体投地的俗秀才却突然起了个捉弄他的心。秀才说要给杜慎卿介绍一个妙人。杜信以为真，笼起秀才写给他的神秘字条，次日洗脸擦肥皂，更衣熏香，按照字条的指引，坐轿爬山进道观，曲曲折折终于见到那妙人儿——原来是一个肥胖油黑、满腮胡须的道士。杜慎卿下不来台，只好掩口而笑，回来骂秀才欠一顿肥打，同时又称赞“你这件事做得还不俗”。

梨园大会之后，杜慎卿名噪天下。他门下有个鲍廷玺，是开戏班的，流落江南，每日在他宅中伺候，指望他能给予资助。办梨园大会，杜老爷不是豪掷了大把的银子，且都花在戏子身上？在在显得有关联，鲍廷玺心存指望。某一日，话说到了，杜慎卿说，他家是有几千现银子，但是放着不敢动，因为他要留着做一件事。什么事呢？他算着他这一两年要中——中科举。哗？他不是瞧不上这件俗事的吗，即使要去考，也用不到几千银子哈？“中了，哪里没有使唤处？”他把话说到这个地步已经够明白了，打住。杜老爷素来无半分烟火气，但银钱有实际用途，求仕买官，用得着。他嘴上说功名无味，最厌纱帽，但不代表他不要。这跟他前门说最恨妇人，后门又纳了个妾，异曲同工，铢两悉称。有了这两对矛盾的综合，杜慎卿这个人物才真正立起来，成了一个“圆形人物”。

办梨园大会，花钱如流水，看上去是没有任何经济收益，可这一着使他坐拥江南第一风流之名，并可以预见将成功地转换为功名。而眼前这个鲍廷玺，借给他银子，是有去无回的亏本买卖。杜慎卿不打算照顾鲍廷玺，但把话说得挺漂亮。他送鲍廷玺几两银子做盘缠，推荐鲍去投奔他的族弟。他说他这族弟是个呆子，大把银子给人用，“包你这千把银子手到拿来”！

他的族弟叫杜少卿，照书中说法，品行与文章乃当世第一人。这位杜少卿就是作者的自况，吴敬梓将自己拟定为文采风流、不通世故而又慷慨豪侠的杜少卿——我们想到文人的自恋，不免微笑——不过，书中所写大致是实情，吴敬梓不善经营又酷好济困扶危，祖上遗下的几万家产不上几年给他弄得一点不剩了。杜少卿没有直接评价杜慎卿，但是借他人之口说了一句：“虽有才情，也不是什么厚道人。”

眼见他起高楼

杜十七老爷本是做名士的，做到最高段位，却忽而跨越，改弦易辙做官去了。他是人上之人，位于塔尖，下方多层，众生纷纭。

《匡秀才》中有一段插曲，尚不谙江湖路数的匡超人于有意无意间参加了一次名士集会。匡超人才从乡下出来，搭船到杭州去，在船上结识了一个开头巾店的商人景兰江。初识，由景兰江手上正在看的书谈起，景随即取出自己的许多诗稿给匡超人看，匡超人不懂诗，只好称赞。同船一路，下船道别，匡超人找到马二先生的文瀚楼书坊暂住，同时也干起了选书的营生。几天后，景兰江派人送来一张帖子，邀他参加西湖诗会。帖子上有格式，列了邀请之人的名字，小厮已经送到了的人，都在名下签个“知”字，并付杖头资二钱。匡超人循例签好，也称了二钱银子交给小厮。二钱银子，对其他人是区区小数，对刚进城找到工作的匡超人不算个小数，不过他也正像一个刚踏进社会的青年，对应时碰到的各种人际关系及可能性，谨慎地把握。爱作诗的景兰江邀请匡超人无需特别理由，多拉一个人进他的圈子就多一个人读他的诗。

但匡超人还不会作诗。他找书坊借了一本《诗法入门》，连夜学习。看了一夜，会了；到次日，会作了。他就这样揣着速成的诗艺去赴会。

船在西湖上摇着。船上的一众名士，道貌岸然，景兰江一一介绍，这位是赵雪斋先生，这位是支剑峰先生，这位是浦墨卿先生，这位是胡三公子……这位则是匡超人先生。后生匡超人连连作揖。假如把场景移到当下，这群人肯定是个个拿着手机互扫微信加好友，然后把诗作发到朋友圈，再互相点赞评论转发；要集会，就在群里发个通知，众人再一一回个“知”。微信晚来三百年，极大地限制了文人诗作的交流与传播。

船靠岸，一行人上岸去借花园，花园的园丁请领头的胡三公子吃闭门羹，说不借，没奈何他们走到一个和尚庙里坐着，分几个人上街采购。凑份子的钱都在胡三公子身上。先到鸭子店，胡三公子怕鸭子不肥，拔下他的耳挖戳戳鸭脯上肉厚，才叫景兰江讲价钱买了，又买了肉、鸡、鱼、蔬菜等。还要买些馒头，在馒头店里看好三十个，三个钱一个，给钱时胡三公子只给两个钱一个，同店家吵起来，于是不买了，另买些米面和点心，大家拎着。东西不少，又多是要收拾的，有人说何不叫个厨役伺候，胡三公子吐吐舌头说：“厨役就费了！”回到庙里荤素都交给和尚收拾，整治好了摆上桌。诗会正式开始，他们一边饮酒，一边作诗，拈阄分韵，摇头晃脑，你说我好，我说你好。

诗作完了，接下来他们讨论功名问题，以座上的赵先生为例——

读书毕竟中进士是个了局，赵爷各样好了，到底差一

到了十五日早上，匡超人换了衣帽，赶到清波门外，见景兰江等六个人已经在小船上等候，他连忙上船向众人行礼。《匡秀才》第 64 页

大家作了一会诗，又兴高采烈地谈论起名利来。匡超人听了，才知道读书人除了进科举做官之外，做个“名士”也是很风光的。
《匡秀才》第 69 页

个进士……

可知道赵爷虽不曾中进士，外边诗选上刻着他的诗几十处，行遍天下，那个不晓得有个赵雪斋先生？只怕比进士享名多着哩……

说者有意，听者也有心，匡超人从而知道了，读书人在考科举之外还有做名士这条路。先前马纯上先生指点他说，“人生在世，除了文章举业，并没有第二件可以出头”，但那明显是一条吃苦的路；而做名士呢，貌似轻松潇洒，风流自得，再看这些人作的诗，也并不比自己强。匡超人把他们的诗带回寓处，贴在墙上揣摩。但他才开了一半的脑洞，很快就被来书坊找他的衙役潘三再次洞穿。潘三指着墙上的诗，说这些人都是呆子——那个开头巾店的景兰江，本来有两千银子本钱，一顿诗做得精光了，他还每日在店里哼哼“清明时节雨纷纷”，见人就借钱，人见了他就怕；那个姓支的呢，夜里吃醉了在街上胡闹，被官府一条链子锁了去。潘三说的是实情，匡超人肚里也有分晓。那天他们诗会进行到晚上，扰攘和尚一天，胡三公子只付给五分银子香资，还叫家人把剩下来的骨头骨脑、果子零食之类都装进食盒带走，又问和尚米还剩几升，也装起来。怪不得先前那园丁说不奉承胡三老爷！天黑了，支剑峰几个说要效仿李太白宫锦夜行，忘形时不料撞到巡捕老爷，真是晦气，链子一锁，斯文扫地。匡超人叫了点心招待潘三，潘三吃了两个就丢下，拉他到街上去吃饭。

饭店的人见到潘三爷，屁滚尿流，鸡鸭肉都拣上好极肥的切来，海参杂烩加味用料。吃是一个显性指标，潘三的豪举尤其衬托出头一天名士集会的悭吝之气，“至今犹令人呕出酸馅”。匡超人从此摒弃名士之想，跟着潘三去做些“有想头的事”去了。

名士是一种职业。他们的典型生活形态，看《盐商万雪斋》可知分晓。

徽州人牛玉圃是做名士的，本在南京住着。这一天，他接到盐商万雪斋的信，邀他去扬州，他很高兴，就把家中物件悉数变卖，收拾出三担行李，包了一条船上扬州去。他这么干，不禁让人捏把汗：只是一封信，并没许他什么，他怎么就敢把自己的家拆了？他自述与万雪斋的关

当晚，船到扬州，牛玉圃叫长随们把行李挑着，带了牛浦到子午宫去。
《盐商万雪斋》第 21 页

系，是这样的："这东家万雪斋，也不是甚么要紧的人。他图我相与的官府多，有些声势，每年请我在这里，送我几百两银，留我代笔，代笔也只是个名色。我也不奈烦住他家那个俗地方，自在子午宫住。"他这是在对着船上认识的后生子牛浦吹牛皮，所以话要打了折扣听，其中实的成分是，盐商不差钱，需要请些清客相公在家里装点门面，牛玉圃就是去干这个的，依附帮衬，挣口饭吃。最后一句住的问题，我信以为真，有高人点破：牛玉圃是还没混到能住进万雪斋家的地步，不然他才不会住道观里。不过，在小画书上，牛玉圃领着牛浦往子午宫走的这幅图十分趣致：上山的路，蜿蜒环绕，盘成了一个圆，二牛踩着青石板路走上来，前面再往左一转，就到子午宫了。子午宫应是在半山腰上，就如同我们去过的某些道观，一层层往上，这里一宫那里一殿，天罡北斗般布局。——和尚庙与道士观，是不是经常被名士这种人免费来吃住，倒贴许多钱？这有悖经济学原理，也不符合出家人的规定。

牛玉圃带牛浦上万雪斋家去。宽宅大院，门楼高耸，树木遮阴，一望无际；厅堂内悬挂字画匾额，一色水磨楠木桌椅。牛玉圃怎会不想住在这里，假如他可以。等了两袋烟工夫，万雪斋才一摇一摆地从里面出来，只略坐小叙，又去陪其他客人，让牛玉圃在这里"宽坐，用了饭，坐到晚去"。在等饭的空档，二牛在园子里逛逛，牛浦满心企羡，左顾右盼，不提防脚下踩空，扑通一声，半截身子掉下池塘。牛玉圃慌忙把他拉起来，叱他上不得台盘，打发他先回子午宫。他自己在万家吃酒到半夜，回来想起白天的事，把牛浦又骂了一顿。第二天他又去万家，天天都去，再不带牛浦去了。他在万家究竟干些什么？看第一天的片断可知道大概——

“玉翁，为什么在京耽搁这多时？”万雪斋问他。

“只为我的名声太大了，一到南京，就有许多人来求，也有送斗方来的，也有送扇子来的，也有送册页来的，都要我写字、作诗。昼日昼夜打发不清。还有国公府里徐二公子，也一回两回打发管家来请——他那管家都锦衣卫指挥，五品的前程——我只好去盘桓了几天，临行还再三不肯放……”

牛玉圃姓牛，果然舍得吹，吹出自身的价格。买方是盐商，他肯出价是因为有需求。牛玉圃深知他们之间的彼此依附关系，所以他吹嘘完自己，接着从衣袖里取出两本诗稿——盐商万雪斋刻印的他自己的作品集，说道：“雪翁，你的大作，徐二公子也亲自看过……着实佩服。”万雪斋也笑吟吟地接过去，还略微谦逊了一下。两下里各取所需，台词、姿态都配合得当。

牛浦被牛玉圃撇下，每天在道观里枯坐。他与道士闲谈，探问万雪斋的底细。万本是大盐商程明卿家的书童，自小伶俐，搭着东家做买卖挣了些钱，赎了身，也做起盐商，发家置业——从连环画上看，他已娶妻生子，正襟危

三人分宾主坐下。小厮又捧出一道茶来。万雪斋问起牛玉圃在南京的情形，牛玉圃乘机把自己吹了一番。《盐商万雪斋》第28页

牛玉圃从袖口里拿出两本诗集来还给万雪斋，又说了许多恭维话；万雪斋笑吟吟地接了过去，也略微谦逊了一下。《盐商万雪斋》第29页

他就在扬州河下买下一所房子，娶了妻子，开起一家盐号。从此凭着他做生意的精明，不到两年工夫，就发了十几万两银子的家私。
《盐商万雪斋》第 42 页

坐于桌前算账，旁边妻子怀中的孩子，正玩着桌上一个个大元宝。儿子长大，娶翰林的女儿，大宴宾客那天，他的老东家程明卿大清早跑上门来了——程明卿早已落魄回乡，房子都卖给了旧日的书童——万雪斋忍痛给了一万两银票把他请走。万雪斋最怕人家提起他的出身。“只有你叔公一人敬他罢了！”道士从鼻子里笑了一声。牛浦听到此，心计暗生。

牛玉圃果然入了圈套。“雪翁，徽州有位程明卿先生，是相好的么？”牛浦告诉他，程明卿是万雪斋的贵人，只要提起程，他与万雪斋的关系就拉近了。万雪斋的脸顿时通红，牛玉圃还不察——“他是我拜盟的好弟兄。

前日有书于我，说不日要到扬州，少不得要与雪翁一叙呢！”他语气中的亲热与托大组合成完美的嘲讽，酒席上其他人都面皮失色。牛玉圃的饭碗砸了。

《儒林外史》里面的各色名士，轮番出演着最终会出乖露丑的戏，“眼见他起高楼，眼见他宴宾客，眼见他楼塌了”。讽刺小说，作者的心态决定笔墨。吴敬梓鄙视附庸帮闲、招摇撞骗的假名士，也憎恶强取豪夺、粗鄙无文的真盐商，这些人到了他笔下，各就各位，凑成一出丑剧。

文人依附于豪门做清客是常见现象。《红楼梦》里有詹光、单聘仁之流，看名字就是讽刺漫画，这帮人跟随贾政游园，把他们认为的佳妙辞藻尽数捧出，等宝玉说出新鲜别致的词句，这帮人再“哄声拍手”“摇身叫妙”，称赞“极是”“是极”。但贾宝玉也说过，程日兴善绘美人，詹子亮善绘工细楼台，他们还是身怀一二本领才得以在贾府沾光。换一种心态和视角，情形就更不一样，譬如《金瓶梅》有一幅插图，画中几人是西门府上的几位清客，正在饮酒，居于中心位置的是最有代表性的应伯爵。田晓菲这样评点：“我们熟知他脸上那狡黠的、微醺的、深通世故的、与人生非常妥协的微笑，而这微笑，不知怎的，令人觉得深深地悲哀。……我知道伯爵是一个被君子们视为小人的人，是一个靠着辞令妙品取悦西门庆借以混饭吃的帮闲，或曰清客。但是，我喜欢伯爵。”应伯爵在小说里是一个被刻画得真实生动的人，作者对这类人也不

大家喝着酒，又谈了一会盐价涨跌的话。牛玉圃一心想博得万雪斋的信任，就把准备好的话乘机说了出来。《盐商万雪斋》第 60 页

万雪斋气得两手冰冷，面色铁青，顾盐商怕牛玉圃再说出什么来，连忙用话岔开。《盐商万雪斋》第 62 页

反感，他写这帮人吃东西，竟会写出这样绝妙的文字：“每人青花白地吃一大深碗八宝攒汤”，“青花白”本是形容碗的，他拿来形容吃！表示这些人用青花白的碗吃一大碗汤，不仅吃内容，也吃形式，吃这满满的人生滋味，有青、有花、有白，不止一味。

荷色湖光中的王冕

王冕的名字，最初出现在小学一年级的语文书里：“古时候有个人叫王冕……”他是一个真人吧，小时候给人放牛，一边自己学画荷花。夏天的傍晚，雨后天晴，湖中的十来枝荷花，“花瓣上清水滴滴，荷叶上水珠滚来滚去”——儿童诵读，书声琅琅，这两句记忆犹新。到夏日荷塘去看，果然是这样，水珠就像一颗珠子，晶莹圆润，滚来滚去，荷叶只是它的托盘，滴水不沾，纤尘不染。荷花美得不可方物。

多年后我读《儒林外史》，第一回就讲王冕：

一阵大雨过了。那黑云边上镶着白云，渐渐散去，透出一派日光来，照耀得满湖通红。湖边上山，青一块，紫一块，绿一块。树枝上都像水洗过一番的，尤其绿得可爱。湖里有十来枝荷花，苞子上清水滴滴，荷叶上水珠滚来滚去。

原来王冕是小说里的人？古代白话文改写成小学课文，语句更加精炼上口，成为深植的母语潜意识，画荷的王冕已是一个童蒙皆知的经典形象。王冕确有其人，为元代著名画家、诗人，生于浙江诸暨，幼年替人放牛，自学成才，拒绝出仕，隐逸深山。一生喜好梅花，种梅、咏梅、专攻画梅，所画梅花花密枝繁，健劲有力，生机盎然，尤善用胭脂作没骨体，别具风格，并有传世名句："不要人夸颜色好，只留清气满乾坤。"小说里的王冕，由画梅改作画荷，人物的风骨精神则一。

王冕七岁丧父，十岁辍学帮隔壁人家放牛。日子应是艰难，可是看书中描写，只觉惬意。放牛不算件苦活，若

过了几年，王冕看到的书也不少了。有不懂的，就去请教村学堂的老师。每天带个书包，挂在牛角上。拴了牛，就抽空读书，心下也着实明白了。
《王冕》第 11 页

无专门人手，做农活的同时顺带着也放了，雇个孩子专做这事，是宽厚人所为。这隔壁的秦老，只让王冕每天把牛牵到湖边去饮水吃草，他在旁可自在玩耍。王冕心性本是爱读书的，他安慰母亲说坐在学堂里也闷，倒不如放牛快活，要读书，依然可以带了去读。他果然就把书系在牛角上一同出去，到了湖边，几十棵杨柳树下芳草青青，凉风习习，牛吃草，他看书。他看些什么书呢？每天秦老给他买点心的两个钱，他都攒着，抽空到村里学堂找卖书的小贩买几本旧书。乡间的书贩，想来卖的书十分有限，但也许古代出版不易，能出版的都是典籍。王冕读这些书，有不懂的，就请教村塾的先生，如此三四年，他“心下也着实明白了”，到了快二十岁的时候，他已经“把那天文、地理、经史上的大学问，无一不贯通”。这个境界，莫说一个牧童，即使是不问外事专心向学，并有名师指点的读书人，也难有几人能达到，而史上的王冕确乎靠自学成了一代名家，其间自有奥秘。书画同源，他读书的途径，与习画的方法，是一致的，可由此而知彼。

却说王冕那日看到湖里的荷花，不禁出神想道：“古人说‘人在画图中’，果然不错，可惜我这里没有一个画工，画这荷花，也是有趣。”又一想，“天下哪有学不会的事，我何不自画它几枝？”他就把积攒下的钱，托人到城里带些纸笔颜料回来，对着荷花，开始画画。刚开始，自然是画不好，他平素也写字的，而眼前刚拿起的笔是作

雨过后，黑云镶着白云。日光照得满湖通红。湖边山上青的紫的绿的树丛，湖堤下一片荷田，叶上滚着露珠，几十枝荷花伸出水面。把王冕看得出了神。《王冕》第 14 页

画的笔，有着另一种陌生法式。字是规矩的，也可以不拘；画是自由的，也包含绳墨。字唯有墨，画兼有色，调墨弄彩，还有水的渗入，浓淡变化、氤氲效果在于水的调度，初学颇为不易。他渐渐能控制手中的笔，笔的轻重、提顿、方圆，都在拿捏中；线条也有了力量，花朵柔若无骨，其实有骨。三个月后，他画的荷花渐渐有了些意思，再久之，荷花的颜色精神无一不像，好似从湖里采来的一样。纸上的荷花比湖里的荷花更精粹，它经过提炼，表现了花朵最美的意态。

王冕当时只是个乡间少年，生活清苦，想法单纯，而当时的环境，似乎能容许他以自己的方式追求理想。他想

读书，买书看就是了；想学画，买来纸笔颜料画就是了；等他画得好了，乡人们就拿钱来买，一传十十传百，诸暨县都晓得了他善画荷，争着来买，他因而能够不愁衣食，供养母亲。十七八岁上他就不再给人放牛，每日画几笔画，读古人的诗文，这是非常理想的文人生活了。

连环画《王冕》，由名家林岳、刘旦宅绘制，画家绘画家，画中有画。我最喜欢第二十四幅——一幅荷花始画成，贴于墙壁，王冕侧身坐在书桌前，抬头凝视自己的画。画上的荷花神完气足，画外的王冕气定神闲。我们看到的角度是他的后侧面，隐约可见他的神态，那微垂的眼睫、声色不动的嘴角，包含着倔强而从容的性情，与他

日子久了，就能逐渐把荷花的精神颜色画出来，他画的荷花，就像才从湖里摘下来贴在纸上似的。《王冕》第 24 页

画的荷花互相映照，“物”与“我”彼此对视。书桌旁的窗外，挤着几个乡民，他们凑在窗前看王冕的画，眼光里饱含赞赏之情。在这里，有一个问题被忽略了：此时，王冕的声名尚不出县城方圆数十里，那么他的画是在什么尺度上符合了县城人物的眼光？从《儒林外史》的叙述看，王冕的画最先是得乡人赞赏，声名传开之后，有位高权重如危素者对诸暨知县断言：“此人将来名位，不在你我之下。”不同受众的品评标尺、趣味，似乎达到了一致。中国画在元朝以后，由于士大夫思想的消极，导致鲜艳的色彩一天天在画面上衰退，占据主导的是惨淡颓废的情调。早在宋朝就有画家写出这样的诗句：“雨里烟村雪里山，看时容易画时难。早知不入时人眼，多买胭脂画牡丹。”可巧，史上的王冕首创“以胭脂作没骨体”，《儒林》也写他托人买的颜料是“胭脂铅粉之类”，不论他画梅画荷，这一抹鲜艳夺目的胭脂色，在元朝画一派的灰暗、浅绛、冷逸、苦涩中，的确令人耳目一新，王冕画之雅俗共赏，可以从这个方面来解释。

有一个情节原著里没有，连环画里有，加得很好——农忙时候，王冕也帮人下田插秧、锄草，干些农活。插秧是个苦活，农时一刻误不得，整天地躬身弯腰，一天下来腰都快断了。而插下的秧苗，青翠碧绿，一行行间距整齐、错落有致，很有美感；插秧的过程，紧赶慢赶中，一再重复的动作形成韵律，渐渐熟练，熟极而流，眼明、手

农忙时候，他也帮人家下田插秧、锄草，学着干些庄稼活。不觉到了十五六岁。《王冕》第 12 页

王冕不再替秦老家牧牛了，每天画画，读书，渐渐不愁衣食，母亲心里也欢喜。《王冕》第 27 页

快，轻巧、灵便。这劳作中暗含快乐；直起身来，看一棵棵秧苗的姿态也是欣悦、昂扬。假如王冕不做农活，每天仅是悠闲放牛，只怕他的画会缺少些根基，缺少了从譬如插秧中领悟到的某种真谛——此中有真意，欲辨已忘言。他成年后的隐居生活，也是白天务农，种植豆、粟、桃、杏及梅花，晚上作画。

连环画第二十七幅与第二十四幅构图很像，但三幅之隔，王冕的形容已成熟许多，是一个青年人了，气质方朴，神情端凝。他正在案前作一幅士人的画像，四壁墙上贴着他画的梅竹荷菊。连环画家也同样精于水墨，这几幅画，笔墨腴润而苍劲，布局疏密得当；王冕正在执笔作的画中人神情萧淡，衣着简括，也是一位高士——倘联系下文，有可能是屈原——画家笔下的人物，常常很像他自己，是他的心灵影像。

浙江诸暨山水秀美，有“千岩竞秀、万壑争流、水木清华、山川映发”之美誉，王冕生长于此地，可谓得天独厚。他年已弱冠，奉母至孝，每当花明柳媚的时节，他就执着牛鞭，架起牛车，载着母亲出去游玩。他自己则仿照《楚辞图》上屈原的衣冠，造了一顶极高的帽子、一件极阔的衣服，穿戴起来，口中吟唱，惹得乡村孩子三五成群地嬉笑追逐，他也不以为意。他的学问已养成，同时性情孤介，既不追求官爵，又不交纳朋友，终日只是闭户读书，沉潜于自己的道德艺术修养之中。这样一个人物，作者把他放在《儒林外史》的第一回“说楔子敷陈大义，借名流隐括全文”，以这位充满理想色彩的艺术家和隐逸之士的标准作为全书评估、针砭各个人物的依据。

作者改史上真实人物王冕的画梅为画荷，改得巧妙，也是信手拈来，与陶渊明的“采菊东篱下，悠然见南山”相仿佛。乡野的牧童，放牛于湖边而见到湖中荷花，自然而然，无比协调，此处荷胜于梅多矣。七泖湖畔的湖光荷色陶冶了王冕的心灵，让他体悟到“人在画图中”——人与自然融为一体、天人合一的意境；“苞子上清水滴滴，荷叶上水珠滚来滚去”的景象，细腻传神、生气灌注，又似一种玄思禅境，蕴含着微妙的哲学启蒙。王冕画荷，悟出了天地间的至理，同时，缘物寄情，荷之亭亭净植、出淤泥而不染也是他自身人格的映照。

本文所用图片无特别说明均出自上海人民美术出版社整理再版的《儒林外史》连环画（吴敬梓原著，上海新美术出版社1955年初版）：《范进中举》，吕品绘；《凤四老爹》，陈履平绘；《沈琼枝》，钱笑呆绘；《盐商万雪斋》，赵三岛绘；《枕箱案》，冯墨农绘；《匡秀才》，林雪岩绘；《严贡生》，李铁生绘；《王冕》，林岳、刘旦宅绘。

基因时代的疫苗研发

朱石生

对于疫苗研发，二十个月已经可以算是光速。一般情况下，一种新疫苗的开发周期是十到十五年。

美国医师布隆伯格（Baruch Samuel Blumberg，1925–2011）是1976年诺贝尔生理学或医学奖得主，被誉为“拯救最多肝癌病人的人”。1950年代，他还是个医学生时，就在想一个问题：有些疾病能传染，但传染病的传播并非人人平等。生活在同样的环境下，面对同样的传染病，有些人感染，有些人却不感染。为什么会这样？他从当时的医学知识出发，构筑了一个假说：每个人血液里的蛋白质形态不完全一样，这些不同的蛋白质结构，让人对传染病有不同的抵抗力。

他把这当作博士研究课题，决心找到这种特殊的蛋白质。为采集不同人种的血清样本，他穿着高筒靴，戴着牛仔帽，跑遍亚非欧，把不同族群的血样带回实验室，分析血清里的蛋白成分。

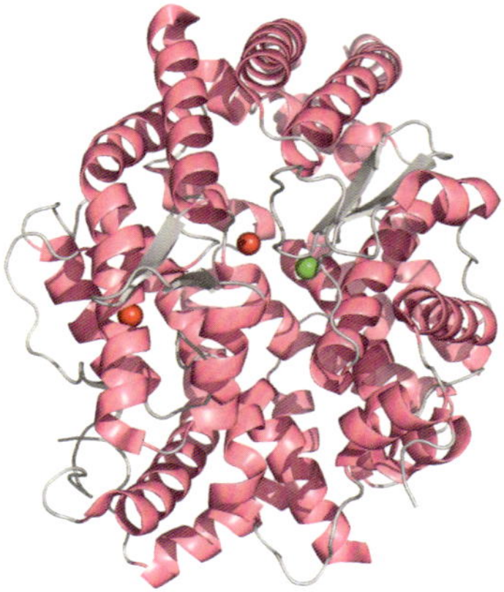

蛋白质结构示意图。灰色细线是肽链，也就是连接成串的各种氨基酸。肽链必须形成某种三维结构才可能发挥作用，常见的一种三维结构是卷曲成螺旋状，称为 α-螺旋。图中紫色部分就是肽链卷曲为这种螺旋结构之后的示意图。
图片来源：Wellcome library

人类血液里的蛋白质有很多种，怎么进行分析？他决定用血友病人的血样做分析杠杆。血友病人需要反复接受输血，所以会接触到各种人的血清蛋白。对于血友病人来说，这些都是外来蛋白，而免疫系统一旦发现有外来蛋白，就认为是一种抗原，从而产生一套对应的抗体。这种配对的抗原和抗体，外部形状能完美嵌合，嵌合之后产生的沉淀物，用染色剂去处理，会有不同的染色后果，根据这种染色变化，就可以分析抗原和抗体的生物学特性。

经过几年研究，布隆伯格发现所有人的血清里都有一种β脂蛋白，而这种脂蛋白，似乎就是他想寻找的特种蛋白质。因为他似乎看到一种倾向，就是在不同族群中，这种β脂蛋白似乎有不同的形态特点。不过，这只是一种初步的猜测，是不是确实如此，需要检验更多的样本。于是他让助手继续用这种β脂蛋白跟来自世界各地的血液样本做测试。

正常情况下，这种β脂蛋白跟别人的血清相遇产生的沉淀物，会被一种叫作苏丹黑的染料染成深蓝色。但有一天，某个样本的沉淀物却没有出现这种蓝色。助手尝试不同染料，发现这种沉淀物能被偶氮胭脂红染成红色，这说明那份样本具有某种与众不同的蛋白质，或者说，一种与众不同的抗原。

布隆伯格查看了样本来源。这份血清的主人是远在澳大利亚的一个毛利土著，于是他把这种抗原叫作澳大利亚抗原，简称澳抗。

那么，这是不是毛利人特有的蛋白？仅凭一个案例不能下结论。布隆伯格以这种反应作为新的出发点，顺藤摸瓜，继续调查，发现有不少白血病人的血液里也会出现这种属性的沉淀物，换句话说，这些白血病人的血液里也有澳抗。

看来澳抗不是那位毛利人特有，而是跟白血病的发病有关。如果能证明这一点，今后一个婴儿刚生下来，我们就可以检查他的血液里是不是有这样的抗原。如果有，就

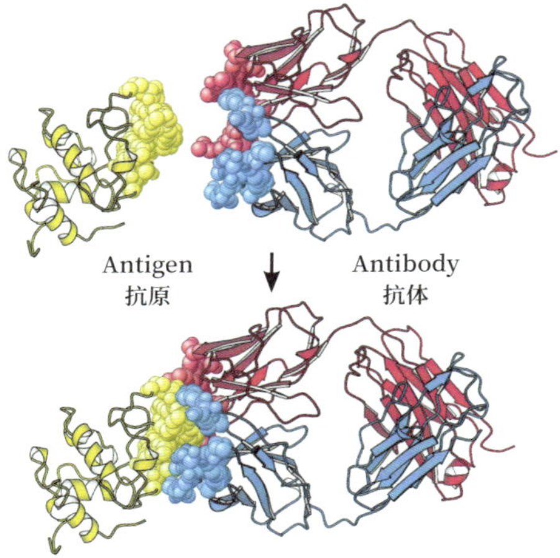

抗原和抗体如何靠蛋白质外部独特的三维结构而紧密嵌合。
图片来源：《生物化学》第七版（W. H. Freeman and Company 出版）

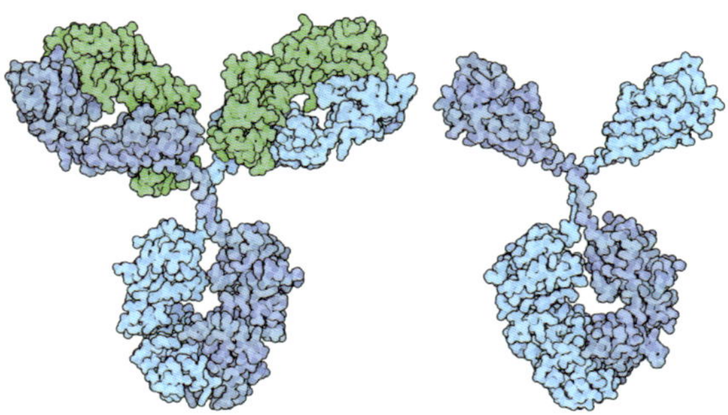

两个不同抗体的示意图。上半部分的分叉顶端是跟抗原结合的位点，每一种抗体的结合位点都有独特的三维结构，只能跟特定抗原结合。
图片来源：wikipedia，David Goodsell 绘制

意味着他将来很可能会患白血病。这对诊断有价值，甚至可能对治疗和预防也有价值。

当时有人做了个统计调查，发现唐氏综合征的患儿，后来患白血病的概率很高。布隆伯格觉得这是个很好的研究样本，就追踪观察一批唐氏综合征患儿的血清，试图证明澳抗跟白血病存在必然关联。那个年代，唐氏综合征患儿会集中在精神病院或者疗养院接受护理，布隆伯格就在一个大型精神病院检测了一批唐氏综合征患儿，发现澳抗阳性率高达30%。

这符合他的假说：唐氏综合征患儿携带澳抗的比例很高，所以容易出现白血病。

好像可以出论文了？布隆伯格没有立即下结论。他给自己提出的下一个问题是：所有唐氏综合征患儿的澳抗阳性率都这么高吗？

他继续在不同场合给唐氏综合征患儿做检测，结果却很不一样。在大型精神病院里的患儿，澳抗阳性率固然很高，但如果是在小型家庭式疗养院里寄养的患儿，阳性率会下降到10%，如果患儿住在自己家里，阳性率则只有区区1%。

这些数据让他开始质疑自己的假说。如果澳抗是先天携带的特殊蛋白质（抗原），那么后天的生活环境几乎不可能改变它的出现概率。另一方面，医学界的人都知道，大型医院里因为各种病人聚集，常常发生致病微生物交叉感染，这些大型精神病院里的患儿大量出现澳抗阳性，难道是因为一种能传染的疾病?

为持续追踪澳抗的属性变化，布隆伯格定期给作为研究对象的唐氏综合征患儿复查。后来一轮复查中，一名十二岁患儿的澳抗是阳性，但记录表明，早先他的澳抗是阴性。

这就完全推翻了先天体质的理论。如果是先天决定的特异蛋白质结构，应该是生下来就有，不会等到十二岁才出现。这名男孩十二岁才出现澳抗，最可能的原因是：最近他患上了某种传染性疾病。

布隆伯格给男孩做疾病筛查，发现他的胆红素、谷丙转氨酶和凝血时间等肝功能异常，说明他患有肝炎。

恰好这个时候，实验室一个助手维尔纳（Barbara Werner）提供了有力证据。维尔纳从项目一开始就自愿充当实验对象，但她那时检测澳抗呈阴性，所以是作为对照组提供血样。最近因为出现黄疸去看病，检查发现肝功能异常，黄疸是肝炎引起的。回到实验室复查，布隆伯格发现维尔纳的澳抗转成了阳性。

这么看，这种特殊血清抗原，不是白血病的表现，而是肝炎的表现。

这打破了布隆伯格追求十几年的假说，但他立刻意识到，如果能找到肝炎的病因，意义更为深远。全球有上亿人患肝炎，而其中许多人最终会转变成肝癌。这样的疾病，对人类的危害比白血病更大，能在这方面取得突破，对医学发展的意义也就更大。

1965年，布隆伯格把研究结果发表之后，全世界的科学家都明白这个发现的潜在意义，于是纷纷设计实验，试图证实澳大利亚抗原跟肝炎的关系，很快就积累了许多间接证据。最后，1970年，英国生物学家戴恩（David Dane）用电子显微镜观察澳抗阳性血清，看到了特征性的病毒颗粒。

接下来，戴恩直接在肝炎病人的肝细胞里看到了同样的病毒颗粒，这就是乙肝病毒。

而布隆伯格发现的澳大利亚抗原，后来我们都知道了，那是乙型肝炎病毒的外壳蛋白。

那以后，澳抗的名字就变成了乙肝病毒表面抗原。

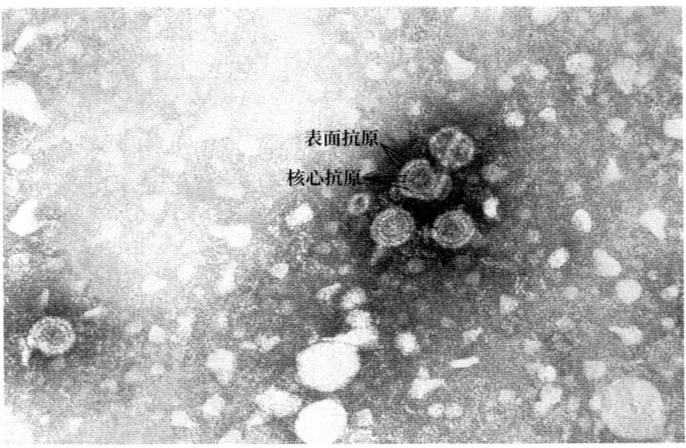

电子显微镜下的乙肝病毒，可见其表面抗原和核心抗原。图片来源：wikipedia

1972年，日本学者大河内和夫（Kazuo Okochi）与同事做了一番研究，确定血液是乙肝病毒的主要传播媒介。以往人们不知道这一点，对献血人就没做必要的病原体筛查，于是乙肝患者也可以献血。这样的血液，自然会把乙肝病毒传播给接受输血的病人。那个年代，对于白血病和血友病还没有什么特别好的药可用，主要的治疗方法就是反复输血，给病人补充凝血因子或是白细胞，所以他们特别容易被感染，于是出现乙肝病毒表面抗原阳性。

明白这一点之后，美国雅培公司探索出一种测试方法，用来检测献血的人是不是感染了肝炎。这可以避免带病毒的血液进入血库，于是大大减少了输血导致的肝炎。

发现乙肝病毒让人们兴奋，理由很充分：通常来说，知道了病因，就可能找到治疗方法。

但人们很快发现，病毒比细菌要难对付得多。1930年代我们就有了杀菌的磺胺药，1945年青霉素进入市场，那以后细菌感染的治疗不再是什么难题。可是对于病毒，别说是1960年代，如今二十一世纪了，能在体内有效杀死病毒的药物依然寥寥无几。

既然没有治疗药物，能不能用疫苗预防？天花也是病毒感染，也没有药物可以治疗，但在1960年代，凭借牛痘疫苗，人类已经几乎从地球上消灭了天花。如果能开发出乙肝疫苗，我们也有可能控制住乙型肝炎。

詹纳找到的牛痘疫苗，让我们能消灭天花，但那是利用天然病毒的近似抗原，是没法重复的特例。我们后来能人工制造疫苗，是因为十九世纪末叶法国科学家巴斯德的一个重大发明，基本原理就是用各种方法（加热、脱水、氧化、迭代培养等等）处理致病微生物，让它们的毒性减弱（减毒处理）。用这种毒性减弱的微生物给人接种，不会让人真的生病，却能在体内激发一套免疫反应，于是人体就获得了针对这种微生物的免疫力。

巴斯德探索出疫苗研发的通用模式，那之后，技术细节有一些改进，比如可以把微生物杀死（而不是减毒）做疫苗，或者只用微生物的一些残片，比如膜上一个结构特殊的蛋白质，也能激发免疫反应。这是因为，人体免疫系统寻找致病微生物的时候，并不需要看到微生物的整体，只需看到这些微生物的一个特征标志就行。这就像在战场作战的时候，士兵不需要知道对面壕沟里的人具体是谁，他只要看到对方穿着敌军军服就可以展开攻击。

默克公司名下的默克学院，有一位病毒学家叫作希勒曼（Maurice Ralpn Hilleman，1919—2005）。希勒曼看到乙肝病毒表面抗原的报道，结合以往的疫苗研发经验，产生一个想法：乙肝病毒表面抗原，虽然只是病毒的一个残片，但它是乙肝病毒的一种特殊标志，那就有可能用来做疫苗。

1971年，希勒曼和同事们开始做这种尝试。他们的目标是要找到一种方法，可以把乙肝病毒表面抗原从病毒身

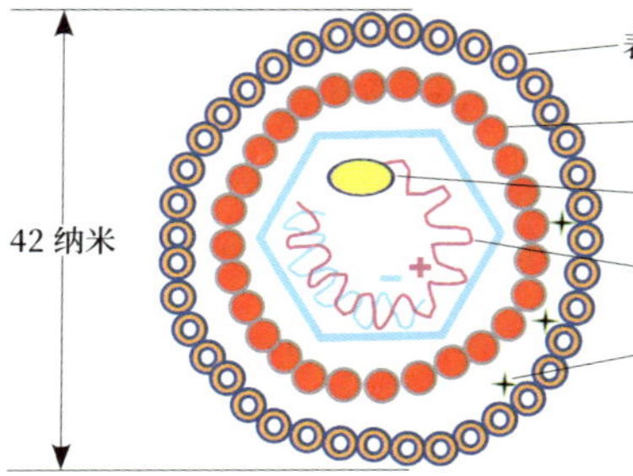

乙肝病毒与表面抗原示意图。图片来源：wikipedia

上剥离，然后在混合液里去掉病毒的基因载体DNA以及其他附件，只保留外壳上面的那个表面抗原。乙肝病毒能致病，是因为其内部的DNA，它的外壳是没有致病能力的，所以只要能提取纯净的乙肝病毒表面抗原，它具有的特征蛋白结构依然可以激发免疫反应，同时又不会让人生病。

他们研究近十年，最后找到的方法是用蛋白酶、尿素和甲醛来处理乙肝病毒，这样就能把病毒的外壳蛋白给剥离。然后再用高精度的过滤筛选方法，从混合液里去除壳蛋白之外的其他成分，成功开发出第一代乙肝疫苗，1981年进入市场。

这种疫苗效果很好，但其中的乙肝病毒表面抗原只有一个来源：肝炎病人的血清，这就让人感觉不放心。实际上，希勒曼的乙肝疫苗确实曾经被指控传播了艾滋病。这是因为，当时希勒曼是从同性恋者和静脉用药的吸毒人群里寻找肝炎病人，这两类人都特别容易罹患各种病毒性传染病，包括肝炎和艾滋病。希勒曼研发乙肝疫苗的时候，医学界还不知道艾滋病这种东西。1981年，正好是第一代乙肝疫苗获得上市许可的时候，艾滋病被鉴定出来，于是很多人指责希勒曼制作的疫苗导致了艾滋病传播。管理部门响应舆论，对这种疫苗做了检验，证明希勒曼是无辜的。他们的过滤法可以去除一切病毒，包括艾滋病毒，所以希勒曼制作的疫苗不会导致肝炎，也不会导致艾滋病。

但是，担心的人还是继续担心，觉得从病人血清里获得疫苗素材太危险。生产厂家也有自己的忧虑，随着乙肝疫苗的推广，患乙肝的病人或许会越来越少，那么就会越来越难找到带乙肝病毒的血清做原料。

理论上说，在实验室里培养微生物，是另一种方法，比如流感病毒可以用鸡胚培养。但是每种病毒要求的培养基不一样，那个时候，医学界还没找到培养乙肝病毒的可靠方法。

当然，希勒曼的疫苗，需要的不是完整病毒，而只是它的外壳残片，就是叫作乙肝病毒表面抗原的那个东西。如果我们不能培养完整的病毒，能不能想办法只培养这个外壳残片？

这种想法本来近乎天方夜谭。用一个比喻来说，就像有人跟你说他养鸡养不活，所以吃不到鸡腿，然后你建议说："那能不能别养鸡，只养鸡腿？"但是1980年代出现的基因工程技术，让我们真的可以做这样的事：生产出纯净的乙肝病毒表面抗原，也就是乙肝病毒的外壳蛋白——仅仅是外壳，不含病毒本身。

怎么做到的？

原理稍微有点复杂，但还可以说清楚。所有生物体内的蛋白质都是在基因指导下合成的，包括乙肝病毒表面抗原这样的蛋白质。我们要做的就是，第一，找到控制生产乙肝病毒表面抗原的那段基因；第二，找一个代理生物，让它按照这个基因的指导来生产蛋白质，这么产生的蛋白质就是乙肝病毒表面抗原。这是纯粹的病毒外壳蛋白，没有病毒核心的DNA，不会导致肝炎。另外，因为现在我们是用代理生物来生产这种蛋白，不需要从病人血清里采集原料，也就不用担心会有其他细菌或者病毒的污染。如果能这样生产乙肝疫苗，安全性就可以大大提高。

最早做这个尝试的，是加州大学旧金山分校的鲁特（William Rutter）教授和他的小组。1977年，他从默克学院讨来一份乙肝病毒DNA样本。他的同事、智利生物化学家瓦伦瑞拉（Pablo Valenzuela）对样本做全面分析，鉴定出合成乙肝病毒表面抗原的那段基因。这段基因一共有八百九十二对碱基。

接下来他们打算找寄宿生物，就是替这段基因做代理打印工厂的细菌。这项技术比基因组分析又增加了一级复杂度。基因组分析属于解读，而现在他们需要做的是编辑，对寄宿生物的基因做编辑。这需要做两件事，第一，以乙肝病毒DNA做素材，从它身上把合成乙肝病毒表面抗原的那段基因给“剪”下来；第二，把这段基因植入到寄宿生物的细胞内部。

基因是一串核酸形成的链条，属于分子级别的微小物质，我们不可能用缝纫剪刀去剪切它。好在大自然为我们提供了工具，这种工具叫作限制内切酶，简明起见，这里我们就叫它内切酶。

内切酶之所以出现，跟病毒有关。我们知道病毒会侵袭人类，给人带来疾病。大多数病毒入侵人体之后，操心的是怎么利用人体细胞的核糖体（“蛋白质打印机”）给自己繁衍后代。但有一些病毒做法不一样，它们不是直接复制自己的遗传信息，而是嵌入宿主细胞的基因组里，用这种方法跟宿主一起生活下去，代代相传，也就达到了保存自身基因的目的。

这样加塞进来的东西，不一定都是有害的。实际上，人类基因大约有5%是这种加塞的病毒基因，因为它们塞进来之后产生的功能可以为人类所用，就给保存了下来。

但不是每一种加塞的基因都这么友好。人类耗费几百万年进化到现在，达成一个稳态。通常来说，破坏这样的稳态是个危险的举动，所以免疫系统不敢轻忽，原则上，免疫系统看到新加塞的基因片段，会赶紧给清除掉，免得它带来灾难性后果。

负责这种清除工作的就是内切酶。

免疫系统不停巡视所有细胞的基因，逐个检查基因上的代码，一旦发现有错误代码，就让内切酶发挥它的特长：剪切。内切酶能准确识别这段基因的起点和终点，在这两个点上把固定碱基的化学键切断，把这段基因剪下来，再换一种酶把这个片段切成碎片，其中的碱基还可以回收利用。

这样的功能非常有用，于是后来各界生物沿着这条道路演化，产生了很多种内切酶。每一种都负责检查不同的基因片段，有些负责切除外来的病毒基因，有些负责清理出现缺损的自身基因。想要剪切某一段基因，就找一种对应的内切酶，只要这种内切酶能识别这段基因的起点和终点标志，就可以做正确的剪切。

瓦伦瑞拉已经鉴别出乙肝病毒表面抗原的控制基因，也就知道这段基因的起点和终点标志，现在他需要做的，就是用跟这两个标志匹配的内切酶，让它掐着标志把这段基因给切下来。只是切下来，不要剪碎，因为这就是他需要的东西：打印乙肝病毒表面抗原的蓝图。

接下来他需要找一个代理微生物来实施打印。理论上，所有能分裂繁殖后代的微生物细胞，都有打印蛋白质的机器：核糖体，那么所有这样的微生物都可以给我们做代理。但我们想做的是把这些微生物送入人体，让它们在人体里打印出乙肝病毒表面抗原，这就多了一层考虑：这种代理生物必须对人体无害。

考虑到这一点，大肠杆菌是个比较理想的候选对象，因为人体的大肠里满是这种细菌，人类早已跟它们形成了友好共生的关系。

可是，怎么才能让大肠杆菌替我们打印乙肝病毒表面抗原？

这需要一种叫质粒（plasmid）的小东西来帮忙。

人体基因就是一长串碱基，具体用到的碱基有五种：腺嘌呤、鸟嘌呤、胞嘧啶、胸腺嘧啶和尿嘧啶。这些碱基按不同顺序排列，就形成了不同的基因密码。通常来说，碱基串拧成双股螺旋体，这就是有名的DNA，但有一些零散的碱基串没有组成DNA，而是形成一个环，这是一种比DNA还要小的细胞结构，这样的东西就叫作质粒。质粒有点像浪人，有武功（能指导打印蛋白质），但没有找到可以效忠的主人，只好浪迹江湖。浪人的江湖在人间，质粒的江湖是在细胞间。它们可以在细胞内部待着，也可以穿过细胞壁，在不同的细胞之间游弋。

这样的基因浪人，正是瓦伦瑞拉用得着的帮手。他需要做的是，把乙肝病毒表面抗原基因拼接到一个质粒上，然后利用它的游弋能力，让它钻入大肠杆菌细胞内部。大肠杆菌的核糖体看到这段基因，就会按照上面的代码打印蛋白质——而这种蛋白质就是乙肝病毒表面抗原。

质粒是一个闭合的环，要把外来基因拼接上去，首先需要把它剪开一个缺口。说到“剪开”，自然就需要利用内切酶，瓦伦瑞拉用的是跟乙肝病毒表面抗原基因匹配的内切酶。在适当的化学方法引导下，内切酶会去检视质粒环上的碱基序列，只要遇到一段起点和终点符合标准的基因片段，就把这个片段切除，质粒环就出现了一个缺口。因为这种内切酶本来就是类型匹配的酶，切出缺口之后，残端的碱基必定跟乙肝病毒表面抗原基因两端的碱基匹配，那么只要把这样的基因片段递上去，自然会跟那个缺口完美嵌合，现在这个质粒就带有了一段负责打印乙肝病毒表面抗原的基因。让这个质粒钻进大肠杆菌内部，它们就会开始打印乙肝病毒表面抗原。

到目前为止，一切顺利，把这样的大肠杆菌送进人体，也确实能激发针对乙肝病毒的抗体，可惜抗体浓度不够高，达不到免疫的水平。

又摸索了几年，鲁特和瓦伦瑞拉尝试各种不同的细菌，甚至一度考虑用肝癌细胞残片做抗原，但结果都不理想。

1981年，他们决定试试酵母菌。

酵母菌跟普通细菌性状大不相同，需要另找专家。他们找到美国华盛顿大学的霍尔（Benjamin Hall），用同样的技术把那段基因植入酵母菌体内，成功地让酵母菌生产出乙肝病毒表面抗原，而且产量比大肠杆菌高，但还是没达到满意水平。

穆瑞（Kenneth Murray）是英国分子生物学家，在爱丁堡大学工作。这所大学跟爱丁堡的皇家医院有密切的业务合作。1969年，皇家医院发生过一场乙肝大流行，一批人因为急性肝炎死亡，包括四名医务人员。这个事件让穆瑞心里很难受，那以后他对所有跟乙肝有关的研究都特别关注，自己后来也投身到这个领域。乙肝病毒的第二个重要抗原（核心抗原）就是他的小组鉴定出来的。他从期刊上了解到鲁特和瓦伦瑞拉的研究，觉得这个方向很有希望，就捡起这个线头，选用不同株的酵母菌反复培养、筛选，到1983年，终于培养出一种产量极高的酵母菌株型，能在兔子体内激发出有效抗体。接着他们用黑猩猩做试验，也看到满意的免疫反应，而安全检验也完全达标。

下一步就要进入（人体）III期临床试验，但临床试验需要的疫苗用量大得多，实验室的生产能力不足以支撑。穆瑞找到英国药物研发公司惠康（Wellcome Biotechnology Ltd.），请求合作。此时欧洲的肝炎发病率已经大大下降，不再是社会重大威胁，所以惠康的负责人毕尔（John Bealle）最初有点迟疑。穆瑞坚持不懈地游说，终于说动毕尔，双方于1984年正式启动合作项目。项目一经启动，毕尔就积极推进，1985年展开全面临床测试，效果很理想，眼看就可以通过最后一关，获得证书。不料这时惠康高层决定改组公司构架，结果把这个疫苗工程也给撤销了。

穆瑞只好重新寻找合作伙伴，最后说服比利时的史克实验室（美国史克的子公司）接手，终归在1986年通过所有检验，开发出第二代乙肝疫苗。目前各国使用的都是这样的疫苗。

后来法国的巴斯德研究院用人工培养的哺乳类动物细胞做代理，给这种细胞植入乙肝病毒表面抗原基因片段，也生产出有效的疫苗，但他们这种疫苗只在法国境内使用。

在掌握基因工程技术之前，要开发针对某种微生物的疫苗，必须用各种物理或者化学方法处理这种微生物，试试看哪种方法能让微生物减毒，或者通过一代又一代的培养，等待微生物变异，从变异的后代里面寻找低毒株。这样的做法，碰运气的成分很大。用一个比方，就好像是把乐高玩具放在一个黑箱里，再端起来用力摇晃，让乐高在碰撞中拼出不同的组合，然后从里面选出我们需要的形状。

基因工程技术让我们能直接检视所有基因，分析这些基因的功能，然后有针对性地处理它们。这就像是把乐高从黑箱里拿出来，按照需要精确拼装。

每一种致病微生物的基因都有很多片段，能控制不同蛋白质的生产。其中有些蛋白质是让我们生病的关键成分，有些则只是装饰成分或者冗余成分，没有致病能力。比如霍乱弧菌，它有三个特征性的蛋白质，分别叫作A1、A2和B。其中A1和A2有致病毒性，B是无毒的附属成分。借助基因工程技术，我们可以敲掉控制生产A类蛋白质的那些基因，只保留控制生产B类蛋白质的基因。用这么处理过的霍乱弧菌做疫苗，能激发人体需要的免疫反应，却不会导致疾病，这就很安全。一种叫作CVD 103-HgR的霍乱疫苗就是这么制作的。

剔除致病基因片段可以叫作除恶。基因工程技术不仅可以除恶，也可以扬善，就是挑选优质基因片段。“优质”的标准是，这段基因指导生产的蛋白质，没有致病力，却能激发最有效的免疫反应。人类乳头瘤病毒疫苗（HPV疫苗）是这种技术的实例之一。

人类乳头瘤病毒是最常见的性传播疾病，与很多皮肤黏膜疾病有关，比如宫颈癌、阴道癌、生殖器疣等等。人类乳头瘤病毒的亚型非常多，其中能经性行为传播的就有近四十种。目前最常用的两种疫苗，针对的是6、11、16、18这四种危害最大的亚型，所以叫作四价疫苗。后来的疫苗针对的亚型增加，“价”前面的数字也就相应增加。

人类乳头瘤病毒的外壳由两种蛋白质构成，其中一种叫作L1的蛋白质占了83%。L1蛋白质被生产出来之后会自动扎堆，然后折叠成病毒外壳的形状，看起来就跟一个真的病毒差不多。这样的习性对于疫苗开发非常有利，因为它看起来很像完整的病毒，会激发强烈的免疫反应。但它实际上是个空壳，没有致病能力，用这样的蛋白空壳做疫苗，效果好，又很安全。

因为这样的优势，免疫学家特意给这种高仿真的蛋白外壳起了个名字，叫作类病毒颗粒（Virus-like particle，简称VLP）。人类乳头瘤病毒的L1蛋白质，就是一种能形成类病毒颗粒的蛋白质。有这样的特性，我们自然应该充分应用。生物学家把负责生产L1蛋白的基因植入酵母菌或者昆虫细胞里，让它们代理生产出L1蛋白质。这些蛋白质一旦被生产出来，就自发形成一个个病毒外壳蛋白。有了这样的蛋白质空壳，再加上一些辅剂，就能激发有强烈杀病毒能力的抗体。目前临床应用的人类乳头瘤病毒疫苗就是这么生产出来的。

基因工程技术也让我们可以着手解决细胞内感染的微生物。

所谓“细胞内感染”，顾名思义，就是说微生物钻进了人体细胞内部。

不同的致病微生物有不同的生活习性。有些不会进入细胞，只是在血液里或者淋巴液里生活，比如霍乱弧菌、炭疽杆菌、绿脓杆菌、金黄色葡萄球菌等，叫作细胞外感染；有些需要进入人体细胞才能生存，比如伤寒杆菌、沙门氏菌、结核杆菌、衣原体，以及所有的病毒，叫作细胞内感染。

细菌的这两种不同的感染方式，给人体的免疫系统带来了挑战。

免疫系统要消灭入侵的微生物，有两种作战方式。一种是分泌抗体，抗体在血液里和淋巴液里追杀致病微生物，叫作体液免疫。抗体的好处是针对性强，一把钥匙一把锁，一种抗体管一种致病原，这就不容易误伤主人的组织。但抗体只能杀灭细胞外面的微生物，已经钻进细胞里的，抗体管不到。

对于已经钻入细胞内的微生物，需要靠另外一种免疫反应来处理，叫作细胞免疫。负责这项工作的是杀伤性T淋巴细胞，这种淋巴细胞会直接把被感染的细胞清理掉。

可是杀死主人自己的细胞，毕竟是一种破坏性的解决方案，不能无限制杀下去。另外，细胞免疫会带来一大串炎症反应，比如发烧、局部红肿、流涕、腹泻等，对于人体是一种冲击。所以细胞免疫有个时间限制，如果不能在三个星期里杀死入侵致病原，就停止攻击模式，转入日常维护模式。

三个星期不一定能杀死所有致病原，逃过打击的致病原，能在人的细胞里长期定居繁殖，这就是慢性感染。慢性感染绝大多数都是细胞内感染，就是这个原理。

传统疫苗的开发基于经验，就是反复尝试，哪种成功就用哪种。到目前为止，绝大多数传统技术开发出来的疫苗都有个局限，那就是不能进入细胞，只能在细胞外面刺激免疫反应。结果就是，几乎所有传统疫苗只能激发免疫反应里的一种：体液免疫。

有少数几种减毒活疫苗，能在一定程度上诱导细胞免疫，比如传统技术开发的伤寒疫苗。令这些致病原减毒靠的是迭代培养，它们会在这个过程中发生基因突变，失去毒性。伤寒杆菌导致的是细胞内感染，所以这种疫苗就有可能激发细胞免疫。但减毒的伤寒疫苗进入人体之后会继续繁殖，也就会继续突变。这种突变，从理论上说，有可能造成毒性恢复。这个问题让人不大放心，所以这样的疫苗只有在必要的时候，比如专业服务人员需要进入疫区的时候，才做相应的接种。

因为这些局限，传统疫苗对细胞内感染一直有点力不从心。

基因工程技术的出现，让我们有了新的思路。

体液免疫的激发条件是看到体液里有漂流的微生物，细胞免疫的激发条件是看到细胞内部出现微生物。传统疫苗大多只出现在体液里，所以只能激发体液免疫。如果我们能让疫苗出现在细胞里，就能在需要的时候激发细胞免疫。

怎么才能让疫苗钻进细胞里?

科学家们在寻找不同的方法。一种很有创意的想法是找雇佣军，就是用细菌或者病毒作为传输工具。我们用衣原体做一个假想的例子，先从衣原体身上找到理想的基因片段。“理想”的意思是，它能让人体免疫系统一眼识别出这是衣原体的抗原，但对人体没有致病能力。然后选用一种适合的载体，比如腺病毒，把衣原体的特征基因植入腺病毒的基因序列里。做载体的微生物都经过基因处理，这种“驯化”的微生物不会对人有任何危害。而载体肚子里植入的衣原体基因，也是依照严格标准选出来的片段。这样的基因片段当前无毒害，将来也不会有毒性恢复的风险。

瓦伦瑞拉把乙肝病毒表面抗原基因植入酵母菌，是为了利用酵母菌细胞里的核糖体来打印出乙肝病毒表面抗原。我们现在把衣原体的特征基因植入腺病毒，这跟瓦伦瑞拉的做法相似，区别在于下一步要利用的代理细胞。瓦伦瑞拉是借助酵母菌做代理细胞，让酵母菌肚子里的核糖体替我们打印乙肝病毒表面抗原。而核糖体是所有生物都具备的东西，人体细胞自己就有核糖体，用腺病毒做载体，目的是要利用人体细胞自己的核糖体。

被选作载体的微生物，比如腺病毒，都有穿透人体细胞膜的本事，这就能让它们把目标基因带入细胞内部。生物学家给这些基因搭配了必要的辅助信息，比如激发蛋白质合成的启动子等等，所以这套组件一旦进入细胞，人体自己的核糖体就会立即行动起来，按照腺病毒带进来的衣原体基因，打印出目标蛋白质，也就是衣原体表面特有的抗原。抗原打印出来之后，这颗细胞会做一个叫作“抗原呈现”的动作，把抗原顶在细胞膜表面，这就激发了细胞免疫反应，也就是调动杀伤性T淋巴细胞，有针对性地扑杀带有这种抗原标记的细胞。

这里的关键词是“带有这种抗原标记的细胞”。在这个虚拟的例子里，我们要制作的是衣原体疫苗，那么选取的基因片段，指导合成的会是衣原体外壳上的某种特殊蛋白，这就是有效的抗原标记。这样的抗原出现在人体细胞上，它激发的细胞免疫、要扑杀的对象，就是所有带有这种抗原的细胞。这正是我们需要的结果：如果将来人体被真正的衣原体感染，被感染的细胞会呈现这样的抗原，通知淋巴细胞去清理它们，这就可以把入侵的衣原体消灭掉。

目前在研究的载体微生物有很多，比如用来制作卡介苗的一种结核菌株，经过基因工程处理，使其无害化，就可以用来做载体。这样的载体很安全，临床测试已经超过三十亿人次，没有遇到值得一提的副反应，所以实验已经进入下一阶段，就是让它携带抗原，激发需要的免疫反应。已经在进行的一个研究项目是艾滋病毒疫苗，借助用基因工程处理的卡介苗菌株，把艾滋病毒疫苗送进实验动物细胞内部。这种艾滋病毒疫苗也是基因工程的产物，只保留无害残片，没有致病成分。用这样的方法给实验动物接种之后，确实能激发体液和细胞免疫，这是个很不错的进展。其他一些用卡介苗菌株做载体的疫苗也在研究中，针对的疾病包括疟疾、结核、利什曼原虫病、百日咳等。

载体技术是疫苗研发的一个重大突破，但后来进一步研究发现，甚至有可能连载体都省略。某些种类的基因片段，直接注射进肌肉里之后，会自己钻进人体细胞，于是被核糖体解读和打印。这种类型的疫苗叫作基因疫苗。

1995年之后，生物学家能够破译致病微生物的基因组，就是把这种微生物的所有基因全部解码开列出来。这样的“透明度”，让基因工程更能施展手脚。

按传统模式研发疫苗，必须先了解微生物的致病规律，再根据这些规律来推测它们有哪些特征结构可以做候选疫苗。也就是说，先知道疾病的表现，再寻找跟疾病相关的抗原。比如我们根据流感出现症状的区域（上呼吸道），分析这些地方的细胞膜受体跟其他组织的受体有什么异同，然后顺藤摸瓜，发现血管凝集素是流感病毒的关键抗原。这样的知识就成为流感疫苗研发的奠基概念。

现在我们能破译致病微生物的整个基因组，就像拿到一台新机器的结构图，这里面大有文章可做。我们对许多疾病的致病抗原已经有很充分的了解，那么就可以梳理它们的特性，找出规律。这些规律有如一组通缉照片，我们拿到一种致病微生物的基因组全图，就可以借助电脑技术做比照，根据已经掌握的通缉照片，分析这种致病微生物的基因组，挑选出有可能跟疾病相关的基因片段。然后用基因剪切技术，把这些基因片段植入宿主生物（比如酵母菌或者大肠杆菌），让它们做代理工厂，生产出特征蛋白质。把这些蛋白质分别注射给实验动物，比如小白鼠，会刺激它们的免疫系统，产生对应的抗体。这种抗体是不是有用？这不难检验。只要用这些抗体去攻击正在研究的那种致病微生物，如果其中某种抗体能最有效地杀死这种微生物，跟它对应的抗原就是我们需要的种子，而这个种子就可以用来生产疫苗。

这样的研究方法有个很炫酷的名字，叫作逆向疫苗学。

最早应用逆向疫苗学技术开发出来的是B型脑膜炎疫

苗。B型脑膜炎球菌是最常见的脑膜炎致病原，全球50%的脑膜炎是由它导致的。以前很多研发机构试图制作B型脑膜炎球菌的疫苗，一直没成功。原因不止一端，首先，这种球菌很难在细胞外培养，这就难以用传统方法寻找减毒或者灭活的抗原；第二，它的表面蛋白质变化多端，靠传统方法探索，需要逐个去尝试，每个抗原都要经过一整套实验程序，才可能断定是不是有希望的抗原，这样的盲目尝试非常耗时，超出人力物力允许范围；第三，如果蛋白质不适合做抗原，有时候别的成分也可能做抗原，比如有些B型脑膜炎球菌的细胞壁上有一种多糖荚膜，这种多糖荚膜也具备足够特异的生物结构，如果让它跟某种蛋白质结合，也就可以用作抗原。但B型脑膜炎球菌的多糖荚膜，碰巧跟人类自身的一种多糖荚膜一模一样，用它做抗原的话，激发的免疫反应不仅会攻击球菌，也会攻击人体自己的那种多糖荚膜。这又堵死了一条路。

1990年代中期，基因测序技术飞速发展，B型脑膜炎球菌的基因组被完整识别出来，这就让逆向疫苗研发技术有了用武之地。史克公司首席科学家拉坡里（Rino Rappuoli）很快在这个方面取得进展。他用电脑技术扫描B型脑膜炎球菌的所有基因，找出六百多个有致病潜力的基因片段，再用前面描述的检验步骤，筛选出二十九个可以激发高效免疫反应的抗原。

此前三十多年里，人们用传统方法，只找到十二种B

型脑膜炎球菌的表面抗原，其中只有五种可以激发一定程度的免疫反应，但是因为各种缺陷，比如跟人类自身抗原的交叉反应，这五种抗原都没能通过检验。拉坡里应用逆向疫苗研发技术，只用了十八个月就筛选出二十九种有效抗原。因为有基因组分析技术，他们能顺利识别出跟人体抗原类似的基因，将其剔除之后，剩下的抗原就不会再跟人体组织有交叉免疫反应。经过所有这些筛选，最后找到四种高效抗原。把这四种抗原跟以前发现的其他有效抗原（包括A型脑膜炎球菌抗原）合并，制作出现在的脑膜炎疫苗。这种疫苗不仅能预防B型脑膜炎，对其他亚型的脑膜炎球菌也有预防效果。

既然有了这样的技术可以剪裁基因，科学家们就在探索别的可能，比如把几种致病原的关键基因组合在一种疫苗里，这样，注射一种疫苗就可以预防几种不同的传染病。传统疫苗开发技术也做过这样努力，比如百白破（百日咳、白喉、破伤风三联疫苗）就是这样的疫苗。但是用传统研发技术，要寻找有效而且无害的组合，只能基于经验来尝试摸索，基因工程则让科学家可以从基因结构出发，有系统地选取恰当的组合。其中一个研究是把单纯疱疹、乙肝病毒和流感病毒的目标基因片段（就是无致病能力，但是能有效激发免疫反应的基因片段）植入牛痘疫苗里。这个研究不仅尝试组合多种抗原，同时也利用牛痘病毒做载体微生物。牛痘病毒疫苗本来是预防天花的，现在地球上已经没有天花传播，所以牛痘病毒疫苗被搁置多年，但以往的经验证明牛痘病毒做疫苗非常安全。现在我们掌握了基因工程，就可以尝试用牛痘病毒做基础，再给它加载其他的疫苗基因，于是接种牛痘疫苗就可以预防不止一种疾病。这项研究如果成功，可以说是让牛痘疫苗焕发了第二春。

所有这些基因工程技术，理论指导清晰，只要能具体实现，制作出来的疫苗应该是最理想的，只是具体实施的技术要求高，能上马的机构不多。又因为这些技术很新颖，那么安全性的检测就必须更严格。因此以这些模式研发的疫苗，进入临床的还不是太多，到2019年底，这方面的研发大多还处于动物实验阶段，但2020年的新冠病毒疫情，让人们大幅度调整了战略。

新冠病毒跟SARS病毒虽然都属于冠状病毒，但两者的病理特点非常不一样。我们能从社会上彻底消灭SARS病毒，是因为它造成的感染在潜伏期没有传染性，而潜伏期一过，立刻会有很容易识别的症状，比如体温升高，于是能有效地识别出病人，及时阻断传播链。新冠病毒感染早期症状不明显，甚至很多人感染全程都毫无症状，但根据目前的临床发现，无症状的新冠病毒感染者却有传染性，这就意味着几乎不可能找到携带这种病毒的所有人，而只要地球上还有一个人携带新冠病毒，就随时可能带来新一波流行。因为新冠病毒的这种特性，我们几乎不可能从地球上彻底消灭它，所以，世界各地的科研机构都在全力以赴研发新冠病毒疫苗。为加快研发速度，连美国食品药品监督管理局也放宽了一些传统的伦理要求，允许提早进入人体试验阶段。根据世界卫生组织2020年5月5日的报告，全球有一百多种新冠疫苗项目在紧锣密鼓地进行，各种疫苗研发技术，包括最尖端的病毒载体技术和基因注射技术，都有机构在尝试，有些已经进入II期临床试验。

中国康希诺公司采用的是病毒载体技术。新冠病毒要入侵人体细胞，靠的是蛋白外壳上一种形状特别的刺突蛋白（S蛋白）。我们需要做的是找到生产刺突蛋白的基因片段，把它截取下来，用基因工程技术拼接到腺病毒的基因里，然后把这样的腺病毒注入人体。腺病毒携带这种基因片段进入人体细胞，核糖体就会根据这段基因打印出刺突蛋白——仅仅是那个刺突，没有完整蛋白外壳，更不会产生病毒内部的RNA，这样的蛋白残片对人体无害，但因为它是人体免疫系统没见过的外来蛋白质，免疫系统照样会发起攻击，制造出针对这种刺突蛋白的抗体，就可以把入侵人体的病毒消灭掉。

法国巴斯德研究院采用的是类似技术，但他们是利用现有的麻疹疫苗。麻疹疫苗是用真正的麻疹病毒减毒之后制作，因为经过减毒处理，就不再有致病能力，这样的疫苗使用多年，安全性早已得到确认。巴斯德研究院的研究者把刺突蛋白基因片段组合进麻疹疫苗里，让它们把这段基因带进人体细胞，就可以激发我们需要的抗体。这个做法若是成功，就可以利用各个厂家现有的设备，因为麻疹疫苗是很多厂家都在持续生产的。目前这个疫苗在小鼠实验里能激发抗体，接下来还有许许多多的步骤需要完成。如果实验结果理想，大约二十个月之后可以获得认证，随后需要解决的，就是量产和运输问题了。

美国麻省的摩登那药业（Moderna）正在研发基因疫苗，就是直接把控制刺突蛋白生成的基因片段注入人体。他们从2020年3月16日开始做早期临床测试。这个测试只是初步检验人体安全性，并证明注射这样的基因片段确实能激发人体免疫系统产生抗体。

但是，激发出抗体并不保证能在人体里控制住病毒，某些时候，抗体甚至会加速病毒的扩散。菲律宾暴发登革热的时候，就曾经发现这种逆反现象，术语叫作抗体依赖性增强机制（antibody-dependent enhancement）。所以看到一种候选疫苗能在实验对象体内激发抗体，并不等于这种抗体必定能控制疾病。摩登那的这个疫苗要真正获得批准，还需要做很多实验，证实其有效性和安全性，探索适合剂量，观察特殊人群（老人或是幼儿）的反应等等。摩登那预计需要十八个月才能完成研发。

即使摩登那的这种疫苗获得批准，进入量产也需要时间。基因疫苗是一种全新技术，世界上任何疫苗生产厂家都没有现成的生产设备，需要从零开始学习技术，建立生产线，如果运输有特殊要求，还需要建立专用的运输网。

许多人在问，研发新冠疫苗为什么需要这么长时间？

其实，对于疫苗研发，二十个月已经可以算是光速。一般情况下，一种新疫苗的开发周期是十到十五年。疫苗跟药物一样，需要证实有效性，也需要观察毒性。急性毒害相对容易发现，有些慢性毒害则需要很长时间才能观察到。为防止误伤人类，早期都只能用动物做实验，然后才是更为慎重的人体试验阶段。药物只用在病人身上，疫苗却要用在健康人身上，而且理论上应该是全民接种，所以涉及面要比药物大得多，安全性的检验也就必须更加严格。

新冠病毒疫苗研发困难，还有一个原因，就是这个课题太新。

SARS之前，传统的冠状病毒只会导致感冒这样的轻微疾病，所以没人试图研发针对冠状病毒的疫苗。2003年SARS暴发，曾经有机构紧急研发SARS疫苗，但几个月之后疫情平息，野外已经不再有SARS病毒，对疫苗的需求不复存在。中东呼吸综合征也是冠状病毒导致，但根据世界卫生组织报告，这种病毒人传人的可能性“极低”，相对而言风险也不是太大，于是研究人员把视线转向了更紧迫的项目。

这次新冠暴发，我们仅有的知识积累就是SARS和中东呼吸综合征病毒的研究所得。跟其他病毒（比如流感病毒）相比，这样的知识积累谈不上丰富，但也不是一无所知。就疫苗开发来说，我们知道新冠疫苗身上有一种东西很能制造麻烦，就是聚糖。本来病毒结构特别简单，基本上就是一层蛋白壳包着肚子里的遗传物质（DNA或者RNA）。但病毒入侵宿主之后，在宿主免疫系统试图消灭病毒的同时，病毒的变异过程会让它们产生出一些逃避免疫系统攻击的本事。一些病毒感染宿主之后，除了能劫持宿主细胞的核糖体来制造蛋白外壳，还能劫持宿主细胞的某些酶类，给自己的蛋白外壳增添一个附加成分：聚糖。

为什么这样的聚糖能制造麻烦?

因为免疫系统发动攻击的时候，必须确保攻击对象是病毒，而不是自己主人的细胞。能有这样的准确性，是因为免疫系统产生的抗体都有特别的三维结构，可以跟病毒蛋白外壳上的某种三维结构准确嵌合，就像一把钥匙配一把锁。这样的三维结构识别是精准攻击的关键。如果病毒蛋白外壳有太多的聚糖，就会干扰抗体的识别过程。用一个比方，病毒外壳的特征蛋白就像一丛灌木，那些聚糖就像乱草。灌木周围乱草越多，我们就越难发现掩埋在里面的那丛灌木。

更可恶的是，这些聚糖的外形并不是固定不变的。病毒蛋白外壳上有几十个可以让聚糖停留的位点，但聚糖只有跟外壳蛋白连接的时候才会固定下来，否则它们的结合位点随时可以变动，也就是说，这堆杂草的外形会随时改变。

目前研发的新冠疫苗，攻击对象都是新冠病毒蛋白外壳上的刺突蛋白。这样的疫苗如果成功研发出来，注射给人之后，会激发出一套抗体，这些抗体有特殊的三维结构，能跟新冠病毒刺突蛋白的三维结构精准嵌合，这就让刺突蛋白不能去欺骗人体细胞膜上的血管紧张素转化酶2（ACE2）受体，于是失去感染能力。但所有冠状病毒的蛋白外壳都有大量聚糖结合位点，比其他病毒多得多，新冠病毒外壳上丰富的聚糖，很可能让抗体难以正确识别那些刺突蛋白。

能感染人类的冠状病毒有七种，包括SARS病毒和中东呼吸综合征病毒，但迄今我们没能开发出针对冠状病毒的疫苗，聚糖干扰是一个很重要的原因。

从现有经验看，新冠病毒疫苗的研发会遭遇很多难题，并不是说投入人力物力就必定成功，有可能耗费无数资源，最终还是没法开发出有效的新冠疫苗。另外，新冠病毒是RNA病毒，这种病毒变异很快，那么从理论上说，就算疫苗研发成功，也可能几个月之后新冠病毒就变异出新的株型，于是现有的疫苗不再有效。

万一无法开发出疫苗，或是疫苗的更新赶不上病毒的变异，我们的最后一道防线就是群体免疫。

群体免疫是一种自然存在的现象，它是指一个群体里如果有足够多的人对一种疾病有免疫力，病菌或是病毒就难以传播。因为，即使群体里有一个人感染，倘若周围其他人大都有免疫力，这种致病微生物就没法传播出去，也就是不能形成传播链。

因为这个原理，一个群体里，只要有免疫力的人数达到某个阈值，就可以阻止一种致病微生物的广泛流行。这个阈值是多少，取决于病毒的传染力。比如1918年的大流

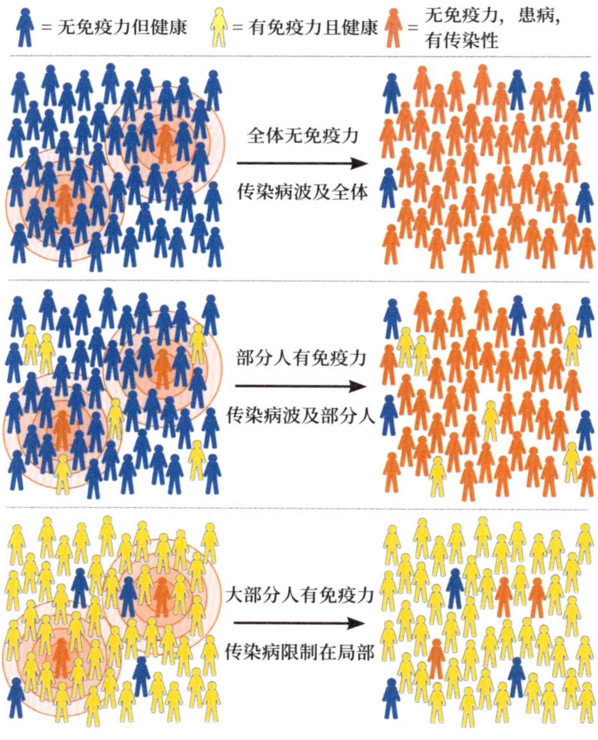

群体免疫模型图。图片来源：wikipedia

感，在全球造成超过五千万人死亡，当时没有药物也没有疫苗，但两年之后大流行也就自行平息。之所以会平息，原因之一可能是有足够多的人感染了病毒并随即康复，于是具备免疫力，这些人就为整个社会提供了群体免疫。

在一个社区里，需要多少人具备免疫力，才能形成有效的群体免疫？根据传染能力（R0）推测，对于1918年那次大流感，大约只需要三分之一的人具备免疫力，就可以截断病毒的大面积传播。新冠病毒传播能力比流感强，需要的阈值更高，但只要人口里有足够多的人具备抵抗力，还是可以形成群体免疫，那么在这一代人口生存期间，即使有新冠病毒重新输入，也只会在小范围内传播，这样的局面就跟现在的流感类似，不会对社会造成巨大冲击。

即便依靠“群体免疫”，也不是说人类毫不作为，听任病毒肆虐。群体免疫是一种社会状态，要达到这种状态，靠接种疫苗是最理想的；在缺乏疫苗的情况下，另一种做法是靠自然接触。倘若必须走自然接触的道路，正确的做法是优先保护高危群体，比如让老人、婴幼儿或是有其他健康问题的人全天居家，避免接触病毒，而年轻人感染死亡率近乎零，可以有控制地让年轻人在社会上活动。“有控制”的意思是，根据流行趋势，实施特定人群甚至全社会的人际疏离（social distancing），避免短时间内太多病人感染，以至于超出医疗机构的处理能力。有这些控制措施，就能让病毒对社会的破坏降到最低。

当然，无论怎么小心，这个过程中，总会有一批人因为免疫系统敌不过病毒而死去。另外，自然接触建立的群体免疫，只对已经经历过病毒感染的这一代人有效。后来出生的每一代人，都必须经历这样的自然接触，才可能保持群体免疫需要的阈值。如果我们面对的是高死亡率的病毒，比如天花病毒或是埃博拉病毒，这个过程会非常惨烈。

就新冠病毒来说，相对光明的一面是，感染后，基本只在老年人和原本就有严重健康问题的人群中才会出现致命的重症，青少年感染几乎全部都是轻症，甚至完全不出现症状。倘若自然接触获得群体免疫是未来人类的唯一选择，那么每一代人通常都会在年轻时就接触到新冠病毒，就很有希望完全康复，并且获得对新冠病毒的免疫力。

这不是理想局面，但如果没有疫苗和药物可用，这将是人类必须面对的现实，不管这个现实如何残酷。

新冠病毒传播方式隐匿，可谓防不胜防，而我们也不可能长期让所有人躲在家里逃避病毒，那样做造成的损失，包括新冠病毒感染之外其他病人的生命损失，很快就会超过新冠病毒本身带来的损失。一个例子是结核病。英国的伦敦帝国学院有一套监控系统，常年从结核病高发地区采集资料，用来指导其防控。这个学院的研究人员分析新冠疫情暴发以来的数据变化，推算全社会禁足产生的影响。从推算结果看，如果全球禁足三个月，并且假定能在接下来的十个月里恢复常态，那么由于禁足对正常结核病预防和治疗流程的干扰，全球将额外增加六百万新发结核病人，其中一百四十万人会在五年之内死亡。作为参照，2018年全球死于结核病的总人数是一百五十万人。

需要强调的是，靠自然接触建立群体免疫，是假设没有疫苗，也缺少足够有效的药物可用的情况下，人类不得不面对的最后选择，但这并不是说研发疫苗没有意义。截至2020年4月底，世界各国已经为研发新冠病毒疫苗投入十亿美元，世界卫生组织也在向全球募集八十亿美元，用来推进新冠病毒疫苗的研发。

分寸

傅 谨

在大家都承认皇帝是皇帝的时候，皇权仍然是有分寸的。

中国数千年皇权社会，一般的认知，总是觉得普天之下，莫非王土，率土之滨，莫非王臣，皇帝掌握着社会的最高权力，而且不容置疑，不容挑战。历史书上当然不是这样写的，且不说曹操挟天子以令诸侯，皇帝就成了个摆设，王莽篡权，索性自己做了皇帝，皇权不太顶用的时候也有很多，而且皇帝家内部的大小纷争，也多是一地鸡毛。即使在大家都承认皇帝是皇帝的时候，皇权仍然是有分寸的。

传统戏曲里写皇家的戏很多，最有皇家气象的要数京剧，那是因为京剧在清代的皇城根下成长，许多京剧名家也有机会进京唱戏，他们是历朝历代民间艺人里和皇家直接接触最多的一个群体。但是不要以为京剧里唱到皇宫里的事儿就真的很靠谱，京剧的来源很是草根，剧目里有相当部分源于汉调徽戏，都是没有见过皇帝的艺人们编的，山野匹夫想象的皇家生活，包括皇宫里的权斗，实与真正的帝王政治、情感生活相去甚远。

评剧《小老妈开嗙》说的是唐山一妇女到京城里帮佣做老妈子，过年回村，免不了要给村民们大讲特讲京城里的风景。村民们最想听的当然就是皇宫内院啦，可是小老妈哪有机会进皇宫呢？于是只好瞎编乱造，反正捡虚的说，是为“开嗙”。大部分传统戏曲里演的皇帝内院的生活，基本也和小老妈乱嗙的相去不远，但是老百姓不管那些。老百姓衡量一个戏好不好，不是像文艺理论家那样追究其是否“源于生活”，是否符合“历史真实”，老百姓要的是曲尽人心人情，而且一定是普通老百姓理解的人心、人情。

自从《甄嬛传》意外走红，皇宫里的宫斗就成为电视屏幕上的常客，编导和观众用前朝皇帝内院里的宫斗影射现在的职场，把当下的白领阶层都看成董事长和部门经理的三宫六院，真是让人又好气又好笑。戏曲里那些真正严肃而激烈的宫斗，并不会真的发生在后宫——后宫争斗有《长恨歌》里的杨玉环和梅妃，还有杨玉环和她的姐姐们争宠的桥段，只不过争的是谁能在皇帝面前多露几次面，多受几次恩宠。而真正的宫斗，哪里都能这样轻飘飘？说是腥风血雨，一点也不夸张。

皇帝家的事就是国事，皇家与国家之间经常混淆不清，所以戏里讲皇家的家事，那就是讲国事。戏曲讲皇家的家事，最著名也最有趣的是《打金枝》，差不多每个梆子剧种都有上演，移植改编的不计其数。

《打金枝》的故事家喻户晓，男主人公郭暧是唐朝名将郭子仪的儿子；女主人公，那位被打的金枝玉叶，就是唐代宗的亲女儿升平公主。安史之乱是唐朝由盛而衰的开端，这场波及全国的大动荡虽然时间并不长，却伤了大唐的元气。而安史之乱的平定，最大的功臣就是郭子仪。天下复归太平，但是，皇帝如何安抚与笼络功高震主的郭子仪，实为确保大唐江山稳固的第一要义，是唐代宗每天都要作答的最繁难的政治考卷。封官是有天花板的，总不能把皇帝让一半给他做，除了封他汾阳王，说难办也好办，就把君臣变成亲家嘛，这就是把国事变成家事的绝招。唐代宗把他的大女儿升平公主下嫁给郭子仪的儿子小郭暧，按史书记载，那年公主十六岁，郭暧只有十四岁。这个姐弟恋的关系在戏中很重要，它让后来的一切都具有更多的合理性。

显然，升平公主就是《打金枝》里被打的“金枝”，戏里她的名字是昭仪公主。史书记载，这位公主的正式封号应该是“昭懿”，但对艺人而言，这个“懿”字实在太难写了，况且对戏曲这类口传文艺而言，读音相同才重要。不管字怎么写，反正这是皇帝的女儿，皇帝的女儿居然被人揍了，这是天大的笑话，但在《打金枝》里并不是笑话，因为那是郭子仪的儿子、公主的丈夫郭暧打的。为什么要打？是因为郭子仪七十大寿，七子八女都成双结对地去给他拜寿，唯有郭暧孤身一人前去，原来是公主犯了公主病，还一套一套的，说是自古以来只有臣拜君的道理，君拜臣，不合适。你要说“君”只是指皇帝本人，其实这里的界限很含糊，我们经常看到戏里臣子们除了称皇帝为“万岁”之外，对皇帝家的人，比如他的兄弟姐妹三宫六院等等，都是要称“千岁”的，就说明公主把自己当成了“君”并不奇怪。但这只不过是公主一时兴之所至，日常生活中我们看到姑娘家撒娇使性，也会用“公主病”来形容，更何况这位可是真的公主。

郭暧既然娶了公主，想必平日里对公主病早有免疫力，但这次不一样了，不仅是看到其他兄弟们都携娇妻前来给父亲拜寿，又加上兄弟们嘲笑，说他怕老婆，更觉得脸上挂不住。晋剧《打金枝》是这样唱的：“郭暧听言心生气，众哥弟拜寿在筵席。他都是成双成对的，自有本宫独自一。背地里怨声唐昭仪，你不来拜寿为怎的？在宫下怎样叮咛你，你偏偏叫我丢面皮。怒而不息出府去，我要和公主辨是非。”其实他的这口气也憋了很久了，所以借着几杯酒的酒劲，回家就动起了粗。

郭暧回家做的第一件事，就是打碎了公主寝宫前的一对红灯。这对红灯可真是具有独特创造力才造出的奇情奇景，按戏里的说法，这是公主给他们家定的规矩，只有当她房门上悬挂这对红灯，郭暖才可以进去，否则，免谈。不要说这只是他们小夫妻之间的小事儿，一个愿打一个愿挨，而这样的规矩本身，就说明了这场婚姻中夫妻双方的不平等。当然我们不要忘记这场婚姻的开端，十六岁的公主嫁给了十四岁的郭暖，十六岁的姑娘家已经很懂事了，十四岁的男人有的还拖鼻涕呢，所以这场婚姻从一开始就是不平等的，公主有的不仅是一般女孩子的脾气，她一定还是这桩婚姻中主动权的掌控者，交往规则的制定者。

哪里有压迫哪里就有反抗，家里也不例外，抓住昭仪公主拒绝去给公爹拜寿这个契机，小郭暖揭竿而起，愤而起义。

公主听说郭暖打碎了红灯，就有些恼怒。她根本没有意识到他们夫妻的关系正遭遇前所未有的关键转型期，还像以往一样摆起皇家的臭架子，不只是责怪郭暖打碎红灯的“忤逆”行为，还出口伤人，说你小郭暖原本是个牧牛放马的，大意是说，你家官再大也是臣子，是百姓，是放牛娃，我出身皇族，才是金枝玉叶。而且你家所有的官职都是我爹封的呢，跩什么跩？这番话更引发了郭暖的愤怒，他提醒公主，你家的江山还是我父亲打下的呢！这原本也不是什么秘密，如果没有郭子仪，安史之乱不能平定，连唐朝都不存在了，焉能有你们家的今天，还有什么唐天子？

政治是一种微妙的艺术。文艺理论家总是呼吁艺术要说真话，其实，假如都在或只在反映真实说真话，有现实就够了，还需要什么艺术？所以艺术永远都和真实保持一定的距离，用柏拉图的话说，是“和真理隔着三层”的。政治和艺术相似的那一部分同样如此，其实在很多场合，真话恰恰是语言的禁区，只能想，不能说。郭暖年轻气盛，口无遮拦，不小心就说了那样一句真话。

公主遭遇家暴，哭哭啼啼地去向皇帝老子告状，她说的不只是小两口吵架，告状时用来刺激皇帝的话就是，那郭暖说我皇的江山是他父亲打下来的！这句话触到了皇帝的痛处。讲真，哪个皇帝的江山不是靠臣下打下来的，难道皇帝自己单枪匹马就能改朝换代吗？都说皇帝是真命天子，这种话骗骗老百姓差不多，一起打江山的伙计，哪个不知道这过程中有多少侥幸，所以皇帝要杀功臣，就是因为如果他想营造天赋神权的假象，最不易受骗的就是为他打江山的这些功臣，雕鸟尽，良弓藏；狡兔死，走狗烹。但皇帝也有难处，那就是雕鸟将尽未尽，狡兔将死未死，天下看似平定，却依然危机四伏，这时皇帝和功臣之间，就要保持微妙的恐怖平衡。

《打金枝》的故事就被安放在这样的时刻，所以郭暖和昭仪公主这桩夫妻吵架的家暴，实际上考验的是唐代宗和郭子仪之间的政治平衡术。这戏编得实在精彩，昭仪公主挨了丈夫的打，其实也未必真的多暴力，戏里说，她索性自己撕破红罗裙，扯下翠珠环，装出一副惨兮兮的模样，那简直是村妇的招数哎！而这壁厢郭子仪听说出了这样的事情——功臣最怕的是让皇上有他居功自傲的印象，虽然打江山有功，然而权倾当朝的时刻，恰恰孕育着最容易翻船的风波，多少同朝为官的大臣明里暗里想挑起皇上的猜忌心，古往今来从天堂一脚被踢下地狱的例子，要多少有多少——于是他立刻将儿子五花大绑，押到皇帝面前，口口声声要让皇帝治郭暧的死罪。这里所说的死罪，表面上是打了公主；但真正的罪过，还是说了“江山是我爹打下来的”这句真话。

这个戏的结局很是欢快，其实整部戏从头至尾都很欢快。心爱的女儿前来告状，说挨了驸马爷的胖揍，皇帝当然是要为这娇生惯养的女儿出气的，但是他和皇后都知道这夫妻的冲突，根子有一多半是因为女儿平时太强势，只有她欺侮丈夫的份儿，哪有丈夫欺侮她的理儿？况且虽有这些磕磕碰碰，小两口平时也还算恩爱，又不是真的有什么深仇大恨。既然如此，皇帝脸一板，好啊，打我的女儿，那还了得，把郭暧推出去斩了！这一下麻烦了，郭子仪要斩儿子，皇帝要斩女婿，假如这一刀真的下去呢？昭仪公主做了寡妇事小，真正的大事，是君臣之间恐怕就翻了脸，这江山保不齐就要陷入又一次动荡。这样的结果谁都不想看到，皇帝心里更是明镜似的，那郭子仪越显得诚惶诚恐，背后的杀机就越浓烈，这个老戏精！

这当口，就要皇后娘娘出面了。她重新把国事化为家事，既然昭仪公主也怕真的做了寡妇，就坡下驴，各自骂自己孩子一顿，劝和了吧。劝和还不够，皇帝下令，给小郭暖官升三级，当然，这还是在安抚郭子仪。这场家暴大戏就此和平落幕，君臣分际依然，“君是君来臣是臣”是最好的结果，一场政治危机就此化解，观众也很满意，大团圆了。

我想皇帝心里多少还是有点憋屈的，毕竟是你郭子仪的儿子打了我女儿，结果不仅没有治他一个罪，还要给他升官，这叫什么事啊。那么有更好的解决办法吗？

京剧《徐策跑城》就是好榜样。

隋唐年间是英雄辈出的时代，这个时代的民间故事是诸多地方剧种最喜欢改编的，原因就是那些高潮迭起的故事，把草莽英雄们一个个写得活色生香，一点都不像正史里的人物那样板着脸孔作圣人状。薛仁贵就是这样，民间传说里的薛仁贵丰富多彩，一出《汾河湾》就比《旧唐书》里有关他的故事不知精彩多少，更不用说他家族的“征东”“征西”故事。薛仁贵几代人为唐朝开疆拓土，立下无数大功，然而，就像郭子仪一样，既然功劳那么大，高官厚禄，难免引起其他朝臣的嫉妒。历史上提到安史之乱，都说那是一些乱臣贼子在谋取大唐的锦绣江山，但是唯有参与其中的薛仁贵的孙子，是被写成英雄好汉的。虽然与史书的名字不一样，《徐策跑城》说的正是薛仁贵后人的故事，戏里反唐的薛刚，就是薛仁贵之孙。然而这个故事的情感取向，完全是站在这些反唐英雄一边的，而且从一开始，就说薛仁贵的后代因为被奸臣张泰等陷害，才遭全家抄斩之大祸。

《徐策跑城》是麒派名剧，京剧表演艺术大师周信芳扮演的徐策，是现当代京剧舞台上最广为人知的艺术形象。故事的缘起是薛刚喝了酒，正月十五闹花灯时闯下大祸，皇帝在奸臣张泰的唆使下，将薛家满门抄斩。徐策不忍看薛家断后，用自己的孩儿代刑换下了薛猛之子薛蛟，并收其为义子，将他抚养长大后，令他约婶母纪鸾英发兵报仇，流亡在外的薛刚此时也聚集了大批人马意欲报仇，他们夫妻会在一起，令薛蛟为先锋，兵发长安。

徐策不是忠臣吗？他说他是忠臣，而且薛家都是忠臣，唯有唆使皇帝杀了薛家满门的那个张泰是奸党。他听说薛蛟做了反贼的先锋官，岂不应该大义灭亲？不然，在某些场合，谋反是可以有正当理由的，那就是说皇帝被奸臣蒙蔽了，所以要“清君侧”。此时的徐策就是这样，他听说有大兵杀到，高兴坏了，不顾年老力衰，亲自登上城楼观望，一看果然是他的义子领兵到来，而且听说后面还有大军压境，兵马大元帅就是薛刚，那份高兴劲儿，真是藏也藏不住。但是徐策毕竟是有政治觉悟的老臣，他要问清楚，问明白，要知道薛刚和他的一家领着大军究竟图的是什么，是想改朝换代吗？还是仅仅为了报家仇？明白了，薛家既不为江山也不为社稷，只是报仇。

这样就不算谋反了吗？徐策说不是就不是吧。然而率领山寨数千人马大规模杀奔长安城，和谋反又有什么分别。中国古代手握重兵的将领谋反的现象有的是，所以大致从宋代起，朝廷改变了军事部署，或由文官领兵，或让同一支军队里同级别的将领互相牵制，这样一来皇帝倒是安心了，带兵的将领们想谋反也没有谋反的能力，代价是军队丧失打仗的能力，遇到外敌入侵，随便一仗就被打得稀里哗啦。唐代还不是这样的，你看唐代一个逃亡的薛刚都能拉起几千人的军队杀上朝来，所幸他胸无大志，否则这江山岂不是要改姓薛？

既然薛家没有造反的心志，老徐策便可放心大胆地上朝了，时机成熟，立刻上殿奏本，这就是著名的“跑城”。老徐策高兴得马也不骑，轿也不乘，他要用自己的两只脚奔跑着上朝奏本。他告诉皇帝，必须把奸臣张泰杀了，为薛家申冤，否则薛家的兵马就要杀入午门。

《徐策跑城》里徐策这段唱，字字句句都如此有力量：“湛湛青天不可欺，是非善恶人尽知。血海冤仇终需报，且看来早与来迟。薛刚在洋河把酒戒，他爹娘寿辰把酒开。三杯入肚出府外，惹下滔天大祸灾。天佐、天佑俱打坏，张泰门牙打下来；太庙神像俱打坏，太子的金盏落尘埃。一家绑在西郊外，三百余口把刀开。韩山发来人和马，青龙会还有八百兵。看看不觉天色晚，急急忙忙步进城。老夫上殿去奏本，一本一本往上升。万岁准了我的本，君是君来臣是臣；万岁不准我的本，紫禁城杀一个乱纷纷。往日行走走不动，今日行走快如风。三步当作两步走，两步当作一步行。急急忙忙往前进，（白：哦！嘿嘿！）老夫上殿把本升。”

从来没有见过忠臣看到叛乱的军队前来如此开心的，徐策却是如此。如果我们把这看成他是在借薛刚的兵马逼宫，一点也不冤枉。而看了《徐策跑城》，你就明白为什么《打金枝》要有那样的结尾，皇帝如果真的脑子一热，因为公主受了委屈而下令将郭家满门抄斩，按律令那也是他的权限，那么，万一郭家有一两尾漏网之鱼逃出生天，岂非立刻天下大乱？

这就是徐策的算计，是他的智慧，也是高层权力斗争中涉险抢得胜机的招数。

当然，宫廷里涉及最高权力的纷争，多半都像高手下棋，布局完成，基本胜负已定，真正到兵戎相见的地步，只是极端状况。戏曲里也是这样，戏曲传统剧目里最精彩的宫斗，就是俗称“大探二”的《大保国》《探皇陵》《二进宫》，那更是把家事与国事搅成了一锅粥。

京剧在清中叶诞生时起，就一直以演唱折子戏为特点，这是接续昆曲的表演传统。昆曲演唱传奇剧本，通常都长达三五十出，作者原本就不是为全本演出而写，表演者当然也很自然地总是抽取其中的某些精彩段落演出。京剧也是如此，但京剧的剧目来源多半是地方剧种，“大探二”源于梆子，显然是地方戏的路数。《大保国》《探皇陵》《二进宫》是相对独立的三个精彩的折子戏，因为前后的故事与时间紧紧衔接，二十世纪三十年代后，京剧演出市场上流行“串折戏”，就有演员把这三个折子连起来演，简称为“大探二”。在原先的梆子系列剧种里，《龙凤阁》才是它的正式剧名，但因为京剧的串折演多了，一般业内人士反而不愿意用其原名。

“大探二”讲的是明穆宗死后的宫廷风波，《大保国》是前奏。明朝开国皇帝驾崩，太子循例继位，但太子年幼，就由他母亲李艳妃抱着孩子执掌国家权力，是为龙国太。在戏里我们看多了皇帝的宠妃一人得道鸡犬升天的故事，比如唐明皇因宠幸杨玉环而重用其兄杨国忠等等，李妃的父亲李良作为太师，也因为女儿的受宠而权倾当朝。如果他只是安安稳稳地做这太师爷，有亲生的女儿怀抱新皇执掌着朝政，他的权力基础，一般情况下根本没有动摇的可能。但是人心不足蛇吞象，李良也是如此，既然国家的实际权力已经落在他手上，那他和皇帝其实也并没有多大区别了，差的不就是一个名号嘛。如果要论虚荣，有这个名号和没有这个名号还是差别蛮大的，做臣子的即使做到位极人臣，终究还是要跪皇帝的。而且皇帝的大位可以传给子子孙孙，大臣可没有一定世袭的道理。这些差别，计较的当然感觉大，那看得开的，就感觉无所谓。然而人总是有欲望的，欲望最难克制的场合，就在那离满足只有一步之遥，似乎唾手可得之时。先皇在世，李良也未必会动什么心思，现在外孙做了皇帝，而且看起来他的乖女儿艳妃全无执掌国家的经验，对执掌最高权力这样的美差，好像也并无什么兴趣，所以李良就动起了歪念。

《大保国》一开场，李良就劝说女儿，你看这朝中的事情那么烦难，孩子还小，你就在朝中找个沾亲带故的人，把江山让给他坐上三年五载，等皇儿长大了再还呗。他的话正中李妃的下怀，艳妃回答得好，这朝里要论沾亲带故的，还有谁比得过太师你呢？“太师所言差矣！想满朝文武，至亲不过你我父女，就将江山让与太师，执掌三年五载，候幼主成龙，原业归宗。”李妃后宫争宠的经验想必是十足丰富的，但是她对老男人们权斗的本领实在是太欠缺了解，居然如此轻易地被父亲下了套，真的相信这只是把江山让给别人坐三年五载的事儿，更何况让的是自己的亲爹。

这国家眼看着就要落到李良手里，朝中文武没有一个不明白其阳谋，然而使不上劲。李妃出面，要全朝文武签字画押，文班的大臣、武班的将领，虽然没有一个心甘情愿，但在李良祭出的尚方宝剑面前，他们也只能乖乖地就范。唯有定国公徐延昭和兵部侍郎杨波坚持不肯画这押，全靠他们，这个国才有了“保”住的一线希望。

然而，两位要保这国其实还是不易，因为他们虽然连奏三本，却根本无法说服李妃。李妃是一心向着自己的父亲，真的相信父亲只是在帮她母子渡过这难关，三年五载后，国家权力运作自然会重归正道，她实在不理解徐杨二位为什么不能接受这个结果。于是我们看到一段类似村民吵架那样的精彩对唱，吵着吵着，就涉及了皇权的根本。

这是传统戏曲里有关君臣关系最尖锐的表达。看到徐杨二位不肯就范，李妃越来越恼火，她质问定国公："老皇爷封你的官职大了，你把我女皇不放在心？"这边徐延昭本是开国功臣，才得以位列三公，手执老皇爷钦赐可上打昏君下打谗臣的铜锤，所以他才敢毫不示弱地回应："官大官小是臣的功劳挣，并不是龙国太恩赐与老臣！"政治是一门妥协的艺术，所谓妥协，就是指参与政治活动的各方需要寻求利益的平衡，李妃和徐延昭的这段对话，就说出了妥协的必要性。他们各有各的立场，因此就各有各的道理：李妃说的是"地欺天来不下雨"，徐延昭回的是"天欺地来苗不生"；李妃问的是"臣欺君来该何罪"，徐延昭答的是"君欺臣来不奉君"。是的，犹如子欺父来寿命短，父欺子来逃出门；弟欺兄来家不顺，兄欺弟来把家分，这天地君臣之间，哪里只有单方面的恩赐。

然而，李妃根本听不进徐延昭和杨波苦苦相劝，执意要把江山让给父亲，她不仅不觉得自己的父亲会有什么坏念头，而且认定徐延昭和杨波才是奸党，说出狠话，降下旨来，这朝中有事无事，今后无须徐杨两位"奸党"多嘴，和他们不再相干。《大保国》最经典不过地说明了

“亲不间疏”这个千古不变的道理，要想让女儿怀疑父亲，除非血淋淋的现实摆在面前，否则是永远不可能成为现实的幻想。

《大保国》只是这个故事的开头，《二进宫》才是结局，而《探皇陵》是其中必要的过渡。徐杨既是忠臣，断不会因为李妃一句“国家事不用尔等操心”，就真的自我放逐归隐山林。然而真正要做个对国家社稷有所作为的忠臣也并不容易，政治的博弈结果，从来都不只是看谁忠谁奸。杨波之所以能在国家最高权力面临失守时挺身而出，除了忠诚，同样还因为他有实力，作为兵部尚书，他早就调动几路人马，做好了兵谏的所有准备。徐延昭且喜且忧，毕竟他们都是打过江山的人，深知这兵马一动，如果杨波有改朝换代的心，并不是毫无可能，所以他要先试探杨波，向他提议“进宫去摔死了年幼太子，我保大人做一朝帝王”，杨波何等明白的人，当然知道这徐延昭的意思，急忙回答：“欺君话儿休要讲，谋朝篡位奸贼李良，天理昭彰！”

有了这个重要的环节，徐延昭才有邀杨波再次进宫劝说李妃的可能，这就是《二进宫》。而且更重要的是，李妃让江山的旨意公告天下，徐杨二臣又被赶出朝廷，李良有恃无恐，马上就露出了篡逆的真面目。他既获得满朝文武的背书，就不会真的只想坐三年五载江山，而篡位的前提，当然就是要确保自己的女儿不会在禅让典礼之前变卦。这里我们看到了权力，尤其是最高权力的诱惑，历史上多少为争皇位而兄弟相残、父子杀戮的惨剧，都因抵挡不了这样的诱惑而发，李良当然不是例外，其实他正是奔这去的。但是最高权力的攫取，终究是有底线的，于是他封锁昭阳宫，断了水火，就等着“七月十三让龙位，八月十五坐中华”的那一天。

《二进宫》和《大保国》时徐杨二位的心境和方略是大不一样的。他们知道李妃已经情知受骗，只是无法回头，所以二次进宫便有恃无恐，他们不是要再次提醒李妃她父亲有篡位的狼子野心，更无须劝说她分辨忠奸。现在他们成竹在胸，然而政治永远充满了变数，且越是接近最高权力，就越是步步凶险。如果说《大保国》杨波和徐延昭为了江山社稷，是提着脑袋向李妃进谏，大有要为国献身的英雄主义气概，那么，《二进宫》他们早就决定除奸。既然要除的是将要继续执掌最高权力的李妃的父亲，如何确保除奸后不受反噬，不留后遗症，这是智慧的政治家为自己的未来打造永不生锈安全阀的教科书。

定国公徐延昭携兵部侍郎来到宫门，杨波止步不前了。这段二黄慢板简直就是政治谋略的经典文本，既显得诚恳实在，又极具历史的沧桑感，不同的表演者唱得当然是有出入的，我看到最精彩的一种唱法是：“千岁爷进寒宫休要慌忙，站宫门听学生细说比方：昔日里楚汉两争强，鸿门设宴要害汉王。汉萧何背宝剑把韩信来访，九里山前摆下战场。逼得个楚项羽乌江命丧，到后来封韩信三齐王。他朝中有一个萧何丞相，后宫院又有个吕后娘娘。君臣们定下了天罗地网，三宣韩信斩首未央。九月十三雪霜降，盖世的忠良不得久长。千岁爷进寒宫，学生不往（徐延昭白：却是为何？），怕的是辜负了，十载寒窗，九载遨游，八月登场，七篇文章，才落得个兵部侍郎，怕只怕无有下场。”是的，这兵部侍郎的官虽然不大，也是千辛万苦博来的，这次就算为国家立下了有如当年韩信那样的大功，谁知道皇后娘娘事后会不会翻脸，他先要在徐延昭这里得到一个保证，就是定国公的承诺：“这宫门今当作鸿门宴上，有老夫好一比大将樊哙，手执铜锤，保驾身旁，料也无妨！……只要你忠心把国掌，老夫保你满门无伤！”

他们的下一步，才是面对怀抱太子两泪汪汪的龙国太，演了一出两位大男人合伙挤对一位弱女子的好戏。他们故意先向李妃行君臣大礼，装模作样地问：“龙国太抱幼主把国执掌，为什么恨天怨地夹带愁肠，所为哪桩？”“我朝中有什么祸从天降？何不请太师爷进宫来，父女们商量，这又何妨？”他们当然早就知道答案：“太师爷心肠毒亚赛王莽，他要夺我皇儿锦绣家邦。”李妃向定国公徐延昭求援，定国公说道：“臣耳聋听不见朝皇鼓响，眼昏花难观那阵头刀枪。老臣两鬓白如霜降，要保国还有那兵部侍郎。”李妃只好回头再求救于杨波，杨波的回答是：“吓得臣低头不敢望，战战兢兢启奏皇娘：臣昨晚修下了辞王表章，今日里进宫门辞别皇娘。望娘娘开龙恩将臣放，要告辞还落一个自在安康。”硬生生逼得李妃怀抱太子跪在昭阳殿，他们还要以古人作比，说是如当年李文、李广，“保太子登龙位上”，“反把李广斩首法场”；“这都是前朝的忠臣良将”，“哪个忠良又有下场”。

你以为李妃再次确认“忠良本是徐杨，奸党的是我父李良。二卿不把国执掌，哀家跪死在昭阳”就结束了？没有，杨波这里还有担心，他还作势要走。徐延昭和李妃都明白了，还要给他加官封爵：“哀家封你七岁孩童戴纱帽，九岁女儿入皇朝。又赐你玉石匾，子子孙孙永在朝。”这是给子孙后代都上了全保险。一场宫斗，以李妃逼死了自己的生身父亲为结局，起因只是他一时动了邪念，把国当成家，忘记了皇帝和臣子，从本质上是两种不同的人生。

这既是《打金枝》的结局，也是《徐策跑城》留下的空白。戏剧和现实终究不一样，这里既不是教人怎么做皇帝，也不是教人如何做臣子，说的只是两种不同的政治角色相互之间必须遵守的规则。而皇帝的逻辑和臣子的逻辑虽然不同，但假如只强调一方而忽视了另一方，那么，政治以及社会治理，包括国家与社稷，就只有乱世。

我们把书做好　等待您来发现

图书在版编目 (CIP) 数据

读库. 2005 / 张立宪主编. -- 北京 : 新星出版社, 2020.11

ISBN 978-7-5133-4184-4

Ⅰ. ①读… Ⅱ. ①张… Ⅲ. ①中国文学－当代文学－作品综合集

Ⅳ. ①I217.61

中国版本图书馆CIP数据核字(2020)第195123号

读库 2005

主　　编：张立宪
责任编辑：汪　欣
责任印制：韦　舰

出版发行：新星出版社
出 版 人：马汝军
社　　址：北京市西城区车公庄大街丙3号楼　100044
网　　址：www.newstarpress.com
电　　话：010-88310888
传　　真：010-65270449
法律顾问：北京市岳成律师事务所
经销电话：010-57268861
官方网站：www.duku.cn
邮购地址：北京市海淀区万寿路邮局67号信箱　100036
印　　刷：北京雅昌艺术印刷有限公司
开　　本：770mm × 1092mm　1 / 32
印　　张：11
字　　数：220千字
版　　次：2020年11月第一版　2020年11月第一次印刷
书　　号：ISBN 978-7-5133-4184-4
定　　价：42.00元